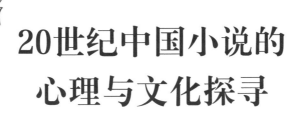

20世纪中国小说的心理与文化探寻

徐秀明◎著

ZHEJIANG UNIVERSITY PRESS

浙江大学出版社

目　　录

那是最好的年月,那是最坏的年月,那是智慧的时代,那是愚蠢的时代,那是信仰的新纪元,那是怀疑的新纪元,那是光明的季节,那是黑暗的季节,那是希望的春天,那是绝望的冬天,我们将拥有一切,我们将一无所有,我们直接上天堂,我们直接下地狱——简言之,那个时代跟现代十分相似……①

　　　　　　　　　　　　　　　　　　——[英]查尔斯·狄更斯:《双城记》

---

　　① [英]查尔斯·狄更斯:《双城记》,石永礼、赵文娟译,北京:人民文学出版社2004年,第1页。

导　言

一、断代因由

　　站在新世纪的潮头回望 20 世纪的中国，心情是相当复杂的。20 世纪之于中国，肇始于所谓的"三千年未有之大变局"[①]，随后各种惊涛骇浪接踵而至，有绝不逊色于法国大革命的社会风潮，各阶级阶层的人们都曾有主导中华民族未来发展道路的机会——"那是最好的年月，那是最坏的年月"；当时中国国门大开，社会秩序土崩瓦解，所有人都在竭尽所能力挽狂澜或者趋利避害，光荣与梦想交相辉映，国耻与家丑集中爆发，一切都在毁灭或者新生——"那是光明的季节，那是黑暗的季节，那是希望的春天，那是绝望的冬天"；那时有犀利明哲、强势进取的西方文化汹涌而至，几千年来天朝上国、周礼秦制的文化旧梦岌岌可危，问题与主义辩论不休、科学与玄学各逞其能——"那是智慧的时代，那是愚蠢的时代，那是信仰的新纪元，那是怀疑的新纪元"；无数先贤英烈为追寻现代富强之路而九死不悔，却屡屡误把小雷

　　[①]　原话为"三千余年一大变局"，后被广泛征引，文化意味日浓。其实李鸿章是针对西方诸国虎视眈眈，清政府外患严重而发，主要是说清政府不像以往各个朝代只需应对国内矛盾即可，并未涉及文化冲突等内容。原文为："臣窃惟欧洲诸国百十年来，由印度而南洋由南洋而东北，闯入中国边界腹地，凡前史所未载，亘古所未通，无不款关而求互市。我皇上如天之度，概与立约通商以牢笼之，合地球东西南朔九万里之遥，胥聚于中国，此三千馀余年一大变局也。"见李鸿章：《筹议制造轮船未可裁撤折（同治十一年五月十五日）》，《李鸿章全集》5，合肥：安徽教育出版社 2008 年，第 107 页。

音寺当作西天圣地,热烈拥抱的总是绝无前例而难以把握的未来——"我们将拥有一切,我们将一无所有,我们直接上天堂,我们直接下地狱"。

遗憾的是,"20世纪中国"虽然具备了成为"好故事"的绝大部分要素,却偏偏缺少了一个至关重要的美满结局——中国似乎至今仍是一个与历史循环观纠缠不清的国度。鲁迅曾感慨民国恍如晚明①,学界普遍将20世纪80年代的"新启蒙"与"五四"相提并论……一代代热血青年胸怀大志前仆后继,却总在若干年后误以为一切如故痛彻心腑。因此,20世纪中国的"故事"仍在继续,而且"那个时代跟现代十分相似"。

即便只为打破以往中国社会进三步退两步的发展桎梏,这段历史也值得反复研究。何况失之东隅收之桑榆,20世纪中国战乱频仍,虽然物质方面破坏极大,却无意中拓宽了国人的文化视野与心灵疆域。世上没有白流的血汗,凡所走过的必留下痕迹。中国几代知识分子短期内饕餮西方数千年文化大餐的痛苦快慰、竭力知行合一导致疏离于传统社会的心灵孤独、被自己立志拯救的群氓民众背叛施虐的绝望愤懑等等,就务实而言,对国家富强并无直接帮助;但从务虚来看,却为未来民族文化心理的改造重塑,留下了巨大的可能性。

当然,纵使所有努力都将付诸东流,依旧有人矢志不移无怨无悔。人生不过百年,宏图大业转头空。任你盖世英雄,最终聊以自慰的,也不过一丝内心留痕。印度诗人泰戈尔曾浪漫咏唱:I leave no trace of wings in the air,but I am glad I have had my flight(我不曾在天空/留下羽翼的痕迹,/却为曾经的飞翔欢喜)②。20世纪中国此类理想主义者不多,但在精神层面上已有类似提升:他们已非只为国家民族献身的传统义士,而是拥有强烈自我意识的现代个体。然而没有礼义道统洗脑的崇高狂热,只能清醒独立地面对黑暗现实与未卜将来,个体承受的精神折磨无疑更多更重。不过学术研究多数侧重宏观上的整体概括;真正重视个体在时代变迁之际的命运转折,

---

① "试将记五代,南宋,明末的事情的,和现今的状况一比较,就当惊心动魄于何其相似之甚,仿佛时间的流逝,独与我们中国无关。现在的中华民国也还是五代,是宋末,是明季。"鲁迅:《华盖集·忽然想到》,《鲁迅全集》3,北京:人民文学出版社2005年,第17页。

② [印]泰戈尔:《流萤集》,李家真译,北京:外语教学与研究出版社2010年,第53页。

将情感体验视作高于一切的灵感源泉,而且与底层百姓息息相关的,似乎只有文学创作。

二、研究意义

中国古代文人深受"史传传统"影响,热衷于渲染帝王将相、英雄美人的悲欢成败,却对贩夫走卒、匹夫匹妇的生存境遇置若罔闻。近代之后,周作人等人高高擎起"平民文学"的大旗,底层百姓一无所恃而艰难行走于惨淡人生的心态气度,才得以名正言顺地进入主流文学视野。其实就人性而言,皇室贵胄与平民百姓的差别有几?唯有完全抛开尊贤隐讳等顾忌,才能如实发掘人们灵魂深处最普遍的真,详细探讨国人罹难离乱过程中的情感波动与心理蜕变……在天灾人祸如疾风暴雨般扑面而来的 20 世纪中国,即便学贯中西、境界高妙的文化精英,也无一例外茫然失措、痛楚不堪——汪晖特意以鲁迅文中"反抗绝望""无地彷徨"等语概括其精神特质,钱理群等人则断定"悲凉"是 20 世纪中国文学的情感基调①——中国现当代作家们最感兴趣的 hero(作品主人公),绝非从不迷乱困惑的理想人物,而是散见于社会各阶层、在混沌人生中勇敢前行的平民英雄。他们探索过程中的悲欢成败与精神含量,至今极具启发意义与借鉴价值。

中国古代文学好似精致雍容的牡丹,20 世纪中国文学则是倔强绽放的腊梅。后者的色泽形态或许稍逊一筹,但其逆势怒放的不羁风姿、风刀霜剑中顽强生存的果敢智慧,同样难能可贵。中国古代几千年来流传至今的文学精品不少,研究者热衷于考据历史上的华美篇章如何谱就,颇多艺术赏析之辞。返观 20 世纪中国文学,虽然不乏独出机杼的优秀作品,但作家们忧世伤生无暇精雕细琢,作品质胜于文的较多,研究者倾向于避开艺术探讨而剖析现实意义或思想内涵,每多哲思辨析之作,以致温儒敏担心现当代文学变成思想史研究的材料。② 古代文学研究者由此轻慢"20 世纪中国文学"的不少。即便著名文史学家王瑶,当年也难免受此偏见影响。中华人民共和国成立初期,中国政府极力推进与自己并肩前行的"现当代文学",早年以中

---

① 黄子平、陈平原、钱理群:《论"二十世纪中国文学"》,《文学评论》1985 年第 5 期。
② 温儒敏:《思想史能否取替文学史》,《中华读书报》2001 年 10 月 31 日。

古文学专家研究出道的王瑶,因教学需要转而研究"新文学"。但他长期误以为此项工作无以名垂青史深感遗憾,做梦也没想到时下会被尊为"中国现代文学研究学科奠基人"①。其实世事不可一概而论,"20世纪中国文学"的价值同样不可替代:那是我们生长于斯、歌哭于斯的精神土壤,是早已融入我们血液的空气养料;那里有我们祖辈父辈体温犹在的人生苦难,有至今与我们声息相通的灵魂绝叫……简言之,现当代文学最大特点乃是繁复多元,那里不仅有供人案头清赏的艺术品,更有披荆斩棘者的高歌低吟,文字推敲上或许略显粗糙,但其中犀利厚重的个性光谱与思想锋芒绝非传统诗文可比。

古代中国是"诗的国度",文人士大夫以诗歌为正宗,抒情传统十分明显;底层百姓无缘诗书,启蒙教育主要由评书、戏文而来②,但此类叙事文体被视为不登大雅之堂的商业写作,长期发展滞后。清末民初,梁启超等人普遍认为中国传统文学内容陈腐、形式死板,不利于社会启蒙、文化进步,遂大力引荐西方现代文学范式以革故鼎新。在现代文学的四大文体中,小说因体式灵活、容量最大、善以情节动人等特征,逐渐成为中国作家启蒙大众的主流文体。它是真正雅俗共赏的最大赢家——不仅保留了通俗文体的市场份额,而且取代了诗歌在高雅文学中的主导地位。美籍华人学者王德威在专著《抒情传统与中国现代性》中,努力发掘中国文学"抒情传统"与现代性转变的关系,书中虽然还有若干关于诗歌的讨论,但主要探讨的已是沈从文、白先勇、陈映真、钟阿城等人的小说。王德威意在强调"'五四'新文学虽然以打倒旧文学为职志,但对抒情传统其实频频回顾,而且屡有创见"③。但此 洞见的成立,有一重要前提——必须首先承认:20世纪中国小说家接受的,主要是西方小说启蒙主义理性思潮的影响。

中国古代小说虽有类似评书、戏文的启蒙色彩,但内容多为鬼神崇拜、

---

① 钱理群等:《"书生"王瑶》,《南方人物周刊》2014年7月2日。

② 金庸显然持此观点,他笔下粗鄙无文却八面玲珑的韦小宝,在这方面颇具代表性。《鹿鼎记》"第三十六回 犵鸟蛮花天万里 朔云边雪路千盘"中写道:"韦小宝的学问,一是来自听说书,二是来自看戏。"见金庸:《鹿鼎记(四)》,北京:宝文堂书店1990年,第288页。

③ 王德威:《抒情传统与中国现代性:在北大的八堂课》,北京:生活·读书·新知三联书店2010年,第34页。

伦理道德的说教,不仅简单粗陋,有时甚至近于愚民;而西方现代小说的繁荣,与理性主义的兴起密切相关。正如伊恩·P. 瓦特所言:"小说兴起于现代,这个现代的总体理性方向凭其对一般概念的抵制——或者至少是意图实现的抵制——与其古典的、中世纪的传统极其明确地区分开来。"①这与"五四"时期"重估一切价值""打倒孔家店"等口号主张极为相似。伊恩·P. 瓦特在《小说的兴起》一书中,某种程度上把小说作为一种社会文献、文化文本进行社会学考察。在他看来,笛福、理查逊、菲尔丁等人的小说,具有新闻性、宣传性、(自我)表达性等多项特性。事实也确实如此。现代之后,小说在四大文体中的优势日益明显,论抒情言志,它笔法语言灵活多样毫不逊色于诗歌、散文;论开启民智,它成本低廉含量惊人却绝无戏剧那种囿于剧院、街头的时空局限……因此,既擅长自娱娱人公诸同好,又便于启蒙心智救亡图存。春秋时期孔子谈"诗"(指《诗经》)之用,有"兴观群怨"之说。到了现代,类似评价其实更适用于小说。1949 年以后,小说评论屡屡被政坛人物用作解读思想动向的社会文献、切入时政的利刃投枪,在相当长的一段时期内,社会大众普遍将小说的创作与评论视为中国社会政治运动的风向标。由此看来,研究 20 世纪中国社会文化与世态人心的转折变化,小说研究绝对是至关重要的角度之一。

三、角度方法

不过同为现代小说,中西方小说的叙事方式相去甚远:西方小说涉及社会革命层面的作品,多数是由小到大、自下而上,开笔时从个体主人公周遭琐事中的困扰迷惑写起,笔触围绕着个体主人公自我意识的觉醒展开,待到其个性发展成熟、思想境界拓宽之后,才自然而然地升华到为国家、民族谋福利的层面。20 世纪中国小说则自觉以天下为己任,往往从大到小、自上而下,无论"五四"时期的问题小说,还是 30 年代以降的左翼革命小说,有相当一部分是在小说开篇之际就开门见山地提出基于启蒙救亡的迫切任务,而按图索骥、按部就班地要求个体需要具备何种素质,情节展开的过程中留

① [英]伊恩·P. 瓦特:《小说的兴起——笛福、理查逊、菲尔丁研究》,高原、董红钧译,北京:生活·读书·新知三联书店 1992 年,第 4 页。

给个体自我发展、思想转折的时间和余地太少。这种"遵命文学"的写法,创作初衷或许崇高,但视野过分集中于某一宏大主题,文气格局难免局促狭窄,往往会限制作家艺术才华的发挥。巴金、老舍、丁玲等著名小说家都曾尝试过此类作品,但效果并不见佳。不过很多"遵命文学"本就是作家应时应景之作,艺术粗糙也是情理中事。反倒是一些自由主义、个性张扬的边缘化作品,无意中契合了小说叙事规律,魅力不减当年。

有立意图解政治理想之作,有起意抒情言志之作,有无意其他而纯粹创作欲望推动之作……20世纪中国小说就是这样一个奇妙的多元混合体,是以研究者不应以单一标准去衡量所有作品,既不应因政治标准过度揄扬某些小说为传世之作,亦不可以艺术标准为由抹煞某一流派作家的所有心血。西谚有云:"上帝的归上帝,凯撒的归凯撒。"真正的文学史眼光,应该是首先坚持基本的艺术标准,然后根据其各自的类别、意图,给予各自客观公允的分析与评价。

20世纪80年代"方法热"以来,国内学界竞相引荐西方各派方法理论,但真正扎根的并不多,多数理论只是走马灯似的登台亮相,"各领风骚三五年"而已。国内学者由最初的惊艳叹服、亦步亦趋而逐渐有所批判,这几年更是将西方理论盛行国内视为欧美文化殖民主义的表现之一。其实"天帐云锦用在我,文章剪裁非刀尺",如果只把理论视为解读文本的工具手段,那么适用就好,不必一味排斥"舶来品";即使将其视为散播异质文化的载体种子,也不必杞人忧天——中华文化本就是包容性、同化力极强的多元复合体,几千年来,数次游牧民族、异质文化的入侵最后无一例外化为中华文化继续向前发展的外来推动力。因此形形色色的理论方法,无论传统的文本细读、文化社会学,现代的心理分析、接受美学,还是后现代的症候阅读、结构解构……在文学研究范畴内,说到底都不过是深层剖析的思路途径,操之由我、运用有效就好,无需计较许多。

20世纪中国小说诞生于中西文化碰撞交融之年、寻求个人或家国出路的文人雅士之手,精神光谱格外宽阔繁复。研究者们有的多从"心理"入手,进行具体细致的文本分析、作家创作心理研究;有的习惯从"文化"的角度切入,好作宏观的鸟瞰式的小说史文章。前者胜在对某些文本有深切的会心,但解决不了同时期小说史的根源性问题;后者虽然视野开阔结论漂亮,却往往以偏概全,总有一些特殊的小说文本不太适用。本书名为"心理与文化探寻",意在综合二者,以宏观与个案相结合的方式,来解读这一色彩斑斓的小说世界。坦率地说,之所以采用"心理分析＋文化主题"的研究路向,既是因为 20 世纪中国小说自身特点——这些小说给人印象最深的并非作家们高妙的叙事手腕,而是那段文化混沌期的芜杂世事及其精神影像;亦是作者个人兴趣使然——探查揣摩前辈先人踟蹰于时代节点与人生歧路时的心灵痛苦、抉择蜕变,带给作者的除了获取真知的精神愉悦,更多更有价值的是在蹭蹬世事中坦荡前行的智慧勇气。真正的学术研究,应该是生命之流奔腾雀跃于书海文丛的鲜活景致,而非青灯泥塑下皓首穷经的无奈疲惫。

四、整体架构

本书的写作是个集腋成裘、逐步拓展的过程:最初不过是些关于 20 世纪中国小说名家名作的心理分析;继而逐渐由点及面,衍化为对心理小说、成长小说等重要小说类型及其文化语境的反思考证;近几年随着研究的深入,发现一味固守文学批评的传统范畴过于局限,难以将 20 世纪中国小说中的精神焦虑与问题意识阐释透彻,于是开始借鉴英美学界"文化研究"学派的治学思路,从文化工业与文化政治的角度审视中国当代小说创作,以及 20 世纪 80 年代以来的香港小说与海外华文写作。

最终汇总整理之后,全书共九章,在内容上有一定的承接性,大体由"小说心理与文化流脉——文化探究与文学批评——文化批评与华文写作"三部分组成;逻辑上则是综述与分论的关系。作者小说研究的理论基石,肇始于对中西小说两大叙事传统的宏观综览与整体性比较,展开于对 20 世纪中国小说"心理"与"文化"互动情形的深入分析。具体呈现为史学考察与地缘诗学两方面的内容。详细情形如下:

第一部分:一至二章,理论综括,逻辑起点。20 世纪中国小说的发展,以拒绝中国古代小说传统、横向移植西方小说传统为起点。但以往对中国古代小说的批评,主要聚焦于它承载宣扬陈腐的封建思想,相对忽视叙事形式方面的内容。其实文学之所以区别于哲学、社会学等等,主要就是表达方式之特别。因此,打通小说"内部研究"与"外部研究"的界限,探究其思想内容与叙事形式之间的深层互动关系,便显得格外重要。本书前两章的宏观即属此类:第一章,名为探讨中国古代小说中"心理缺失"现象,实则是以中国古代小说为参照进行中西小说比较,试着分析 20 世纪中国小说究竟为何不满中国古代小说传统,改弦易辙而立志效仿"西方/现代",又"新"在何处等等;第二章,以极具代表性的中国心理小说为个案,概括其一个世纪以来的精神流脉与发展趋向。进入 20 世纪以来,中国小说开始效仿西方小说"向内转",逐步拓展、深入描写人物的内心世界,看似纯属思想内容方面的增加,但却直接带来了小说叙事形态方面的巨大变革。不过这种变革进步受外界文化因素的影响极大。一个世纪以来,中国心理小说的高开低走,不是简单的文学规律问题,必须结合社会历史语境的考察才能分析透彻。

第二部分:三至六章,纵向剖析,史学研究。精要解析 20 世纪各个时段中国小说中最具代表性、最个性化的叙事图景,及其叙事形态变化背后的文化心理内涵。第三章,认为"'五四'前后"中国小说中最具价值的思想内涵或心理图景,是中国知识分子接触西方现代文化之后的心理震撼,以及先知先觉后茫然无措的精神困惑与心理成长痛楚;第四章,讨论"革命年代"这一漫长历史时期内,中国小说中叙事重点的转移分布、迁移流变等等;第五章,反思"新启蒙年代"在当代中国知识界留下的文化烙印——从文化史的高度,客观省察前几年被人们普遍美化的"80 年代"文艺实绩与地位;第六章,概括"改革年代"之后,中国大地务实之风劲吹,学院学者代表精英文化参与社会文化建构时,志趣指向截然相反的两种精神姿态。

第三部分:七至八章,横向比较,地缘诗学。以典型个案的文本细读为切入点,讨论中国内地、香港与海外华语界等地不同的小说叙事倾向,以及作家学者的文化反思。由于社会历史的原因,中国文化版图长期呈现为祖国内地、台港澳与海外侨界等若干板块相互排斥又藕断丝连的奇怪状态。全面考察 20 世纪中国小说的叙事演变,不应把目光局限于内地。其实中国台港乃至海外侨界的优秀汉语小说不少,而且因其置身于中西文化碰撞交融的最前沿,无论形式技法的先锋性还是思想意识的现代感,都绝对不可小觑。比如 20 世纪 50—70 年代,中国内地翻天覆地"闹革命",文学创作整体萧条之际,恰是以白先勇、王文兴等人为代表的台湾现代派小说最为兴盛蓬勃之时(余光中等人甚至因此断言当时中国文学的正宗在台湾);而香港的文化自由港的地位,使其小说创作中的商业气息与南来作家的传统家国观念交错混杂,某种程度上也成了后来内地小说效仿的首批典范。由于台湾小说研究者较多,本书第二章亦有关于台湾现代派小说的史论概述,故而不再赘述,而是将香港小说作为研究重点:第七章,既是关于香港作家金庸的专论,又是对香港小说中大众化的商业化写作倾向的分析思考;第八章,则着眼于海外华裔作家、中国内地学者面对国外异质文化时的不同体悟。

第一章　中国古代小说的"心理缺失"

　　清末民初的中国小说之所以被命名为"现代小说"或"新小说",很大程度上是因为当时中国文人的共识是:斩断中国古代旧小说的陈腐传承,走现代叙事之路。从清末的梁启超到"五四"时期的胡适、陈独秀、周作人等等莫不如此。然而,横向移植西方传统谈何容易?如果对小说的艺术本体缺乏认知,对其自身发展规律理解不足,对中西两大叙事传统缺乏深入细致的辨别认知,如何区分小说真正的新旧优劣,又何以确定未来中国小说发展路向?

　　20世纪中国舆论界对小说艺术的看法,长期停留在"形式"与"内容"截然两分的层面上。这种看法的特点是"把审美对象人为地肢解为两个对立的部分,一方面把内容视为作品表达了什么,另一方面把形式等同于单纯的表达技巧,即作品是怎么表达的"①。在政坛人物有意无意的引导利用下,很多人把内容视为可脱离形式独立存在并处于支配地位的东西,形式则被看作一种可有可无的外表装饰。此种可概括为"内容是重点,形式如器皿"的文艺论调在中国甚嚣尘上,使得20世纪中国小说乃至整个中国文艺在演变过程中走过不少弯路。其实此种传统二元论,不过是一个约定的抽象,学理上根本不足为训。文艺作品中的哲学思想、心理情感、政治观点等等,并非自然有之,亦不可自由剥落,而是存在于作品的具体形式之中。俄国形式主义学派甚至直接把内容归为形式的一个组成元素,认为艺术品的推陈出

---

① 方珊:《形式主义文论》,济南:山东教育出版社1994年,第81页。

新不是因为内容的变化,而是由于形式的改变。日尔蒙斯基说:"艺术中任何一种新内容都不可避免地表现为形式,因为,在艺术中不存在没有得到形式体现即没有给自己找到表达方式的内容。同理,任何形式上的变化都已是新内容的发掘……"①此种说法多少有些极端。但形式与内容的确不可分离——形式是一定内容的表达程序,空洞的形式是不可思议的。概言之,审美对象是形式、内容水乳交融的有机统一体。研究小说流变,不可只从形式或内容单方面入手,而应真正做到"内部研究"与"外部研究"相结合,深入探讨二者之间微妙而关键的内部联系。从这个意义上讲,从文化与心理的角度审视 20 世纪中国小说的嬗变演化,是非常重要的。文学现象可以折射民族文化心理中某些意味深长的部分。

本书的考察从中国古代小说(以下简称古代小说)与现代小说的标志性差异——"心理缺失"开始。所谓"心理缺失",指的是缺乏内在关注、心理描写等。自"五四"以来,学界人人知道古代小说缺乏心理描写,不及西方小说表现深刻,却极少有人追问因由,而且仍然情有所钟。这就是民族文化心理方面的问题了。如何解决这个问题?最好的办法自然是以西方小说传统为参照,进行"中西比较"②之后取长补短或见贤思齐。这两大小说传统的综合比较,细究起来自然是个极难的浩大工程。不过大处着眼还需小处着手,纲举目张、要而论之的话,不妨从形式特征、创作心理和审美距离三方面入手。

---

① [俄]维克托·日尔蒙斯基:《诗学的任务》,[俄]维克托·什克洛夫斯基等:《俄国形式主义文论选》,方珊等译,北京:生活·读书·新知三联书店 1989 年,第 212 页。

② 严格说来,"中西比较"的概念在学理上并不严谨:首先,中国虽大、文化再强,也只是一个东方国家,如何能与整个西方世界相提并论?其次,"西方"是个相当模糊的文化概念,它在国人的一般性理解中,囊括了英美德法等西方列强;但实际上这些欧美强国的文化传统并不相同,某些方面甚至背道而驰,不应简单视为一个文化整体。不过当时国门初开,能够抛弃天朝上国的偏见迷梦,开眼看世界已属难能可贵,不宜求之过苛。"中西比较"作为清末民初中国知识分子的热门题目之一,不仅代表了当时中国学术界的最高水准,而且其结论往往极具启发意义,甚至蕴含了此后中国文化未来发展的路向,故而不应简单否定。文学方面自然也不例外。

第一节 形式特征："多"与"少"

与西方小说相比,古代小说情节曲折变化多,心理描写少;出场人物多,性格变化少;扁平人物多,圆形人物少;全知视角多,限制视角少;命运悲剧多,性格悲剧少……这些看似浮泛、表面的东西背后,其实是有相当心理内涵的:古代小说以情节曲折取胜,心理描写到唐传奇始现端倪,而且多以诗词歌赋、隐语双关出之,字数既少,深度又有限。而心理描写正是最能体现作者对人物内在心灵关注程度的"晴雨表";从扁平人物的"趺扈"(数量多)、"偏执"(性格单一)、"一以贯之"(缺乏变化)上,足以看出古代小说对社会和人性表现的简单和浅陋——数千年"相斫史"烂熟于胸的中国文人不致天真若斯,只是觉得"残丛小语"不值得计较罢了。"限制视角"是显微镜,可以直接审视人物内心阴暗角落里所有细微的波动,往往表现深切而格局太小,拙于故事本身的整体叙述。"全知视角"是摄像机,可以大气磅礴地拍下整个故事前前后后所有细节,却只能通过人物言行、眼神的某些特写间接表现情感变化。对它们的取舍直接反映出了中西小说着重点上的根本分歧:古代小说多用"全知视角",在很大程度上就是"讲故事",人物是故事的构成部分,是为情节发展服务的,人物虽多而性格单一,面目模糊。西方小说重人物形象塑造,多写人物心理流程,内心矛盾,往往着力于人物复杂性格的塑造,情节因不被重视而日益"退化"、淡化……"限视角"显然是最佳选择。西方小说的情节推进根据人物性格而来,多"性格悲剧"(悲剧在这里作"故事"解),古代小说往往是故事本身的自我繁衍,比如《西游记》中周而复始的降妖除魔,情节发展的基础多是"命运仲裁"而非人物性格。

"命运仲裁"似乎是古代小说中特有的畸形现象,关键时候左右人物命运的,不是人物的意志奋争或天理人情,而是天地鬼神、帝王将相、侠异盗匪等。"敬天地,事鬼神"自是巫觋遗风,早期志怪小说、后世神魔小说(《封神演义》《西游记》等)都是其流风所致;帝王将相影响只怕犹有过之,"公案小说"及一般小说中的"清官意识""清官情结"俱出于此;侠异盗匪是古代社会中"跳出三界外,不在五行中"的异数。他们藐视官府,独行其是,是寻常百姓看得见、摸得着的英雄,也是他们作为弱势群体"阿Q心理"的直接表现。天地昏昧,若再生逢乱世,求告无门,就开始幻想剑侠、异人的拔刀相助,盗匪们的"替天行道"了。《水浒传》那伙明火执仗的强人,只因对抗朝廷,便成为中国百姓数百年来心目中的偶像。他们被侮辱与被损害的经历引起共鸣,奋起反抗的决心、勇气和力量又让惯于逆来顺受、苟且偷生的寻常百姓扬眉吐气、心驰神往。明明是为害一方的洪水猛兽,却被传诵成侠肝义胆的英雄好汉,其间的悲凉可想而知。细细想来,"命运仲裁"是中国古代等级森严的社会秩序在小说中的投影。"天地鬼神——帝王将相——下层民众",这是中国古代文化公认的三界中亘古不变、万世不移的"神圣秩序"。"侠异盗匪"即使有力量"替天行道",若不受官府招安,博个"封妻荫子",仍然成不了正果,只能是逸出生活常轨的病态现象,不算数的(孙悟空之辈是也)。"学成文武艺,货卖帝王家",古代小说命运仲裁现象之后,便是此类奴性思维,至于思想情感、道德才华,若得不到鬼神裁决(如钟馗、柳毅)、帝王赏识(如孔明、姜尚),便一文不值,无异于粪土。"人为刀俎,我为鱼肉",若不幸生而为民,身家性命尚悬人手,谈什么人格尊严,个体意愿!"礼不下庶民,刑不上大夫",平头百姓根本不被当作内心丰富、有血有肉的生命个体看待,小说中当然不会有多少心理描写的位置。在当时那个社会文化氛围里,压根儿没有个人思考、选择的余地。而西方即便在神性压倒人性的中世纪,也始终关注灵魂救赎(基督教中的忏悔仪式本身就是意味深长的:作为一神教它要求的不是简单的言听计从,而是教徒发自全身心的灵魂信仰),文艺复兴之后浪漫主义、人文主义思潮深入人心……就更加无此弊病。

第二节　创作心理:"轻"与"重"

过分严苛的社会管制,过分恶劣的生存境况,让人心情郁闷、呼吸不畅,情郁其中自然发之于外。精神压抑淤积到一定程度必然要宣泄、要放松。游戏文章于是应时而生。早期"志怪"的文人作家或许真想"发明神道之不诬"①,可阅读实际中日益浓重的消遣性质无法否认。"志人"者,志怪异之人也。《世说新语》是魏晋六朝张扬个性的名士风的直接产物。字里行间流露甚至洋溢着的是对笔下人物特立独行、放纵不羁的性情的欣赏、羡慕甚至崇拜。那些轻快、洒脱、俏皮、幽默的故事负载的,是一副副严肃、沮丧、疲惫甚至颓唐的心与眼。一句话,"志怪志人"的创作是对世俗常规的变相反抗,其中有文人们未必自知的自娱娱人的心理动因在。

类似的还有"逢仙悟道"和"淫秽色情"两类。前者如沈既济《枕中记》、李公佐《南柯太守传》等,著名的"一枕黄粱"系列,写的是机缘巧合、仙人指点之下,"宠辱之道,穷达之运,得丧之理,死生之情"②悉数看破,万丈雄心(其实是世俗心、功利心)一时歇的诸般情形。说白了,是因世事多艰、望而生畏而避世弃世的美丽遁词。对根基全无、身心俱疲又不甘寂寞的潦倒文人来说,是寻求心理平衡、内心平静的极好安慰。连《红楼梦》这样的杰作都难逃其窠臼,足见其魅力之大了。后者就等而下之,纯粹是市井产物了。"淫秽色情"类虽极力描摹、鼓吹享乐主义,好像极爱此人世,潜意识里却早已认定人生在世毫无意义,所以自轻自贱、放浪形骸,实为最厌世的文章。这好像与积极用世的儒家精神背道而驰,却是儒家"完人教育""文以载道"的直接产物。儒家思想的一大偏颇在于把道德观念凌驾于人类基本的生理心理需要之上,甚至完全否认后者存在的合理性。"人人皆可为尧舜",也许。但不能在没有满足人们最基本的生理需要的情况下,要求他们具有圣人般白玉无瑕的道德操守。这种苛刻得岂有此理、浪漫得不切实际的理想主义社会构想的破产势在必然。"文以载道"本是文人们道德文章上的贞节主义,却被统治者利用,成了他们推行精神统治、愚民政策的工具。久而久之,连正统文人所不屑的小道——小说的创作也未能幸免,变得沉重起来。流风所至,连上层文士闲暇之际的白日幻想,下层文人为稻粱谋的市井文章也不得不穿衣戴帽起来,否则有被铁肩担道义的道德君子目为邪门歪道祭起法宝的危险——冯梦龙不就有被逐出孔庙的尴尬经历吗?中国古代多《肉蒲团》《灯草和尚》《野叟曝言》一类的淫书;"雪夜读禁书"居然还成了文

---

① 干宝:《搜神记》,汪绍楹校注,北京:中华书局 1979 年版,第 2 页。
② 沈既济:《枕中记》,鲁迅校录:《唐宋传奇集》,济南:齐鲁书社 1997 年,第 15 页。

人们津津乐道的雅趣乐事,真是对伪君子文化的辛辣讽刺。当然真正代圣立言、意在匡世的道德训教小说还是有的,如瞿佑《夜雨秋灯录》中的《青天白日》,本是个极好的人性与伦理冲突的素材,却写成了天理昭然、惩善除恶的呆板故事:反复强调天威可怖、报应不爽,而非人品崇高、良心清白的自身价值。艺术价值固然不敢恭维,道德境界也有限得很。

　　古代小说在游戏遣兴、载道训教这"轻""重"两极之间摇摆不定、无所适从。但无论哪一极,都不是小说创作应有的态度,都没有把小说当成一门独立的艺术严肃对待。轻慢时不易注入自身真实和高尚的情绪、人生体验,沉重则被仁义道德的枷锁铐得举笔维艰、生机全无。《聊斋志异》中有不少穷书生困守书斋时对"颜如玉"的低俗幻想;更多所谓的"纯洁"之作则阉割了人性中最灵动、感人的部分。歌德读罢《风月好逑传》等小说的译本之后对爱克曼说:"中国人在思想、行为和情感方面几乎和我们一样……只是在他们那里一切都比我们这里更明朗,更纯洁也更合乎道德。在他们那里,一切都是可以理解的,平易近人的,没有强烈的情欲和飞腾动荡的诗兴……"①其实中国古代小说所渲染的精神境界,与其说"明朗",不如说"简单";看似"纯洁",是因为把许多东西隐去了,中国绝不是什么清白崇高的君子国。歌德以其对西方小说忠实反映社会现实、真实表现人物情感的习惯"误读"了中国小说。他自以为读到了普通中国人的生存状态,其实那不过是几个书斋文人反复过滤后的浪漫传奇、向壁虚设的道德故事。古代小说中直面现实,痛陈底层百姓的辗转无奈、呼喊悲苦;秉笔直书,敢于写出自己的情欲冲动、放纵不羁的内心真实的有几?虚假的温情、强加的暖色、空想的浪漫、离奇的故事……粉饰或放诞的文字之后,是几千年来中华儿女苦难的人生。

　　中国文人中很有些伶俐世故、长袖善舞,既浪漫又现实的"聪明人"。他们坐在书斋里闭着眼梦游一般杜撰出来的大义凛然的故事,丝毫无碍于自己随后睁开眼走出去奔走朱门、望尘而拜求富贵功名。"尽信书则不如无书",在中国,除了几个痴人或傻子,谁也不跟故事较真,谁都对小说抱着根深蒂固的轻蔑和不信任。诗词可以扬名立万,策论能够换取帝王赏识,小说

---

　　①　[德]歌德:《歌德谈话录》,爱克曼辑录,朱光潜译,北京:人民文学出版社1978年,第112页。

呢?"出于稗官,街谈巷语、道听途说之所造也。孔子曰:致远恐泥,故君子弗为也。"①"残丛小语"人所轻贱,至多能拿到书商那里换几贯铜钱,还值得煞费心思、苦心经营吗?原无描摹现实、传神阿堵的野心,更没有用它来探索复杂人性、苦思人生奥妙之意。他们不过是些业余写手:修齐治平之余的,简简单单地抒情寄意;穷困潦倒的,牢骚满腹地信手涂鸦。不是西方式的"灵魂的冒险",决没有将毕生抱负、满腹经纶用在这没出息的"小道"上的意思——"此身合是诗人未?细雨骑驴入剑门。"②小说中不乏真实人性的丝丝缕缕,不乏无常世事的一鳞半爪……那是天才的瞬息闪光,犹如寻常夜晚顽童们忽发奇想的焰火,平庸单调的黑色背景下它们孤寂的身影流星般一闪即逝,但也仅此而已。另外,与西方小说浓重的自传性质、内心体察的特点不同,古代小说基本上是第三人称传统,多数靠幻想和虚构以及历史传说敷衍成文。何故?中国古人崇尚的是喜怒不形于色的自持功夫、修养境界(如《世说新语》里谢安弈棋的故事),羞于甚至耻于将个人恩怨、内心痛苦袒露出来;中庸之道又竭力反对极端,一切以平和心处之。因此古代小说极少有个人情感的流露,更少大喜大悲、离经叛道的感情波动和思想愿望,与小说表面情节的怪诞反差极大。古代小说的"心理缺失",又是文人传统中独特的价值观念所致。

第三节　审美距离:"远"与"近"

从某种意义上说,读者造就作家,他们整体的阅读期待和艺术修养对小说的当时认可和后世流传都至关重要。西方读者把小说当艺术看待,他们期待感情的激荡和灵魂的震撼,是基于艺术前提的一种感动,更接近审美快感。他们也娱乐,也消遣,但知道这绝不是小说的全部。古希腊悲剧和古希伯莱《圣经》,那样沉重压抑的文字能被尊为西方文明的两大源头,成为一代

---

① 班固:《汉书》,颜师古注,北京:中华书局1962年,第1745页。
② 陆游:《剑门道遇微雨》,《宋诗选注》,钱钟书选注,北京:人民文学出版社1958年,第199页。

代西方小说家取之不尽、用之不竭的灵感源泉，证明了西方读者较高的艺术修养和对苦难人生的心理承受能力。对天命来说，沉重才是艺术的真正内核，才是叙事艺术的真正魅力所在。他们也会"失态"，会在阅读过程中情不自禁地"被打动"。西方理论家对此有非常清醒的认识，柏拉图以来许多人都讨论过审美距离问题，布莱希特更明确地提出"间离效果"的概念，认为需要以各种方式避免欣赏者感情过分投入以致忽略或看不到艺术本身的魅力，无法达到理性认识的层面。

反观中国，熙熙攘攘皆为名利。人们求诸小说的，根本不是艺术快感，而是一种"麻醉"，是远离尘嚣的浮生半日闲，暂时从纷扰、沉重、压抑的现实生活中逃脱出来，消解世俗生活枯燥、琐屑、郁闷所造成的心理紧张。这是刺猬般懒惰和善于自我保护，生怕自身情感受挫的一群人——不愿动情、不愿受惊扰、不愿被提醒去考虑人生的痛苦、世道的黑暗、人情的淡薄以及自己卑微渺小的人生……他们也看悲剧，但必须有一定的抚慰和补偿，否则精神上承受不起。至于终极关怀什么的，那是贵族老爷们的事情——肉食者谋之，又何间焉？（可中国古代的贵族又是些什么人呢？）汉代以来中国小说代代不绝的"志怪志人"的消遣娱乐风，"宫廷秘闻"之猎奇无厌风就是明证。

简言之，对西方读者来说，"远"和"近"是"审美距离"是否把握得当的问题。中国古代读者则在阅读之前就"主动"准备融入其中，做个"春秋大梦"，这是"心理距离"偏差大小的问题。西方读者多是被小说人物感情的纯粹和强烈所感动，中国读者更多的是被故事本身的离奇和曲折所吸引。一句话，他们要的是娱乐性、趣味性，而非思想性、深刻性。他们只是在阅读那短短的片刻陶醉、感慨、叹息，放下书本的同时几乎就放下了所有思考，就像酒鬼只顾贪恋饮酒时的片刻陶然一样。

中国文人的角色自认其实非常可怜。他们朝思暮想的，多半是要得到上司（最好是皇帝）的赏识，然后平步青云，出相入将，好点的还准备功成身退，散发弄扁舟，其他的只想封妻荫子……这好像是后世人的主观臆断，近于亵渎先贤。其实并不，只要看看古代小说中书生才子们的形象、功业就可以了，那是古代中国文人不自觉的自我投影甚至理想人格。《世说新语》是乱世之中个性的昙花一现，《莺莺传》中张生不过是封建秩序下唯唯诺诺的负心人，《西游记》中唐僧这个披着僧袍的儒生，是文人自恋心理的集中表现。明清人情小说中一味纠缠于个人情爱和官场仕途……人格卑琐、软弱无能,明明寄希望于鬼神、侠异,偏偏还自我感觉良好。又有几个顶天立地的好儿男？至于功业,无非状元得作,骏马得骑,如花美眷,常伴君侧而已。曹雪芹自叹不如几个异样女子,他还是清醒的。一句话,文人和所谓的"士",在"天地鬼神——帝王将相——下层民众"这"神圣秩序"中,是在后二者之间游移不定的中间分子,以"才"事上,命运由人,是帝王将相们隐含或候补的奴隶。

小说家应该具有一定的思想深度和感情浓度,应该有异于常人的生命体悟,有看问题的独特角度。如若一切悉如常人,写作意义何在？西方小说家往往是独立思考的异类,欧洲18世纪的启蒙大师哲理小说不提,19世纪俄国的托尔斯泰、陀思妥耶夫斯基,20世纪英国的劳伦斯等莫不如此。他们的小说就是自己探索人类灵魂救赎与出路的结晶,不同程度上带有哲学思辨的味道。反观中国小说,天可怜见,几千年来除了因果报应、浮生若梦、命运无常等庸俗简单的道德戒律、生活感受,还有什么？《莺莺传》回忆早年负心荒唐的嗟伤,《聊斋志异》抒发作者半世的凄惶,《红楼梦》有前尘如梦的依恋和感伤,《金瓶梅》是洞察世事者嘲讽犀利的眼……中国小说佳作的思想主题大抵如此。其他绝大多数文人只能浮在故事表面,重视的只是题材的趣味,根本没有任何形而上的提升。作者既无表达特殊情感、独到思想的意愿,读者也绝无这方面的要求,心理描写迟迟得不到发展有什么奇怪的呢？这恐怕是没有自觉意识的后果。

先把前面小结一下。首先,从作品形式人物、叙事技巧上看,古代小说中存在着严重的"心理缺失"问题。进而发现,它与"命运仲裁"这一奴性思维方式直接相关。其次,小说创作观上消遣消闲和道德训导这样"轻""重"的两种偏差,使古代文人把小说当成避世、弃世或用世的工具,而不是一门独立的艺术。古代小说往往既不客观——不是社会现实,也不主观——没有作者真实性情。因此,心理描写流于浅陋和伪饰。再次,中国古代读者阅读时,"心理距离"非远即近,不愿面对苦难的心灵痛苦。而作家实际上跟读者一样充满奴性,毫无小说家作为思想"先知"的自觉。古代中国是个非人的奴隶之国,没有"文艺复兴"之类的人本主义思潮,几千年来等级制度的鬼影幢幢,把人当工具、奴隶看待。影响到小说的便是其中充满了奴性思维的痕迹、命运仲裁的宿命,独独没有"人"的影子。

凡事都有例外。《红楼梦》《聊斋志异》等少数佳作便是中国古小说意外的收获和伟大的例外。例外言其没有一般小说中常见的种种弊病,意外指它们拥有让人惊喜的崭新特点。首先,它们发展了中国传统的白描手法,专注于人物富于心理内涵的言谈举止,非常高明地解决了"心理缺失"的问题,而且有对"神圣秩序""命运仲裁"的强烈不满、怀疑,嘲弄甚至反抗。这是前所未有的事情。《红楼梦》中宝玉几乎是"平等""博爱"的先驱,他没有一般人的等级成见(对下人戏子一视同仁)、价值标准(对仕途经济的嘲笑)。强烈反对他人对自己命运的安排(金玉良缘),执着追求属于自己的幸福(木石姻缘)……甚至他不用功读书、喜欢跟姑娘们交往都有厌恶虚伪的道德说教,讨厌一般男性身上的市侩气的合理性。后来考中进士,为的不是什么光耀门楣、复兴家业,而仅仅是给家人一个交代,不负养育深恩而已。高蹈出世才是他对世俗社会极度失望乃至绝望的消极反抗。《聊斋志异》则是饱尝人世沧桑,受尽不公正的待遇、郁郁不得志者的悲愤控诉之辞。这控诉在蒲松龄摇曳多姿的笔下写来,嬉笑怒骂、入骨三分而不失艺术韵味,确是妙笔。

其次,曹雪芹、蒲松龄是古代文人中罕见的异数,是肯把毕生心血、才华花在小说这种"小道"上的痴人,即不是游戏,非关教化,只想一诉衷肠。不是游戏,所以没有那些轻慢、随便的笔触和内容(《聊斋志异》中还有些市井俗趣,《红楼梦》虽写男女情爱,却是最纯洁、干净的文字);非关教化,所以不曾沦为替"精神统治"张目卖命的伥鬼。无媚俗之心,故能写出客观真实;无媚上之意,才能自由抒一己之愤懑,写出至情至性的文章。曹雪芹、蒲松龄不受传统价值观念对小说轻蔑的影响,用毕生心血写出了自己数十年的人世沧桑,悲欢记忆,所以没有"心理缺失"的弊病。

至于"心理距离"和"审美距离"的问题,曹雪芹、蒲松龄都没有责任。《红楼梦》没有确切的朝代、地点,一切都在虚无缥缈间,《聊斋志异》更秉承了"志怪志人"的衣钵。二者都没有袒露或煽情的意思。他们没有自觉的"间离"意识,却在无意中做得很好。但中国古代读者为他们而泣涕交流甚至寻死觅活仍不在少数。大体说来,读《聊斋志异》而流泪者多寒士,阅《红楼梦》而唏嘘者多佳人就是了。何也?感同身受、自伤身世耳。

总之,在《红楼梦》《聊斋志异》等这样的古代小说中,作者才第一次出现对人世秩序的质疑和控诉、抗拒,个人意愿的一度张扬,才真正有了对人生在世的悲凉体悟、价值追问,接近了哲学意义上的终极拷问。古代小说才不至于在同时代的西方小说面前羞愧难当、无地自容。

中国古代小说曾是无数中国文人作家孤寂童年里默然无声的亲密伙伴,是将其推向神圣的文学祭坛的温柔有力的双手。以上种种,自然是就中西小说之荦荦大者概而言之,或许对古代小说求之过苛,甚至古代小说和西方小说这样的概括是否恰当都值得怀疑。但本书限于篇幅,本就无意对中国古代小说盖棺定论,只不过从"心理缺失"这个角度分析艺术得失、挖掘民族文化心理倾向;所依据的也不是什么高深玄妙的理论,主要是个体的阅读实感,偏激甚至偏执在所难免。但狂夫之言,圣人听之。在学术研究上,排除顾忌、放胆直言才是正理。研究者之于研究对象,不应只是满腔的热爱偏袒,最重要的是真正有见地的理解、剖析。

第二章　20世纪中国心理小说与文化流变

　　中国古代作家普遍缺乏挖掘人物心理的自觉意识,古代中国始终未能演化出此类小说。"心理小说"[①]在中国,基本是20世纪之后伴随欧风美雨而来的文化舶来品。顾名思义,这是20世纪中国小说中,与文化联系最为密切的小说类型之一。遗憾的是,此种联系的最充分体现,却是整整一个世纪的蹭蹬坎坷:20、30年代在上海,50、60年代在台湾,80、90年代在海峡两岸,中国心理小说在中国已经"三生三灭"——蓬勃而起后中途夭折,"死灰复燃"又戛然而止,几乎成了它跳不出的宿命怪圈,摆不脱的轮回游戏。这在某种程度上,代表了整个20世纪中国小说的命运。

　　不过更奇怪的是数十年来国内学界一直寂静无声、少人理会。现有研究多是小打小闹,从不涉及敏感话题,如它为何几度萌发、几度消亡,野草一般死死生生。难道中国的文化土壤真像有的研究者所说,不适合心理小说生存吗?[②] "一部作品的价值和意义只有在国际的大背景下才能被估价,这一真理对于任何一位处在相对的与世隔绝中的艺术家都会是必须的。"[③]中

---

　　① 　意识流小说无论在外在结构还是自身传统上都自成一格,与一般意义上的心理小说相去甚远,基本已经自立家门,本文篇幅有限无法详述,索性排除在外有待来日。另外,本文使用的"中西""西方"等概念着重文化含义而非实际的地理概念。

　　② 　王宁:《"弗洛伊德热"的冷却》,《文学与精神分析学》,北京:人民文学出版社2002年,第119—124页。

　　③ 　[捷克]米兰·昆德拉:《被背叛的遗嘱》,余中先译,上海:上海译文出版社2003年,第263页。

国心理小说究竟给 20 世纪中国小说带来了什么？与世界同类杰作相比价值几何、区别何在、地位怎样？最重要的是,透过心理小说的兴衰史能看到什么？……从来少人提起,多数文学史只在论述新感觉派或现代派小说时才把它作为次要的创作倾向,蜻蜓点水般一带而过。要认真回答这些问题,就必须站在"世界背景"的高度审视中国心理小说:不是简单的作家作品分析,亦不可满足于纯粹的文学史勾勒,而是在世界文学、文化发展的大背景下,理性考察中国心理小说发展的历史流程,思考在风云变幻的 20 世纪影响中国心理小说的究竟是哪些因素,同世界同类文学名著比较,归纳中国心理小说的精神特质,给中国心理小说定位。

当然,回首一个世纪以来中国心理小说的风云流变、生死明灭,是相当困难的。以往的研究一直停留在低层面的简单批判上,表面上一分为二,其实"形式主义"的罪名早已"铁证如山"。80 年代中晚期曾借"方法热"的东风"热"过一阵,但研究者多从具体创作技法或心理分析理论入手,"芳心"另有所属,所以没多久就偃旗息鼓、悄然无声,少有专著出版了。单篇论文偶尔还有,要么是零星作家作品论,一味在心理小说的狭小圈子内团团打转,难以把握这一特殊文体的精神流脉与整体特征;要么是流派研究的副产品,自以为是的抽象概括、高高在上的理性审判,缺乏对研究对象起码的好感与同情,自然谈不上什么深切理解、精辟论述。细细说来,1949 年前的多是印象式批评。80 年代后情形大致有四:1."史论结合类"。余凤高、吴立昌等着眼于史料梳理、作家分类后寻找西方渊源,近于比较文学中的影响研究,长处是史料钩沉上功力深厚,缺憾正如刘再复在为余凤高的专著《"心理分析"与中国现代小说》作的序中所说"……主要是读他的'史',不太注意他的'论'。他的论,大约是受当时某些社会风气的影响,我觉得多少有点'左',对弗洛伊德这位在我国蒙受冤屈的老先生,要求仍然是苛刻了一些。……他的书,是可以看作一部中国现代作家对弗洛伊德心理分析方法的接受史的。"2."理论引进类"。乐黛云、王宁等精通外语,可直接阅读西方心理分析理论和心理小说研究专著,对 80 年代弗洛伊德及其理论在我国"恢复名誉"居功甚伟,对国内读者、学者了解弗洛伊德理论和西方心理批评研究现状有相当贡献。但他们是比较文学和文艺理论专家,理性过强而感性不足,总有"食洋不化"、用理论术语图解作品之感。3."流派研究类"。严家炎、赵凌河、施建伟等把三四十年代那批有强烈创新意识的作家作品纳入"现代派"研究中,有相当广阔的学术视野,也不乏精彩发现,但大开大阖的同时往往存在一定的理论隔膜,感情上先入为主的轻视甚至蔑视更直接影响了论断的公允。4."外国文学类"。韩耀成、柳鸣九等承国外心理小说研究余绪,但中国心理小说不在其学术视野之内。总之,"只见树木,不见森林"是他们最致命的弱点。

平心而论,以往研究的薄弱跟20世纪中国严重缺乏严格意义上的心理小说和心理小说家有很大关系。无论如何措辞婉转,中国心理小说的大体情况无法改变:尝试不少常半途而废,时尚流行却未成气候,遍地开花而不成流派,寥寥几个名家名著也昙花一现、转瞬即逝。研究者们在中国心理小说总体评价与定位问题上的尴尬缄默与小心规避,本身就非常能说明问题。纵跨整整一个世纪研究中国心理小说的方方面面,自然篇幅惊人、皇皇大观。但若只梳理其精神源头、思想特质和大致流脉,则无须巨细不遗。精心选择代表作家进行个案分析"以偏概全"就可以了。

鲍桑葵曾把希腊思想家关于美(也就是艺术)的探讨标准归纳为"道德主义的""形而上学的"和"美学的"三项一般原则。[1] "道德主义的"原则是社会家、伦理家坚守的阵地,"形而上学的"和"美学的"两原则才是评论家的解剖刀、显微镜。道德主题固然是小说研究的重头戏,小说内容和作家倾向"是否道德"与艺术价值的高低似乎没有必然联系。这样的标准衡量再考虑到不同历史阶段的风貌,中国土生土长的心理小说家们便凸现出来了:施蛰存、欧阳子是公认的心理小说家,鲁迅是20年代先行者中的翘楚,郁达夫是中国现代小说"向内转"的精神领袖,叶灵凤、李昂分别是所处时代性爱小说的旗手,七等生、白先勇代表着中国心理小说西化和传统的两种倾向……透过他们的小说实践和创作历程,可以看到20世纪中国心理小说的种种姿态和不变精魂。

---

[1]　[英]鲍桑葵:《美学史》,张今译,桂林:广西师范大学出版社2001年,第13、14页。

第一节　源流谱系:定义背景与发展流脉

以往研究乏善可陈的表现之一是定义使用上的混乱。"心理小说""心理分析小说""心理现实主义小说""心理现代主义小说"……长期以来,这些耳熟能详的概念不仅一般读者不甚了了,学界内部也是众说纷纭、莫衷一是。

定义混乱原因之一是分类标准不一。"心理现实主义""心理现代主义"多了重创作方法色彩,而"心理小说"无论产生时间和实际外延都与"心理分析小说"不是同一级的概念。小说分类跟创作实践同样具有人文科学特有的模糊性,不像二二得四那样简单明了。所以吴立昌在《精神分析与中西文学》①中大而化之、统而言之;余凤高则知难而进:

> 到了二十世纪,奥地利精神病学家、心理学家西格蒙特·弗洛伊德创立了'心理分析'的学说……重视直面内心的作家,从这位心理分析学家的理论中获得了自然科学的支持,他们不是只靠自发的感情体验,还自觉地将心理分析理论运用于创作和批评……一步步导致了'心理分析'小说和'心理分析'的文学批评的产生。②

"理论指导"和"创作自觉"几乎是研究界普遍认可的两个标准,可小说演变自有其特定背景和内在规律,不会完全因某种社会思潮的兴衰为转移,即使心理分析理论这样直接影响人类对自身心灵认识的理论也不例外。因此"理论指导说"不能成立③;作家的主观愿望不等于小说的客观成就,故而"创作自觉说"似是而非。后来者有所察觉,杨迎平以为心理小说是"表现人

---

① 吴立昌:《精神分析与中西文学》,上海:学林出版社1987年。

② 余凤高:《"心理分析"与中国现代小说》,北京:中国社会科学出版社1987年,第5、6页。

③ 弗洛伊德本人坦承自己在文学艺术大师的杰作中获益甚多。心理小说不仅早已有之(可以上溯到18世纪的《克拉芙王妃》),甚至最杰出的作家作品也产生在心理分析理论当令之前,如陀思妥耶夫斯基的长篇小说名作《卡拉马佐夫兄弟》。

物的心理动态、异常情绪和意识流动的小说"①；张怀久的专著《追寻心灵的秘密》开篇第一节"在比较中界定心理小说的内涵"：

> 只有当小说创作对记叙生动情节、讲述完整故事的兴趣让位于对人物内在心灵世界、复杂情绪情感的兴趣时，才称得上是心理小说。也就是说，心理小说是以表现人的内心活动为主要内容的；它的主要特征是用直接或间接的心理分析手法，把人的主观的、内在的、隐秘的方面传达给读者。②

认识上较前人确实有所进步，但依然讲不清"心理小说"与"心理分析小说"的区别，理不明"心理小说"与"心理分析理论"的关系。

定义混乱的根本原因是认识不清。心理小说分类和命名的唯一标准应该是对人类心灵世界开掘的深度与广度，这与其产生的文化渊源和文学背景都密切相关。洪荒至今，人类一直在"内在自我"和"外在环境"之间苦苦挣扎。外在环境是生存所迫，内在心灵的自发觉醒才是人与动物的根本区别。古希腊神庙"认识你自己"的箴言反映出人类最古老的愿望；中世纪人们在"神的威严"与"人的罪孽"的夹缝中为灵魂救赎挣扎千年；文艺复兴时期崇高荒谬的"宗教神话"破产；维多利亚时代自欺欺人的"人性梦话"终结；20世纪初"理性哲学"的金色梦幻败落③人类一次次彷徨迷失，一步步从抽象理念的阴霾走出，逐渐意识到"神化"和"妖魔化"同样是对人性的扼杀，复杂多面才是自然人性的常态。心理小说的产生是人类逐渐摆脱外在世界的压力之后对自己心灵认识深入的必然，与"心理分析"④理论其实并无二致，只是一个用形象表达，一个是学术思辨罢了。它们是一体两面的"兄弟"，而非继往开来的"父子"。把心理小说看作心理分析的文学投影，是一种久已

---

① 杨迎平：《中国现代文学心理分析小说回眸》，《江西广播电视大学学报》2000年第2期。

② 张怀久：《追寻心灵的秘密》，上海：学林出版社2002年，第2、3页。

③ 茨威格在自传《昨日的世界——一个欧洲人的回忆录》中相当真切地写下了当时的欧洲知识分子曾对文明的前景、人性的美好如何坚信不疑，一战的丑恶残忍又如何猛烈地击毁了这种坚信。茨威格夫妇后来的自杀是由于法西斯的上台，更是因为理性哲学的坍塌而找不到精神的支点，他们是那个"太平盛世"的殉葬品。

④ 弗洛伊德的心理分析理论尽管不无瑕疵，但运用理性审视人类思维方法，正视人类阴暗心理，探索文明真相，破除成见、谬说……不愧为旧时代的伟大破坏者。

有之而且流传甚广的谬见。这是心理小说的世界文化渊源。①

　　心理小说的创作其实由来已久，②其文学背景是西方文艺复兴以来，由"神的膜拜"到"人的发现"等人本主义思潮在文学上的折射表现。小说上具体表现为"向内转"——由描摹周遭社会到探索人类内心世界。西方小说史中由一般小说、哲理小说、教育小说，③到心理小说、心理分析小说、思想小

---

　　①　关于这个问题，美国评论家里恩·艾德尔的论述更强调文学大师们的作用："人对自己内心世界和情感的观察可以上溯到古老的亚里士多德时代。然而直到浪漫运动时期，创作家们才较为深刻地认识到诗人具有一种潜意识的创造梦境的能力。卢梭追求早年经验的再现，并对之加以审察；歌德深信想象创造必须发掘人内在的思想；柯勒律治觉察到人无论在梦中或在白昼的沉思中，都市有一种并非自觉的'无羁束的奔放的遐想'（flights of lawless speculation），并提出他所谓的'内在生存的模式'（modes of inmost being）……"见〔美〕里恩·艾德尔：《文学与心理学》，张隆溪选编《比较文学译文集》，北京：北京大学出版社1982年，第70页。

　　②　吴立昌《精神分析与中西文学》、余凤高《"心理分析"与中国现代小说》都把心理小说的萌芽上溯到18世纪。但心理小说的真正成熟和黄金时代还是19世纪以后茨威格、劳伦斯、卡夫卡、陀思妥耶夫斯基们的时代。陀思妥耶夫斯基更把心理小说对心灵的表现推到极致：《罪与罚》《卡拉马佐夫兄弟》等作品超越了一般心理分析小说的理论高度和表现深度，评论家们称之为"思想小说"。他以圣人和罪徒这两类特立独行、敢想敢为的人为表现对象，探讨的不是普通心理，而是人类的理智与情感在激烈冲撞、尖锐矛盾中所能达到的极限——"人类灵魂最深的秘密"，目的在寻找人类灵魂得救的途径。

　　③　教育小说经常涉及主人公的心路历程，一般要从主人公的幼年或青少年写起，大体是一个心智成熟的过程，如托马斯·曼《魔山》和赫尔曼·黑塞《德米安》；心理小说多写心智成熟的主人公在特定境况下的心理波动。陀思妥耶夫斯基最擅长在一部作品中写几个心智迥异的人物在情感旋涡中不能自已时的狂躁甚至疯狂的心理变化。教育小说多是作家乃至他所在民族理想人格的完整画像，而心理小说往往反映了某种文化的自身反省的深度。艾布拉姆斯以为："成长小说或称'主人公成长小说'或教育小说，主题是主人公思想和性格的发展，叙述主人公从幼年开始经历的各种遭遇。主人公通常要经历一场精神上的危机，然后长大成人并认识到自己在人世间的位置和作用。莫里茨（K. P. Morritz）的《安东·赖绥》（Anton Reiser）（1785—1790）和歌德（Goethe）的《威廉·迈斯特的漫游年代》（Wilhelm Meister's Appreticeship）（1795—1796）是这类小说的原始模式。托马斯·曼的《魔山》（The Magic Mountain）和萨姆赛特·毛姆（Somereset Maugham）的《人生的桎梏》（Of Human Bondage）也属于此类小说。'教育小说'的一个重要的分支是艺术家成长小说（Kunstlerroman），表现小说家或艺术家在成长过程中认识到自己的艺术使命，并把握他的艺术技巧的经历。这类小说包括20世纪的一些重要的文学作品：普鲁斯特（Proust）的《追忆逝水年华》（Remembrance of Things Past），乔伊斯的《画家青年时代的肖像》（A Portrait of the Artist as a Young Man）……"见〔美〕M. H. 艾布拉姆斯：《欧美文学术语词典》，朱金鹏、朱荔译，北京：北京大学出版社1990年，第218、219页。

说①的隐性嬗变,其实是人类自我认识逐步深入、内在心灵逐渐舒展在文学中蔓延开来的"自由之路"(心理分析理论的出现只是驱散了几千年来蒙在人们眼前的迷雾,加速了心理小说的发展进程,文学与心理学的互动更显著而已)。小说是人类沉思历史、反省自身的精神结晶。一般小说自娱娱人,哲理小说主要表达对社会、世界乃至整个宇宙的看法,教育小说是人类对自身经历的咀嚼回味。这种回味起初集中于具体事件之上,后来自身反思、自身情感变化因素愈来愈多,心理小说就逐渐独立成形了。它之所以产生较晚,是因为"仓廪实而知礼节"。克服心魔的基本前提和必经之途是认识内在自我。人类通过认识外界来认识自己,通过征服世界来获得自信。巴赫金所谓的"漫游小说、考验小说、成长小说、教育小说……"蕴涵积淀着历代先辈认识自我的努力。从这个意义上说,教育小说是心理小说的前身,其式微与心理小说的产生不无干系。然而文学艺术与工业产品的更新换代不同:形式结构可能过时,而艺术精神和思想内涵永恒。21 世纪人类依然欣赏蒙昧时期的神话,原因就在此。心理分析小说、思想小说是天才艺术家超越自身境遇,升华到对人类命运、宇宙规律的焦灼思考后的巅峰创造,是人类文化最伟大崇高的财富之一。

---

① 若以对人类心灵的震撼为衡量标准,思想小说是心理小说乃至一切小说发展的巅峰。恩格尔哈特最先认识到陀思妥耶夫斯基小说中丰富、深邃的思想内涵及其伟大价值远远超过一般小说,从而创造出这个概念。他认为:陀思妥耶夫斯基笔下的主人公同思想小说的关系是一种特殊的关系——在思想的威力面前,这些人失去了"自我",成了思想的俘虏;他们被思想搅得神志不清,思想在他们身上仿佛成了一种威力,为所欲为地左右和扭曲着他们的意识和生活。换句话说,思想在主人公身上过着独立的生活。因此,实际活着的,并不是主人公,而是主人公身上的思想。"陀思妥耶夫斯基描绘了思想在个人意识和社会意识中的生活情状,因为他认为在知识分子圈子内,思想是决定一切的因素。这当然不应该理解为:他写了思想性的小说、倾向性的小说……因为他写的并非表现某种主题、某种思想的小说,并非 18 世纪崇高的哲理小说,而是描绘'思想本身'的小说……这类小说不同于冒险小说、感伤小说、心理小说或历史小说,它可以称之为'思想小说'……他的材料十分特殊,因为他的主人公乃是思想"。转引自冯川:《忧郁的先知:陀思妥耶夫斯基》,成都:四川人民出版社 2000 年,第 155、156 页。恩格尔哈特的贡献在于这个天才概念的提出,而非论述。首先,陀思妥耶夫斯基小说中的人物因其独异深刻的思想而更丰满,而没有被思想所压扁。其次,思想小说与心理小说的关系,犹如冰之于水一样,和其他几种以题材命名的小说更不是可以并称的概念。

　　创作上既然有演变发展的历史，"心理小说"定义本身自然有历史流变问题、广义狭义差别：最初所有以心理刻画、心理表现见长的小说都叫心理小说；后来随着对人们隐秘的内心世界的探索日益深入，心理刻画、心理挖掘占的比重愈来愈大终于压倒其他要素一跃成为整篇小说的中心，全新的小说样式就此诞生。偏重故事讲述的传统小说中心理刻画无论怎样生动传神，也不过是表现人物情节的技法手段，而在新式小说中，心理本身就是写作目的。这小说新贵起初也被称为心理小说，众乱之门由此敞开。19世纪末弗洛伊德心理分析理论举世公认之后，"心理分析小说"的美名不胫而走、益增其乱。其实只要"心理小说"分身两用，就可以恩怨了却、乾坤明朗了：心理小说在广义上保持原有的大家风范，囊括所有以心理表现、心理刻画见长的小说；狭义上则等同于心理分析小说，指代那些最生动感人、最深刻震撼的杰作。

　　现代中国没有欧洲维多利亚时代那么发达的文化，社会环境的封闭落后却跟后者的虚伪道德极为相似。"新文化运动"是文艺复兴式的伟大变革，西方人文传统"横的移植"之后国人开始关注本民族的心理痼疾。心理分析是反封之利刃，心理小说是反抗之呼声。但国人功利心过盛忽略了更深层、长远的精神内核。中国知识者整整一个世纪在"救亡"与"启蒙"之间殚精竭虑、奔走呼号，疲于"为人"而羞于"为己"。其实"为己""个人主义"不是自私，而是强调个体的灵魂自由和精神独立，误解它们意味着缺乏对内在精神世界的根本理解。中国心理小说三生三灭，说到底，中国文化中的功利主义成分是祸首之一。

　　这"三生三灭"可说是20世纪中国心理小说的"三段论"。其中，心理小说在20年代的中国，可说是译介心理分析理论所致的副产品。新文化运动为现代中国打开了一扇向西的窗，各种西方理论思潮纷至沓来、如潮涌至，冲击着中国的各个角落。

　　　　精神分析理论在二十年代被章士钊、周作人等介绍到中国以后，因其对性本能的发现，强调对本能宣泄与本能压抑的冲突所暗示的对性问题、性道德的开放态度与"五四"时代反对封建传统道德、追求人和人性的全面自由、彻底解放的时代精神合拍，很快为几乎所有的中国重要作家所接受。鲁迅、郭沫若、周作人、郁达夫、成仿吾、许杰等或著文介绍,或吸取精神分析理论和方法进行创作,从而形成一股弗洛伊德热。①

"但不管是内容,还是技巧,并没有给我们留下什么可以立得起来的作品"②,小说分类不能离开精神内核。郭沫若、郁达夫等人不乏创作技法的革新,但星星点点的心理分析色彩反复渲染的无非身世飘零、忧郁感伤情绪,并未触及心灵的矛盾复杂深处,不出浪漫主义感伤小说范畴。他们是中国心理小说第一批尝试者,而非真正意义上的开拓者。即使鲁迅的《补天》《肥皂》也停留在技法层面上,《伤逝》《沉沦》等有限的几部佳作也只是少数天才作家的灵感借鉴、喃喃自语。因此20年代至多算前期准备,而非完整的发展阶段。

(1)20世纪20、30年代中国社会风云变幻无常,文化精英们一度坚定的社会信念被严酷的政治斗争冲击得七零八落。"五四"先驱们"铁肩担道义"的锋芒锐气大多让位于明哲保身的沉沉暮气,有的退隐,有的高升了。然而"国家不幸诗家幸",心理小说居然在保命全身的象牙塔内、商潮涌动的十字街头畸形繁盛起来。被乱纷纷称作海派、新感觉派、现代派的叶灵凤、施蛰存、刘呐鸥、穆时英和张爱玲等等开始运用弗洛伊德的心理分析理论来表现都市人物复杂的情感纠葛甚至历史人物莫须有的情欲冲突。

"在新感觉派形成以前,叶灵凤是中国心理分析小说最早的推行者之一。"③他最得意的《鸠绿帽》《摩枷的试探》《落雁》三篇,"都是以怪异反常、不科学的事做题材——颇类似近日流行的以历史或旧小说中的人物来重行描写的小说——但是却加以现代背景的交织,使他发生精神错综的效果"④。但"虽然着意于描写人物心理的反常,然而他写得较为成功的反而是都市日常生活"⑤。相形之下,尤其与后起的新感觉派相比,他最著名、影

---

①　萧笛:《精神分析学说与三十年代非左翼文学》,《江淮论坛》1996年第1期。

②　汪星明:《试论新感觉派对中国小说现代化的贡献》,《广西师范大学学报》1996年第2期。

③　钱理群等:《中国现代文学三十年》,北京:北京大学出版社1998年,第323页。

④　叶灵凤:《前记》,《灵凤小说集》,上海:现代书局1931年,第8页。

⑤　李欧梵:《漫谈中国现代文学中的"颓废"》,《现代性的追求》,北京:生活·读书·新知三联书店2000年,第141页。

响最大的还是性爱小说，"无论是新是旧，他的性爱小说是世纪病态的标本"①。赵家璧、施建伟曾把施蛰存、刘呐鸥、穆时英等人称为"心理小说派"，但应者寥寥，现行文学史显然更认同新感觉派这个说法。他们没有创作技法的整齐划一，没有明确固定的宣言主张。杂志《无轨列车》的名字摆明了要率性而为、师无定法。心理分析也好，感觉抒写也罢，都在倾诉现代都市中光怪陆离、眼花缭乱的声色犬马、醉生梦死。施蛰存还系念于乡村，另两位则一派都市气息。他们是现代中国少有的都市小说派，同时被称为海派、现代派，是因为的的确确有商业味道、时尚气息，确确实实在现代文明中陶然醉然。"上海——地狱上的天堂"，是他们反复渲染的主题。也有对社会不平等的愤慨，但更多沉浸其中的欣赏赞叹；也有对时尚人群的心态表现，但轻飘飘地浮于表面，并无深入的迹象。都市生活中自然有灯红酒绿的迷离光影，何尝没有灯火阑珊、人去楼空的失意痛苦；自然有舞池中、酒场上的欢笑恣睢，何尝没有贫民窟、亭子间里的寂寞愁苦？他们着意渲染铺张扬厉着，以为可以代表时代和都市的不是后者的"革命"而是前者的放纵。尽管不无怨尤、不无嘲讽，还是无法挣脱、无法抵抗这种诱惑。题材选择中无意流露的，正是地地道道的都市心态。施蛰存是乡土中国的儿子、现代中国的养子，情感上眷恋着古典的人生韵味，现实中寄寓于现代大都市的纷繁芜杂：作品中都市色彩最淡是这个原因，时常有乡村背景的一角是这个原因，时时有萦绕不去的惆怅忧郁、无以名状的迷惘失落也是这个原因。他在内心深处是个古典士大夫，而非刘呐鸥那样 modern（摩登）的都市人。1949年后蛰居书斋，研究古典文学，在闹市中固守宁静的心灵国土其实更符合其心性。他们的明显相同处不在文学观念，而是对人的看法：不相信"从内心到外表都是英雄思想"的"彻头彻尾的英雄"②。都市小说的颓废味道，新感觉派小说有的，但上海是中国的上海，颓废是中国的颓废，不能跟西方混为一谈。张爱玲说得好，"疯狂是疯狂，还是有分寸的"。可以说中国式的生活比较健康，也可以说西方式的生活比较丰富，我无所轩轾于其间。但艺术

---

① 钱理群等：《中国现代文学三十年》，北京：北京大学出版社 1998 年，第 323 页。

② 施蛰存：《为中国文坛擦亮"现代"的火花》，《沙上的脚迹》，沈阳：辽宁教育出版社 1995 年，第 175—182 页。

家不同,他们是放浪形骸的殉道者、遍尝人生百般至味的神农:把个体人生艺术化,又从中提炼出崭新的艺术精神,拓展人类的想象空间,提醒人们生活的多样可能。中国的社会环境、道德舆论不及西方适合艺术生长,没有游移彷徨于圣洁与堕落之间的天才撒旦,没有那么复杂的、形而上的心灵痛苦,心理小说不及西方又有什么好奇怪的呢?

　　会打少林拳的,未必全是和尚。新感觉派善于表现现代人物的复杂心理,但把他们归为心理小说派,是以往国内学界对心理小说的认识有其历史局限。其实,即便以"心理小说家"名世的施蛰存也不过是驰骋才华,少有发自内心的深切领会与热爱。心理分析之于他们,不过是创作中的佐料点缀。犹如夜空中轻快掠过的流星,虽然明亮可人,但却单薄短暂难以长久。这样偶一为之的文体实验,要形成流派也很为难。

　　(2)20世纪50、60年代中国社会政局处于轩然大波后的余波荡漾期,文学格局惨遭池鱼之灾。红色经典一统天下,用民间的、通俗的或者传统的小说口吻讲述可歌可泣的英雄故事成一时之盛。革命的乐观主义精神清理了所有个人情感的角落,压倒了不同声音存在的所有可能性。复杂自我的心理小说不合时宜得几乎与阴暗病态同义。70年代末情况才有所改观。台湾则是政局不稳、报禁严厉,"五四"新文学的社会写实传统成了红色禁忌,西方文学的影响却随着"美援"的涌入水涨船高。聂华苓后来回忆说:

　　　　从一九四九年直到现在,国民党采取关门政策。就是说,凡是三十年代的作品和大陆的作品一概不准进口,甚至不准看……五十年代的台湾文坛是'前无古人,后无来者',是一段真空时期。作家们没有前一代的文学遗产,纵的只有中国的古典文学,横的只有外国文学。……那时候有一个忌讳,就是揭露国民党政权的黑暗面是不允许的。但是我必须说,作家们也有不歌颂的自由。因此,作家们尽可能不去碰现实问题,而转向自己内心的探索。又因作家和上一代的文化遗产相隔绝,所以他们就转向了西方文学,在西方文学里找学习对象。象T.S.艾略特、罗伯特·弗罗斯特、伊·柯·柯敏斯、詹姆斯·乔伊斯、亨利·詹姆斯、海明威、卡夫卡这些现代大师都是青年作家学习的对象。诗人和小说家都走向内心世界、感觉的世界、潜意识的世界、梦的世界……台湾在五十年代初期是'逃避文学';用水晶的话说,有一些是'假洋鬼子'的作品：西洋文学不象西洋文学，中国文学不象中国文学。他们的作品可以说有很多是不伦不类的，而且没有技巧，他们只是学到洋鬼子文学的表面，而没有学到作品的内容……①

"六十年代的台湾文坛是西方现代主义的模仿时期"②，"（台湾作家们）……不知不觉地学习西方人的感情和思维方法，跟随他们世纪末的颓废的世界观，仿效他们麻木、荒谬、病态的姿态……台湾文学界相当普遍地缺乏具有生动活泼、阳刚坚强的生命力的作品，而到处散发出迷茫、苍白、失落等无病呻吟、扭捏作态的西方文学的仿制品……"③

在这种情形下，1956年台湾大学外文系夏济安创办的《文学杂志》及后来白先勇等接续的《现代文学》意味就相当深长了。欧阳子、王文兴、白先勇等是五六十年代的台湾文坛自己的"大学才子派"：直面现实既不可能，便在夏济安的指引下自然而然地转向西方文学，尤其是西方现代派文艺；侧重个人情绪的自我表现，强调现代派的写作技法。虽然多是年轻未经世事的纯文学创作，不免有些脱离甚至回避现实，但在当时"反共文艺"猖獗的台湾，回避本身就是消极反抗。他们曾被斥为"反传统"，其实"反社会"倒是真的。

　　　　欧阳子是一个专门揭露人性"丑恶"的"心理外科医生"，"她的手术刀总是选在丑恶的角落，并将那些污秽的心片，揭竿似的挥舞着"，总之是不道德的……④

从《家变》到《背海的人》，一般人眼里的王文兴更是一列"全盘西化"的文学火车，在道德信念和语言文体的双轨上轰轰隆隆地越开越远——罪不

---

①　聂华苓：《台湾文学（代序）——一九八〇年在中国作家协会的谈话》，《台湾中短篇小说选》，广州：花城出版社1984年，第1—2页。

②　王拓：《是"现实主义"文学，不是"乡土文学"》，转引自文岩：《前言》，中国社会科学文学研究所、当代文学研究室编：《台湾作家小说选集》（四），北京：中国社会科学出版社1984年，第1页。

③　尉天骢：《路不是一个人走出来的》，转引自文岩：《前言》，中国社会科学文学研究所、当代文学研究室编：《台湾作家小说选集》（四），北京：中国社会科学出版社1984年，第2页。

④　唐吉松：《欧阳子的〈秋叶〉有感》，转引自曹惠民主编：《台港澳文学教程》，上海：汉语大词典出版社2000年，第93页。

容恕的双重忤逆者。其实在精神实质上,倒是来自社会底层没受过西方文化系统熏陶的七等生更接近西方心理小说传统。他是中国最大的心理小说家,自称"隐遁的小角色"是因为性情倔强与纷繁芜杂的现代社会格格不入,擅长表现年轻人涉世之初的自卑自强、善良淳朴以及遭受世俗伤害之后的愤怒无奈甚至自轻自贱情绪。白先勇虽被看作中西小说传统水乳交融的小说大家,但借鉴西方技法流露抒发的纯是中国古典文学中"感时伤逝"的士大夫精神。他最著名的《游园惊梦》也好,不太出名的《冬夜》也罢,固然也在着力暗示、表现人物内心深处的隐秘痛楚,赖以动人的还是小说中纯中国的忧郁情境、感伤情调,而非西方式独特深刻的隐痛、惊世骇俗的浓烈情感。这两位代表了当时中国心理小说"西化"与"传统"两种倾向的最高成就。

　　70年代国内政治运动潮起潮落,一般文艺都少有生存的土壤,心理小说更是无从谈起;蒋经国推动台湾"民主化进程"社会局势趋向宽松缓和,报禁等等严格控制舆论、文艺的措施逐渐废弛。"现代文学"因在现实面前闭上眼睛太久而渐失人心。热切关注生活甚至政治的"乡土文学"开始走向文学的中心祭坛,但除陈映真《我的弟弟康雄》等少数佳作外,心灵表现非他们所长。

　　(3)20世纪80、90年代,大陆新时期的"人性小说"和台湾李昂的"女性小说"是最大的亮点。"文革"结束后,文学开始呼唤正常人性的回归。"伤痕文学""反思文学"直至后来的"寻根文学""性爱小说"……说到底是"人性"突破一个个"禁区",得到越来越多认可的文学足迹。台湾文坛则因与西方的生活方式、文化思潮过往甚密,"新女性主义"在80年代就已出现且有相当发展,最明显最优秀的是李昂的"女性小说"。从写于80年代底的处女集《混声合唱》中的纯个人情性到后期政治色彩逐渐浓重的《北港香炉人人插》《迷园》,李昂始终从女性特有的细腻眼光和性别角度入手,近乎冷酷地书写着自己和眼前的广阔社会。"台湾的劳伦斯"是对她相当准确传神的概括。90年代以后,世界范围内生活方式、思想文化上的趋同性席卷了整个世界。西方(尤其美国)的社会生活模式使大陆和台湾年轻一代的作家中出现了浮泛、随意甚至模式化的写作倾向。"地球村"的弊端、世界大同的乏味,对以独异深刻的精神内涵为生命的心理小说而言几乎构成了毁灭性打击。对人性的探索在心理分析理论走上大学讲坛之后没什么重大进展,这是我们这个时代的精神状况。"新写实小说""痞子文学"……前卫作家们刻写的重心已经转向喧嚣嘈杂的现象本身,而非对生活现象的形而上思考。写心理过程的越来越少,心理小说事实上已是明日黄花风光不再了。

"三段论"已过,各个阶段心理小说挣扎的焦点终于浮出水面:20年代是天才作家的个人打拼——个人与理论的关系;三四十年代,"海派""新感觉派"等等都是局外人硬扣的帽子,甚至不无诋毁轻蔑之意——个人与流派的关系;五六十年代,政治的阴影笼罩着心理小说乃至整个时代的文学格局——个人与政治的关系;八九十年代时代风潮对创作主体的釜底抽薪——个人与时代的关系。林林总总一言蔽之是"内在自我与外部环境"的关系。各阶段理解把握的不同直接决定了心理小说的表现主题和实际成就。毋庸讳言,中国心理小说乃至整个现代小说与西方小说相比相对滞后。即便小说繁盛的三四十年代也是如此。①

第二节　至深深处②:小说主题与心理含量

世纪流年汩汩滔滔,小说丛林既深且广。看清每一个波澜、每一片树叶既不可能也无必要,从几个重要主题上就可考察中西心理小说中心理含量的概况。

---

① "尽管三四十年代的小说较之'五四'时期有了长足的进步,对于50—70年代来说,也有未能逾越与不可替代的辉煌,但是,如果放在世界文学的大背景下来审视,与同时代的外国文学相比,在见出特点与优长的同时,也能看出一些问题。譬如:同黑塞的《荒原狼》(1927)、《纳尔齐斯和戈尔德蒙德》(1930)等相比,人性的解剖与知识分子求索的艰难,还缺乏如此出神入化的象征表现。"见秦弓:《三四十年代小说的建树与启示》,《广播电视大学学报》2000年第1期。

② 奥斯卡·王尔德在狱中给同性密友道格拉斯男爵写了一封近乎遗嘱的信,里面责己责人,对二人的恩怨情仇和自己一生的得意失意做了深刻反省,题目有人译作《到心灵的最深处》,远不若黄源深的《至深深处》凝练传神。这里借来表示下文要对中西心理小说中的心理含量进行深入透彻的考察。

一、个体与世界

任何哲理思考都从个体与世界的关系出发。个体心理的成熟开始于内在自我从浑浑噩噩中醒来,渐渐意识到自我与他者和整个世界的抵牾不同;完成于个人性情的独立不倚或与周遭环境融为一体。弗洛伊德后期理论中人格结构分本我、自我、超我三个层次。小说中更常见的是"小我""大我"的二元划分,"小我"实际包括了弗洛伊德理论中"本我""自我"两方面内容,意蕴相当丰厚。

中国作家多写觉醒后在自我意识与社会意识的夹缝之间的矛盾反省与痛苦挣扎,时代、政治、社会的因素仍占相当比重。[①] 重视"自我"在小说中主要表现为对个人情感、人格尊严的小心卫护。《沉沦》中青春期正常的"性苦闷"偏偏与"五四"时期的反抗精神、弱国子民的悲愤压抑纠缠不清。郭沫若、周作人为被舆论围攻的郁达夫辩护时也一定要从"生的苦闷"入手,好像人皆有之的性心理一旦公开就是无耻。在中国,若没有"集体的""国家的"等等冠冕堂皇的旗号,"个人的"就是没保障的。"情感""尊严"这些抽象的东西不值一哂,而同样抽象不过可以作为大棒挥舞的"道德"至上。然而以为义愤填膺者全在维护世态人心的,只有不谙世事的蠢牛笨伯。那些大义凛然的画皮后不知藏着多少蝇营狗苟、功利算计,文人圈内尤其如此。其实只要不妨碍他人,别人道德干卿何事?中国现代文学史上数不清的笔墨官司,有多少是严肃的学理讨论?左翼批评家不必说,周作人骂起反目的兄长来也丝毫没有平和冲淡的味道……这种心态直接影响了对心理分析、心理小说的理解和接受。七等生是中国社会极罕见彻底的"个人主义者",为精神自由而自我放逐,由消极隐遁的虚无主义到积极厌世的叛逆主义。对功利成就不屑一顾却看重世人评价,视成人规则为龌龊苟且而渴望在世俗社会实现自我,这种理想主义做法无异缘木求鱼。处处碰壁却不思悔改、明明

---

① 李欧梵在《现代中国文学中的浪漫个人主义》《孤独的旅行者——中国现代文学中的自我的形象》等论文中对中国现当代文学中的"自我"与"本我"问题论述不少,但多从文学思潮传统入手,本文则从民族文化心理着眼,有些观点甚至相左。参见李欧梵:《现代性的追求》,北京:生活·读书·新知三联书店2000年。

敏感脆弱而硬撞到底,这是一条只有天才、斗士们行得通的光荣的荆棘路。[①]《我爱黑眼珠》《散步去黑桥》是环境逼迫下的哀歌婉转——动人而纤弱、彷徨而无奈、悲观而绝望……虽被热爱生活者批评为消极避世、与世无补,但象牙塔内的顾影自怜也是人类美好高尚的情感之一。消极抗世虽然在小说世界中比比皆是,但现实人生中同样"宁为玉碎,不为瓦全",真正继承陶泽遗风隐遁于乡野之间而对现代社会持批判立场的,偌大中国仅此一位。阿德勒自立新说"个体心理学",与老师弗洛伊德的根本分歧就在于他以为真正左右人们命运和行动的不是弗洛伊德所强调的"本我",而是"自我"在周遭社会中的"自卑情结"和尽全力挣扎力争压倒对手克服环境的"优越情结"。几十年如一日,《隐遁者》《放生鼠》《迷失的蝶》《来到小镇的亚兹别》《城之迷》……每一部作品都是心灵的自传,每一篇小说都是个人信仰的寓言。《小林阿达》等后期作品更摆脱了前期一味的低回婉转,增加了传道批判意味,拓展了心理内涵,加大了精神力度。七等生是中国首屈一指的"自我"心理表现家。

相形之下,时代、环境投射在西方心理小说中的影像更多属于个人心灵

---

① 七等生与鲁迅、卡夫卡在精神气质上的相似相异:鲁迅小说中著名的"先觉者"系列形象面对的全然是荒原般的死寂与漠然,敌意四伏的"无物之阵"。同是个人与世界处于紧张状态,鲁迅更接近陀思妥耶夫斯基,但中国人不信教、不信来世,没有那样深沉的终极关怀。他们关注的都是个人灵魂的安宁——陀思妥耶夫斯基返璞归真,归于信仰,鲁迅执拗终生,以至于死。七等生神似卡夫卡,都喜欢以幻想的寓言象征故事抒情表意。但七等生较多悲泣叙述,卡夫卡纯以冷静甚至冷峻出之。

探索的社会背景。①西方对自我的重视体现为彻底地追寻、清楚地认识与坚定地实现。陀思妥耶夫斯基、卡夫卡等西方小说家是忧郁的先知，自愿肩起整个人类的苦难，走在终极关怀的险途之上。这种心理酷刑纯是"咎由自取"，但陀思妥耶夫斯基认为人有时是喜欢受苦的。卡夫卡则像克尔恺郭尔一样放弃了个人幸福，殉道者的神圣灵光照彻了现代社会中的个人梦魇，把日常生活中的荒谬凸现得让早已麻木的人们不寒而栗。《饥饿艺术家》是个人精神画像，《地洞》揭示了现代社会中小人物的心理状况。

　　认识自我、实现自我离不开"个体与世界的和谐"。通过何种途径达到和谐，涉及对道德和理想化的人格的理解（伦理学），涉及各民族最古老的文化心理积淀。中国人臆造的"龙"是杂合各种动物而成的图腾——完美与神秘的象征、力量与优雅的结合。西方文化中最具影响的还是"十字架"——罪人与圣徒的奇妙统一，犯禁狂喜与宗教意识的浑然一体。终极意味与巅

---

　　① "浪漫派的最后一位骑士"——赫尔曼·黑塞虽然承接了歌德、卢梭等人的"自传文学"传统，但与日本的"私小说"和自暴隐私的当代小说不同，他的小说注重的是人物心理的受挫痛苦和成长欢欣过程，《彼得·卡门青德》《德米安》都是如此。《荒原狼》最后结尾的"魔术剧"一节更突破了包括他自己在内以往作家们"小我"与"大我"的二元思维，意识到每个人（其实是心灵丰富的进取者、思想者）的内心"自我"并非铁板一块，也不是"人性""狼性"的简单统一，而是许多碎片相互交错、碰撞不休的混沌体。这种认识几乎达到了陀思妥耶夫斯基"思想小说"的艺术高度。《罪与罚》中拉斯柯尔尼科夫善良优柔的原初自我与在超人哲学中迷失方向、被罪恶的时代氛围、恶劣的生存境况逼迫下铤而走险的"社会自我"短兵相接，从而杀人，迷乱，几乎疯狂，向人类全部的苦难下跪，向上帝忏悔……虽然惊心动魄、深刻犀利，还不脱二元思维。到了《卡拉马佐夫兄弟》，作家恣肆汪洋，虽然自称写的是一个圣者的学习期，其实所有家族成员集合起来体现的是"卡拉马佐夫性格"的各个侧面，那是一个天才对人类心灵毕生认识的总结。再不会有那样强烈的宗教狂热，那样深刻的思想洞察，那样苦苦思考人类灵魂救赎的形而上的崇高，那样孤绝的近乎苦行僧、修道士的生活，那样复杂的人格，那样多舛的命运，那样横溢的才华……也即不会再有这样的杰作。陀思妥耶夫斯基不朽。早在十九世纪，精神分析的先驱之一尼采就直言不讳地说过，陀思妥耶夫斯基是曾经教导过他的唯一的心理学家。弗洛伊德则以为陀思妥耶夫斯基是个不用心理分析就无法理解的伟大作家。除了陀思妥耶夫斯基的小说之外，被称为思想小说的还有托马斯·曼的《魔山》。托马斯·曼是个对心理分析有浓厚兴趣和相当认识的作家，曾专门写过《弗洛伊德与未来》《弗洛伊德在近代思想史上的地位》等长篇论文，高度评价弗洛伊德对人类思想史和文明史的卓越贡献。《魔山》记载了二战之前欧洲几乎所有思潮的冲撞交错，甚至预言欧洲文明正走向战争和衰落……但充满经院式、学者气的辩论，有为思想而思想之嫌，与现实人生隔着一层。

峰体验。这里触及了陀思妥耶夫斯基最著名的论断之一:"自由与苦难"。《卡拉马佐夫》中囚禁耶稣的"宗教大法官"走进地牢宣布他不惧怕救世主,甚至比救世主更加参透生死、洞察人间至理、更懂得人类的真正需要。《地下室手记》是发现终极真理后心气难平、郁闷至极的迸发。中国只有古代的《天问》在偏执气质和悲愤情怀上相似,但思想深度和情感的浓烈上仍逊色许多。中西文化图腾的差异可归结为"中庸"与"极端",中国的理想境界是"从心所欲而不逾距",游刃有余、从容不迫地达到"至境"。西方人以宗教般的狂热、殉难者的勇气投入,一条道跑到黑。"大我"意味着超过个人生命体验的限制,上升到对时代精神、民族气质、社会环境的思考与批判。

二、"性"与无意识

长期以来"性爱"一直被规避、被压抑,无论在虚伪的现实生活中还是在真实的文学作品中都是如此。19世纪后人们开始正视它在健康生活中的位置,弗洛伊德理论更迫使整个文明世界承认了它甚至对人类心灵生活有相当深远的影响,大大加速了维多利亚时代以来欧洲陈旧虚伪的社会道德的土崩瓦解。[①] "性爱小说"也终于抖掉了"色情淫秽"的污蔑,得到了应有的评价。性爱本身并不淫秽,它是个体成长发育成熟必经的关口,也是正常生活、健康心理必不可少的一部分。从对待性爱的态度,看得出一个人心智水平和思想倾向。"性"本是人类最私人、最见性情也最不该被干涉的领地,却是社会力量实际介入最多、负载社会文化习俗最多的所在,往往是特立独行者与社会意识发生激烈矛盾与争执的桥头堡,客观上是社会文明进步的标志之一。福柯曾专门撰写《性史》来揭露批判理性社会对独立个体自由的干涉。性爱也是表现一个人内心本真的最佳角度之一,古今中外性爱小说传统绵绵不绝。"五四"以来,中国作家一直把对"性"的书写视为对主流意识无形禁区的突破:郁达夫、丁玲、叶灵凤、张资平等人的犯禁文字都有为新道德鸣锣开道的意义;欧阳子《秋叶》《魔女》中的性扭曲,王文兴《寒流》《玩具手枪》中的性觉醒与性困惑是原始本能在社会意识压抑下的反向折射;大

---

① 弗洛伊德在他著名的《性爱三论》中如此强调性爱的意义,甚至给自己带来了"泛性论"的恶名。其实他只是以为性爱的起源和范围远较人们原来认识的早而且广。

陆新时期"人性小说"随政治风潮浮浮沉沉，李昂"女性小说"发台湾女权主义之先声……"性爱"已经不知不觉成为文化精英们攻防的利刃、手足或商业写手们的摇钱树、聚宝盆。性爱小说可以有真情实感的痛楚呻吟，《十日谈》之类的矫枉过正，但不可以有玩赏炫耀、商业媚俗的鱼目混珠；没有完整可信的心理转变过程，没有严肃认真的生活态度的不是性爱小说，而是它不争气的兄弟——色情小说（海派小说的末流就是如此）。今天不会有人再称劳伦斯为"色情作家"，因为越来越多的人读出了这位清教徒笔下性爱的美丽和圣洁，那是对上一个时代死气沉沉、毫无激情的道德观念的反拨乃至反抗。他以宗教信徒的狂热宣扬自己的乌托邦理想，以为"血性哲学"可以挽救被现代文明阉割的奄奄一息的人类精神。《虹》就是他的福音书：一家三代的性爱磨合过程是他构想中人类得救的几个阶段。以致米兰·昆德拉在《被背叛的遗嘱》中这样嘲笑道："我想到劳伦斯，性的颂扬者，交欢的福音传教士，在《查泰莱夫人的情人》中，他试图使性抒情化，从而为性平反。但是，抒情的性比上世纪的抒情情感更让人好笑。"①反倒是一脸苦相的卡夫卡被他认为第一个写出了"性的喜剧性"（《美洲》和《城堡》）。被赋予的社会文化意义过多容易遮蔽原初本真。"性爱"意义的丰富复杂从中外小说中的种种性爱姿态可见一斑：劳伦斯以为性爱是拯救世人的一条道路（《恋爱中的女人》），李昂从性爱中看到性别奴役与人格污辱（《杀夫》《暗夜》），沈从文笔下性爱主宰着人生的快乐痛苦（《边城》），王小波视性爱为上天赋予的却被无理干涉的自由与美好（《黄金时代》），新感觉派写成了现代都市中富人的奢侈特权与高级享乐……性爱小说这面镜子，映出了作者的内心衷曲与思想境界。心理分析固然是把破坏的利刃，但用意在澄清误解、追问真理，是先破而图后立的学说，西方作家托马斯·曼、黑塞、劳伦斯等都是如此。这是独立思考与生命体验投入的结果。

荣格的最大理论成就是"集体无意识"，让我们得以透彻时代精神、民族精神中的心理痼疾。西方文学中性与无意识是相对独立的两个传统，性爱小说中多个人道德和性欲本能的冲突，而少社会与时代内容。而在大多数

---

① ［捷］米兰·昆德拉：《被背叛的遗嘱》，孟湄译，上海：上海人民出版社1995年，第43页。

中国作家眼里,无意识几乎就是性意识的代名词,如施蛰存:

> 《将军的头》是历史题材小说集,而《梅雨之夕》却是现代都市生活题材的小说集,……在两本小说集中,施蛰存差不多只用了一个单一的视角:爱欲。"《鸠摩罗什》,宗教和色欲的冲突;《将军的头》,信义和色欲的冲突;《石秀》,友谊和色欲的冲突;《阿褴公主》,种族的冲突。"(《书评·将军的头》,《现代》第一卷第五期)……主题几乎无一例外的是表现爱欲与道德文化间的冲突,而这爱欲归结起来主要是指一种东西:性欲(里比多的冲动)。①

中国作家中针砭民族心理痼疾得最不留情面的是鲁迅和张爱玲:鲁迅表现庸众看客的愚昧麻木,看重精神;张爱玲刻写市侩俗人之间无声无形的杀戮,重在物质。同样真实得几乎残酷,鲁迅有启蒙者的博大峻急,视野遍及社会的各个角落;张爱玲则有自命俗人的专注从容,一门心思挖掘男女情爱、婚丧嫁娶。西方写集体无意识的侧重时代精神,劳伦斯批判工业文明,托马斯·曼纵观总评欧洲思想历程,陀思妥耶夫斯基则关注宗教信仰、自由苦难等永恒主题。劳伦斯跟荣格一样,并不以为无意识像弗洛伊德说的那样充满罪恶。在他们眼里,那里充满了人类的原始本能和力量,甚至是指引人类走出文明陷阱的明灯。

无意识是弗洛伊德理论的核心概念之一,"俄狄浦斯情结"又是人类无意识中最原始、最重要的内容之一。《图腾与禁忌》追本溯源把原始部落所崇拜的图腾动物看作父亲的象征:

> 弗洛伊德并非不愿意假设,许多(原始的和现代的)社会和道德行为的基础是俄狄浦斯情结或恋父情结。用这样的办法,他已经解释了在保存原始的'风俗习惯、仪式和法则'的残迹(也就是,那些与不朽的精神实质相一致的残迹)时,无意识所起的作用(《图腾与禁忌》第276页)。②

---

① 金华:《从施蛰存的小说看现代派文学对自然生命形式的呼唤》,《辽宁大学学报》1995年第6期。
② [美]霍夫曼:《弗洛伊德主义与文学思想》,王宁等译,北京:生活·读书·新知三联书店1987年,第40、41页。

《摩西与一神教》更把基督教徒的"原罪"感的由来归结为人类远祖或许存在的弑父行为。这些精神领域内极有价值的天才假说起码说出了父子两代之间那种相当微妙复杂的敬爱、怜爱与对抗竞争的关系。"俄狄浦斯情结"未必如弗洛伊德所说是人类文明的基石,但至少是人类社会无法回避的精神现象,文学作品中类似主题不断出现也是不争的事实,尤其在弗洛伊德理论创立之后。劳伦斯《儿子与情人》中窒息儿子精神生活的母亲也是父辈文化的载体象征,即实质上的"弑父"主题。西方现代、后现代叛逆思潮有"打死父亲"的口号,卡夫卡小说中有纠缠不休的"父亲情结"。中国心理小说则有对女性的特殊依恋。张贤亮、郁达夫、七等生对女性拯救者的虔诚甚至崇拜又鄙视的矛盾心理……如此复杂的女性情结其实是"俄狄浦斯情结"的中国版。西方强调弑父,中国偏重恋母。弑父是一种强悍的进取,哪怕后来因无法承受这种心理折磨而发狂;恋母是缓解内心紧张的手段和精神寄托,即使最终得救,精神气势上也输了一成。

三、道德旋涡与末日景观

所谓道德,简单说来就是人们为和谐相处而约定俗成的行为规范。但规范被普遍接受成为道德之际,往往就是滞后之时,这是人类社会无法摆脱的悖论。能看到新道德的曙光证明一个人在思想上超越了自己所处的时代。但伴随这种大智慧而来的往往是无法独自前行的心灵痛苦,因为遗世独立、高处不胜寒是更大更持久的痛苦。①

道德新旧交替、青黄不接之际,往往是社会变革之时。外在桎梏相对减弱,人们易于从平稳无趣的琐碎生活中挣脱出来,思考命运生死等形而上的问题。乱世使心理小说的产生成为可能,为其发展注入新质,又使作家们不容易找到静心写作的书桌。这是个无法解决的矛盾,心理小说就是这样在世代交接的季节里艰难生长的奇花异草。所以心理小说进入中国以及"死灰复燃"的时机总在"社会动荡,外侵内乱"的当口。20世纪的中国风浪太多,外在危险太多:生命的脆弱、个人的渺小使越来越多的作家对文学的自

---

① 鲁迅、胡适这两位"五四"健将都坚决反对包办婚姻,却不得不接受了包办妻子这件"母亲的礼物"而抱憾终生,很大程度上就是这个原因。

身价值和存在意义产生怀疑;中国士大夫传统的"救世情结"的诱惑使人们轻易逃离终极拷问,"以天下为己任"很多时候不过是个堂皇的借口。中国心理小说是"五四"之子,遗憾的是 20 世纪中国社会动荡太多,封建传统的反扑风又一吹再吹,三生三灭几乎是命运对它的安排。极端说来,当时中国社会甚至不适合人本主义、个人主义的生存发展。现代中国个性知识分子们噩梦般的人生境遇便是明证。

道德不像儒家认定的那样亘古如一,而是与世推移的。合理的不一定是存在的,存在的不一定是合理的。有时整个社会一派造作虚伪之气,英国维多利亚时代虽然号称"黄金时代",却不折不扣是道学家、伪君子跋扈之时。中国也不例外。① 道德领域内的"新旧""真伪"往往是一个问题的两种说法,否则心理小说中的道德主题不会常写常新,不会有那么多"海淫海盗"的小说具有思想解放和社会解放的双重意义。社会转型期多有这样因表现新道德而蒙不白之冤的作品,劳伦斯、郁达夫、李昂等人严肃的性爱小说命运都是如此。论者多以为郁达夫小说中"性的苦闷"是"生的苦闷"的折射,他自己也屡次以后期作品中的普罗色彩而欣慰快意。可毫无疑问,他的小说家声誉还是建立在早期"性苦闷"小说之上的。艺术王国里"众生平等",只有表现上的优劣成败,没有高人一等的贵族。作家的缺乏理论底气和创作自信受社会环境、时代氛围影响,也是自身旧道德残余所致。

"性爱"问题只是比较敏感而引人注目,"超道德与不道德"才是道德主

---

① 荣格在论文《历史背景中的西格蒙德·弗洛伊德》中如是说:"(弗洛伊德象他的同时代人尼采一样,也是维多利亚时代结束之际的人。)这个时代在欧洲大陆上从来也没有一个恰当的名称,尽管事实上和安格鲁-撒克逊人一样,维多利亚时代是有显著的日耳曼和清教国家的特征。维多利亚时代是一个压抑的时代,一个拼死也要用无休止的道德说教在资产阶级的尊严的框架中维护贫血的理想的时代。这些理想是中世纪集体宗教观念的最后一个支脉,而在不久前它已被法国启蒙主义运动和随后发生的革命大大地动摇了。政治领域中的古老的真理在这种情况下也已变得空洞无物,濒临崩溃。然而彻底变革的时机尚不成熟,因此人们不遗余力地阻止着基督教中世纪的全面消亡。政治革命被绞杀,道德自由的尝试被中产阶级的舆论所挫败,18 世纪后期的批判哲学到头来也成了一种改头换面的、用中世纪为模式的系统思想来把握世界的企图。但是,在 19 世纪的进程中,启蒙主义一点一点地冲破了禁锢,尤其是在科学唯物主义和理性主义的形成方面。"见[瑞士]荣格:《人、艺术和文学中的精神》,孔长安、丁刚译,北京:华夏出版社 1989 年,第 36 页。

题中最重要、最核心的内容。"超道德"还是"不道德",这是个无法从外在表现准确辨别的问题。不承认世俗道德在世人(尤其统治者)看来比没有道德、胡作非为更可恨可恶、可杀可剐。心理小说多写对世俗规范嗤之以鼻的异端、理性秩序的伟大拒绝者。罪徒和圣人同是既有秩序中的不稳定分子:他们生命力旺盛无法满足于世俗幸福,极易看破日常生活的虚妄,行动上摇摆于两极之间,心灵上无比痛苦,天生是心理小说的最佳主人公。① 鲁迅笔下的先觉者在卫道士们眼里是万恶之源、洪水猛兽,七等生、郁达夫笔下的人物总在忏悔……罪徒纵欲而放浪形骸,圣人禁欲而自奉甚严,他们同是清醒自主从不听命于任何外来教诲命令的特立独行者。纵欲太过的说不定福至心灵,禁欲过苛的也许一时崩溃。物极必反,人亦如是。所以王文兴《家变》中受过高等教育的儿子会因道德分歧和人生态度上的深刻分歧导致父亲离家出走、生死未卜,施蛰存《鸠摩罗什》和法朗士《黛依丝》中的圣僧都倾心于妓女……陀思妥耶夫斯基的《卡拉马佐夫兄弟》中辩护律师认为即使德米特里亲手杀了老色鬼也算不上"弑父"——仅有血缘关系而未尽抚养教育义务,反而克扣儿子财产,甚至与儿子争风吃醋的人,配不上"父亲"这样神圣的称呼。这绝对是崭新的伦理道德观,可惜过于惊世骇俗,极少有人注意其合理性。鲁迅是现代中国最具哲人气质的作家之一,他看到了中国传统的完人教育、道德要求的荒谬,所以从最基本的生存层面入手提倡一种"崭新"的、务实的道德:先谋求自身起码的生存,再另求更高层次的发展。看似鄙俗却正中传统道德的软肋。"五四"时期的郁达夫、五六十年代的王文兴、八十年代的李昂都是对传统道德视而不见、避而不谈的正常人性的大胆表

---

① 陀思妥耶夫斯基几乎所有作品写的都是疯子和罪犯,都是理性秩序之外的伟大拒绝者。《罪与罚》《卡拉马佐夫兄弟》中的犯罪,是因拉斯克利尼科夫、伊凡、斯麦尔佳科夫们思想偏激、越出正常社会中的道德思维方式而引起的。他们首先是思想的犯禁者,然后才是刑法的杀人者。伊凡甚至只在无意识中纵容了罪案,就视自己为当然的主犯。这是一种勇于担负自己思想罪孽的十字架的伟大精神。

现者,他们极端写实、越轨的笔触引得社会一片哗然,与劳伦斯境遇相同。①

末日论与末世观的价值取向相去甚远。关于末日论在西方的意义,俄罗斯思想家别尔嘉耶夫解释得较好:

> 西方的基督教文明是在末日论前景以外形成的……在基督教中始终保持着弥赛亚学的希望和末日论的期待,而这种期待在俄罗斯基督教中比在西方基督教中更强烈。教会不是天国,教会在历史上出现并且在历史中起作用,它不意味着世界的改变,也不意味着出现了新天地;而天国则是改变世界,不仅改变个人,而且也改变社会和宇宙。这就是这个世界,即虚伪和丑陋的世界的终点;也是新的世界,即真实和美好的世界的开端。陀思妥耶夫斯基说,美拯救了世界的时候,他指的是改变世界,是天国的到来。这也是末日论的希望。②

陀思妥耶夫斯基小说有浓重的末日论气息。这与俄罗斯人普遍信仰的东正教有直接关系。别尔嘉耶夫、罗赞诺夫、舍斯托夫等俄罗斯宗教神学家都从这一角度分析陀思妥耶夫斯基著作而有相当收获,绝对不是偶然的。

---

① 劳伦斯认定工业文明束缚和窒息了人类的生命力,所以提倡回归自然,重新唤醒血液中沉睡的原始野性和自然天性。其前期小说用力于对维多利亚虚伪道德的批判和破坏,后期开始宣扬一种崭新的性爱道德、性爱理想。《阿伦的藜杖》中先知式的人物,其实是作者以传道者自况,而《死去的人》中的耶稣复活后在与女祭司的性爱中焕发活力与血性,便是他为人类设计的拯救之途。现实中的屡屡受挫,不妨碍他成为文化名人。几乎所有思想家都是如此:在时代病症的发现和诊断上入骨三分,开药方时却相去甚远,托尔斯泰、尼采、陀思妥耶夫斯基也不例外。

② [俄]别尔嘉耶夫:《俄罗斯思想——十九世纪至二十世纪初俄罗斯思想的重要问题》,雷永生、邱守娟译,北京:生活·读书·新知三联书店1995年,第192页。

西方心理小说中的"末日论"①是着眼于来世救赎的。中国小说中则普遍存在"末世观"——乱世之中人生短暂、生命脆弱,明天像来世一样遥远得无法把握,所以要倾情于眼下的幸福快乐。张爱玲把社会写得鬼蜮一般阴暗可憎、阴森可怖,津津乐道的却是其中仅有的那几点亮色。她对人生、人性的灰色观察相当深刻而犀利,但并不懊丧厌世,反而更要抓紧转瞬即逝的青春、短暂相守的快乐:《十八春》中男女主人公历尽劫难相遇后共同回首往日的温馨记忆,《金锁记》那样是人犹鬼般的老太婆也有活力洋溢的姑娘时代、对蒋家老三年轻时的恋情回放,《倾城之恋》中的聪明男女因一刹那的生死相依放下了所有的世俗算计……鲁迅是"反末日观"的:"时间的流逝,好像独与中国无关",一再叹惋不只是政权的更迭,更是人心的麻木停滞。《风波》写辛亥革命后仍停滞在前清的村民,《故乡》末尾写打破这种恶性循环的殷切希望,虽然屡受艺术至上者批评,却已说明问题。既然今生来世属虚无,剩下的就只有个体的自由选择了。先觉者被视若疯癫、孤独至死而代代不绝的主题在其小说中一再上演就是这个原因。

四、幸福自由与苦难偏嗜

幸福、自由是人类共同的精神追求,但中西偏重不同、取舍各异。中国儒家文化崇尚趋利避害,以最小的损失换最大的收益。这种功利主义符合自我保存的本能,但利益绝对不是人生存主要目的。耶稣说人不是靠面包活着,强调精神层次的信仰;朱熹所谓"失节事大"维护的是道德层面上的贞节。不惜生命的代价去捍卫精神尊严,正是人类的高贵处。中国几千年来

---

① 现代西方文化中整体性的末日意识与基督教文化的影响息息相关:一方面基督教传统直接描述的时间终结时上帝对人类末日审判前毁灭世界的景象,凝结为西方人心中的"原型意象";另一方面,"西方文学作品中的'末日意识'关注的是整个族类、整个文明的命运,因而对人类危机景观的展现具有高屋建瓴的全方位特征。"而在中国文化中,除外来的佛教对认为现世乃"劫成劫毁"的"空无"与"虚幻"外,主流的儒家文化中不存在这种整体性的末日意识:由于这一传统对人类本性持较高的估计,劫难的来临并不会导致他们产生文明毁灭的预感。"社会的血腥、灾难在(中国)诗人头脑中触发出的这些(悲凄、愁怨和绝望的)情感一般并不具有哲学和宗教的意蕴。"他们感到的"末日只是一家一姓王朝的末日,只是某个特定的政权的末日,而不是整个文明、族类的末日"。见刘志荣、马强《20世纪中国文学的世界性因素——张爱玲与现代末日意识》,《中国比较文学》2000年第2期。

天灾人祸不断,"未知生,焉知死",各家学派都着眼于"生"与"幸福"。西方哲人则对"死"和"苦难"等问题同样感兴趣。① 陀思妥耶夫斯基是唯一患严重癫痫而不肯就医的人,为什么? 舍斯托夫说那是最接近死的一种状态,陀思妥耶夫斯基在发病时一次次无限接近死亡从而大彻大悟。这颗博大的俄罗斯心灵从自己和周围人的苦难出发,思考整个人类的生存苦难和灵魂救赎。《卡拉马佐夫兄弟》《罪与罚》预告的"新人"始终没能出现,或是因为作家英年早逝,更因为他思考最多感触最深的是"罪徒"那种在罪恶的烈焰中煎熬的心灵痛苦,从最阴暗的地下室期盼阳光的体验。他一日不把这方面的思考写尽,就一日不会去动手写什么"新人"的故事(从某种意义上说,他写的全是"新人"的故事,——新人从罪人身上诞生的阵痛故事)。

　　幸福是种平静得容易陷于平庸中无法自拔的思想状态,感觉上一旦满足,思想上前进的锐气和欲望就开始消退了。② 克尔恺郭尔、卡夫卡等宁愿孤身一人凄惶度日就是因为害怕自己在精神上慢慢死去,害怕以前所有的苦闷思索,所有黑暗中的挣扎全都化为泡影。因为未脱茧成功的蚕是个不

---

　　① 陀思妥耶夫斯基便产生了对幸福、稳定性、满足现状的仇恨和他幻想的怪事:人喜爱苦难:"你们为什么如此斩钉截铁地、如此郑重庄严地确信只有一种正常的和积极的,一言以蔽之,只有一种幸福对人才是有利的? ……也可能他同等程度地爱那苦难,爱到了吓人的程度——这一样也是事实。……只要你活着,就问问你自己好了。就我个人意见来说,我认为仅仅喜爱幸福,那简直是不怎么体面的。……我这儿可并非主张苦难,但也并非主张幸福。我主张……自己的任性,也主张需要的时候用它来为我作保证。……苦难是怀疑,是否定……我深信人不会拒绝真正的苦难,也就是永远不会拒绝破坏和混乱(我始终强调这一点)"见[俄]舍斯托夫:《在约伯的天平上——灵魂中漫游》,董友等译,北京:生活·读书·新知三联书店1989年,第54、55页。

　　② "陀思妥耶夫斯基表述了惊人的思想……人完全不是追求幸福的存在,而是有着痛苦需求的非理性的存在:痛苦是意识产生的唯一原因。从事秘密活动的人不和宇宙的和谐,也不和宫廷(他在其中只是工具)协调。……当千万人由于放弃了个性和自由而获得幸福时,从事秘密活动的人则不能接受宇宙和谐强加给他的结果,不能接受幸福的蚂蚁窝。……陀思妥耶夫斯基自己就具有两重性。一方面他不能容忍这个以无辜者的苦难为基础的世界。另一方面,他也不能容忍想创造'智慧的欧几里得'的世界,也就是既没有痛苦又没有斗争的世界,自由产生痛苦。陀思妥耶夫斯基不希望世界没有自由,也不希望天堂没有自由,他最反对那种强塞给人的幸福。……苦难问题是陀思妥耶夫斯基作品的中心"见[俄]别尔嘉耶夫:《俄罗斯思想——十九世纪至二十世纪初俄罗斯思想的重要问题》,雷永生、邱守娟译,北京:生活·读书·新知三联书店1995年,第76、77页。

伦不类的怪物,不能蜕皮的蛇是个长不大的笑话,吹毫立断的宝刀如在鞘中白白锈去是极大的浪费,精神界战士贪恋沙发的舒适无异于堕落。思想者往往是自愿为整个人类牺牲个人幸福的伟大殉难者。青史留名是他们可能获得的唯一桂冠,籍籍无名瘐死他乡是更大可能的归宿。"我不下地狱,谁下地狱",中国真正拥有这种义无反顾的悲怆气魄和思想自觉的小说家恐怕有一个鲁迅:《孤独者》《在酒楼上》与《野草》中的《死》《复仇》同是郁闷悲观至极时对自身未来命运的悲凉展望。他和自己笔下的"摩罗诗人"一样,知道恰恰是以往的苦难哺育了自己的精神生命,而且唯有新的苦难才能支撑自己继续前行。当外在世界不再威及生命存在,特立独行者就开始有意无意地自虐虐人以保护自己的思想锋芒和精神自由。"无论美的世界有多么吸引人,还有某种比它更吸引人的东西:这就是人的心灵的堕落,生活的奇怪的不和谐,这种不和谐深刻地淹没了生活中为数不多的和谐音符。"①心理学中一般的"自虐"只是寻求新奇的感官刺激,而"苦难偏嗜"更接近基督教的受难与救赎,"基督的受难启示了生活的真谛,受难的需要因而成了人之为人的一个重要标志"②。为震醒自己和摆脱精神上的麻痹而自愿经受肉体上乃至生活中其他并非必需的痛苦折磨,与受难不同,苦难偏嗜者未必有宗教意义上的信仰,事实上他们更接近虚无,比如尼采、鲁迅。

第三节　忧愁忧思:沉重分歧与文化心理

　　心理小说的心理含量与作家、民族的自我认识:中西心理小说差异的根源在于民族文化心理中的沉重分歧。人类摆脱蒙昧状态以来,生存所必须面对的困厄艰难基本相同;心灵世界外化而成的心理小说,心理含量却如此不同,原因何在?

---

①　[俄]罗赞诺夫:《陀思妥耶夫斯基的"大法官"》,张百春译,北京:华夏出版社2002年。

②　冯川:《忧郁的先知:陀思妥耶夫斯基》,成都:四川人民出版社2000年,第109页。

一、剖析社会与心灵自剖

弗洛伊德的心理分析理论是西方 19 世纪浪漫主义思潮的顶峰之一,其思想精髓可用"认识自我"来概括。弗洛伊德、荣格都主张心理分析医生从分析自我潜意识开始学习。心理分析就是这样强调从自我省察开始探索一般人性秘密的学说,对心理小说的强大推动自是顺理成章。

与西方小说中心理表现传统源远流长、蔚为大观不同,中国古代小说中存在严重的心理缺失:只有星星点点的白描式勾勒暗示,而没有西方式的直接深入、铺张扬厉。① 这是中国传统的"内敛"文化决定的。② "五四"以后秉笔直陈胸中块垒的风气渐开,自传体、日记体小说开始盛行,但公开袒露个人痛苦仍被普遍视作懦弱无能。郁达夫《沉沦》、苏青《结婚十年》发表后声名鹊起的同时被攻击、嘲笑就是因为笔触太过直率越轨,刺痛了伪道学们纯洁的眼球。坚强如鲁迅也不得不用"曲笔"表达内心阴暗,《孤独者》《在酒楼上》《铸剑》③等自传性作品丝毫不露痕迹。即使"五四"时期,中国小说灵

---

① 用外在白描而表现人物复杂内心本身固然是一种非常高明的心理表现手法,但过短的篇幅无论如何无法容纳陀思妥耶夫斯基那样深刻博大的思想。技法发展的推动力是内容表达的需要,几百年来中国古代小说在心理表现上一直以白描自足,归根结底是因为文人们惧怕社会舆论的千夫所指,不肯过多流露内心本真,过多涉及对社会人生的真实想法。

② 中国人的理想人格是不以物喜、不以己悲的"古井"而非天真率直的"赤子"。喜怒不形于色几乎成了集体无意识。辜鸿铭作《中国人的精神》以为中国人过的是一种心灵的生活。所谓"心灵的生活",主要是一种情感或情调(与白先勇小说的感情基调相通),而不是理性智慧的高度发达。几千年来,在大一统的强大压力下,中国知识者怀才不遇的持久痛苦远大于自身修养的遗憾,所以严重缺乏自省意识;又"哀而不伤,怒而不怨",容易沉浸于浓浓淡淡的忧郁感伤,绝少屈原《天问》式的呼天抢地。"焚书坑儒"之后,更习惯了明哲保身、全身远祸。"兼济天下"早被视作畏途,"独善其身"有时不过是苟且者的堂皇借口。贤者怀才不遇、郁闷愤恨,又无法直抒胸臆,故中国文学中含蓄笼统的抒情诗歌最盛。所谓"诗的国度",某种程度上是病态文明的产物。

③ 《铸剑》其实是一部寓意深广的心理象征小说,"眉宴合一"而且"三位一体":性情迥异的"眉间尺"和"宴之敖者"分别是鲁迅天性中优柔善良的"原初自我"和饱经忧患后乖戾强悍的"社会自我"的化身。这是鲁迅早年心灵剧变在小说中的艺术化表现。详细论述见本书第三章第一节。

魂袒露的程度也远较西方逊色,恶劣的甚至有自我吹嘘之嫌①。钱钟书在《魔鬼夜访钱钟书先生》中借魔鬼之口讽刺说:自传就是别传。

作家不囿于日常琐事的层面、直抵生活本质而不计其余,跟心理分析的原理非常接近,视野宏阔深邃者更能够超越个人小圈子,上升到对社会乃至整个世界的关注和思考上。但超越并非太上忘情。作为"人类的良心",他们深刻博大的宇宙视野、终极关怀是从个人生命体验出发而包容一切人类的。海明威在反战名著《丧钟为谁而鸣》中写道:丧钟为你而鸣,为我而鸣,为我们大家而鸣。西方作家大多以自己为标本来探索人类灵魂深处的秘密②;而中国作家过于超脱:或上帝一样居高临下地剖析社会他人的心理痼疾(钱钟书《围城》),或对世事无奈不满而讽世刺世(郭沫若《豕蹄》);或对世事无力而遁入象牙之塔(施蛰存《将军的头》)……作家们在读者面前小心翼翼地隐去了自己的内在自我,也就隐去了最能打动读者的精神内核,谈不上多少思想含量、灵魂痛苦(自身经历怯于启齿,借他人酒杯浇自己块垒便在情理之中。这是中国历史小说源远流长的重要原因之一)。③ 施蛰存《石秀》、欧阳子《魔女》不乏精巧的艺术魅力,却永远只有新奇没有震撼,这种遗憾在中国比比皆是。最优秀的鲁迅、张爱玲没有站在至善至美的立场上居高临下,而是在剖析别人时融入一己之悲欢情怨。鲁迅那段著名的话:

> 我的确时时解剖别人,然而更多的是更无情面地解剖我自己,发表一点,酷爱温暖的人物已经觉得冷酷了,如果全露出我的血肉来,末路

① 比如郭沫若的"自传"系列。

② 西方作家们是通过鲜血淋漓、最无情面地解剖自己来追问人类社会、人生境遇的终极秘密的。如卡夫卡《地洞》写小人物如履薄冰、战战兢兢的生存状态。这种生存状态,这种心灵痛苦,是他本人一生感受最强的生命体验。陀思妥耶夫斯基《罪与罚》中个人主义思想者拉斯科利尼科夫在生活艰难和思想混乱的双重逼迫下铤而走险后的心灵痛苦,那种绝望中的疯狂挣扎跟作者本人心境极为相似。这些痛苦、折磨通过艺术家独特真挚的心灵感受来体现出来,不仅具有很高的艺术含量,还蕴涵着人类共同的思想痛苦、情感折磨。

③ 施蛰存的作品没有陀氏的沉闷,何尝不是因为没有陀氏醉心于人物的心理表现?"读施蛰存的小说,我们丝毫感觉不到陀思妥耶夫斯基下笔的沉闷,即便像《魔道》《夜叉》等纯粹的病态心理剖析的小说,也因单调乏味的心理描写为大自然风情的描绘消解而显出较强的可读性。"引自武新军,朱敏:《施蛰存与叶灵凤小说创作之比较》,《许昌师专学报》2000年第4期。

正不知要到怎样。我有时也想就此驱除旁人，到那时还不唾弃我的，即使是枭蛇鬼怪，也是我的朋友，这才真是我的朋友。倘使并这个也没有，则就是我一个人也行。①

其中有心理小说最重要的创作原则，有中国作家们的致命缺陷，也有真正的艺术家应有的执着，只是人们听不见或"听不懂"罢了。②

二、人性解析与哲学批判

心理小说本是人类淘深心灵世界、关注灵魂奥秘的文学体现，在中国作家眼里却不过新式、现代的创作技法。即使郁达夫、施蛰存这样优秀的艺术家也不例外。③"五四"时期西方堪称伟大的心理小说家如托马斯·曼、劳伦斯、陀思妥耶夫斯基等已为中国作家所熟悉，却极少得到深刻的理解和真正的借鉴；鲁迅对陀思妥耶夫斯基的认识可谓深刻，但阅读陀思妥耶夫斯基作品时常常废书不观——不忍心写得那么黑暗和痛苦；郁达夫屡次称赞托马斯·曼而始终语焉不详；极为赞赏劳伦斯的心理表现技法，却称他为"积

---

① 鲁迅：《写在〈坟〉后面》，北京：人民文学出版社 1998 年，第 277 页。
② 季礼说：中国之君子，明于礼义而陋知人心。一针见血地指出了中国古代圣哲的致命弱点。儒家只想维持现有秩序的表面稳固；道家追求个人的得道超脱；法家的"人性恶"较为深刻但严重缺乏人文关怀，其严刑峻法与儒家"愚民政策"的理想目标其实相当一致。儒家为法家披上了"温情"的面纱，法家则为高唱"仁义"的儒士准备了铁腕。"外儒内法"有利于社会的稳定、文化的薪火相传，同时直接导致了对人性认识的低水平徘徊，一代一代英才枉自嗟叹而回天乏力，那是一个精神上完全自足、循环的能量圈。后世子孙的思想贫血，来自先辈几千年前的扼杀。
③ 施蛰存等开始选择心理分析挖掘人物心理，确实令人耳目一新，《将军的头》一集几乎篇篇都是精品，然而很快就后力不继，江郎才尽了。论者多以为是注重形式革新而忽略内容之故，其实还是不明白心理小说的精神实质，图解有限的心理学本能概念后不知道如何挖掘心理小说的新素材所致。

极厌世的虚无主义者"①。他曾专门撰文介绍西方小说技法，涉及了心理分析，②却依然在老路上徘徊，没能写出真正意义上的心理小说；施蛰存倾心于施尼茨勒，③却直到晚年还认为他是"现实主义"。一味凭借艺术想象在历史中寻找材料、单纯在技法上"另寻新路"不得持久是必然的；张爱玲的天才不是简单地把鸳鸯蝴蝶派与古典言情小说中细微心理、复杂感情的表现手法推陈出新，而在于小说中新鲜独异的精神特质。她确实在鸳鸯蝴蝶派的深闺大院、新感觉派的十里洋场中挖掘出了人性丑恶、人生无奈，但没有"哀其不幸、怒其不争"，而是"因为懂得，所以慈悲"，对笔下斤斤计较于个人

---

①　郁达夫很能欣赏劳伦斯心理表现技法的妙处，却从个人贫病体验出发小觑了其《查太莱夫人的情人》的思想价值，不及昆德拉看得深入，没读出其中的乌托邦理想。"……其次要讲到劳伦斯的思想了，我觉得他始终还是一个积极厌世的虚无主义者，这色彩原在他的无论哪一部小说里，都可以看得出来，但在《却泰来夫人的爱人》里，表现得尤为深刻。……现代人的只热中金钱，Money! Money! 到处都是为了 Money 的争斗、倾轧，原是悲剧中之尤可悲者。但是将来呢？将来却也杳莫能测空虚，空虚，人生万事，原不过是一个空虚！唯其是如此，所以大家在拼命的寻欢作乐，满足官能，而最有把握的实际，还是男女间的性的交流！"见郁达夫：《读劳伦斯的小说——〈却泰来夫人的爱人〉》，收在《郁达夫文论集》，杭州：浙江文艺出版社 1985 年，第 597 页。

②　他在自己的《小说论》中"第五章　小说的人物"中讲到："心理解剖（Psychological Analysis）：心理解剖是直接描写法中最有用之一法。要明示人物的性格，随时随地，把这一人物的心理描写一点出来，力量最大。……这一种方法，也有内的描写和外的描写的区别，我们的心理，有时候有表现上外面的行为动作来的，这一种是外的心理描写，有时候我们有一种感情思想，不过在我们的内心中经过而不表现到外面来的，这是内面的心理描写。内面的心理描写比外面的心理描写难一点。因为人的心理复杂混乱，不容易寻出下笔的线索，描写得过多，又有使读者容易起幻象消失的反感。俄国作家独思托衣夫斯基还不能免掉此等缺点，我们初学者当然是更难以下笔了。"见郁达夫：《郁达夫文论集》，杭州：浙江文艺出版社 1985 年，第 237 页。

③　"施蛰存的外国文学翻译中对他的小说创作影响至深的，是他曾经花费十余年心血的奥地利作家施尼茨勒（1862—1931）。这位作家在欧洲文坛上有弗罗伊德的'双影人'之称，施蛰存翻译了他的长篇小说《多情的寡妇》《薄命的戴丽莎》《爱尔赛之死》，合编为《妇心三部曲》。他称施尼茨勒写性爱'并不是描写这一种事实或说行为，他大都是在注重性心理的分析'，他将弗罗伊德主义的理论'实证在文艺上，使欧洲文艺因此而特辟一个新的蹊径，以致后来甚至在英国会产生了劳伦斯和乔也斯这样的分析心理大家，都是应该归功于他的'（《〈薄命的戴丽莎〉译者序》）。"引自杨义：《京派和海派的文化因缘及审美形态》，《海南师院学报》1996 年第 1 期。

得失的小市民们宽容理解而并不苟同的态度。她是自命俗人而又自绝于俗人的；①七等生没什么偶像，纯粹是天才独创、喃喃自语，反倒更接近西方同行的精神气质。衡量心理小说最重要的标准不在技巧新旧，而是精神气质上是否具有透过日常琐事尽可能挖掘人类心灵秘密的自觉尝试。

在西方，心理分析学说是一种审视文明、批判社会的文化哲学。② 大多数中国作家却道听途说、轻率武断地把它视为人们心口不一的矛盾心理和简单的"泛性论"③，故而多写人性阴暗和性爱纠葛，心理分析的表面下秉承的还是明清世态人情小说的老传统。张爱玲是鸳鸯蝴蝶派和新感觉派的集大成者，走笔于高门巨族的深宅大院与时尚人物的十里洋场之间，写表面浮华下的糜烂心境、荣华富贵窝中的变态人性。其小说既有中国古典小说的人世苍凉感，又有强烈的时代气息，从中读得出对古旧心境、现代心灵的心理学诠释。《十八春》的故事框架与一般言情小说区别不大，可意蕴深远，是历尽沧桑后回首人生无常的命运叹惋。男女主人公晚年重逢，悠悠往事、数十年哀乐一时涌来，却并不绝望没有号啕，只是深沉的感伤。没有任何玫瑰色幻想，以平淡写沧桑，年纪轻轻就把人世的孤寂与苍凉写得真切痛心、深刻无比，张爱玲的唯一缺憾是女性格局过于狭小，一支生花妙笔反反复复、辗转腾挪，始终没逾越男女情爱、生活琐事，没有进入灵魂深度的终极关

---

① 关于张爱玲小说中新鲜独异的精神特质，请参阅李今的精彩论述。见李今：《日常生活意识和都市市民的哲学——试论海派小说的精神特征》，《文学评论》1999 年第 6 期。

② "弗洛伊德对哲学的兴趣跟专业的或学究式的哲学家的兴趣不同。他的哲学是社会性的，是人道主义的，其形式是建立一种人生哲学……弗洛伊德学说代表着一种基于科学而不是基于玄学或宗教的人生哲学。他觉得一种有存在价值的哲学，应当建立在对人的本质的真正认识之上，而这种认识又只能靠科学探索和研究去获得。……弗洛伊德自己的哲学可以用下面这个词组来表达，即'认识来自科学'""弗洛伊德还是一位社会批评家，他认为人所创造的社会在很大程度上反映了人的非理性。结果每一代新人都因出生于一个非理性的社会而受到污染。这种人与社会的相互影响构成了一种恶性循环，只有极少数坚强勇敢的人，才能超脱这个循环，过上理性的生活。……弗洛伊德的社会批评，主要反映在他的《文明及其不满》一书中"。见［美］卡尔文·斯·霍尔：《弗洛伊德心理学基础读本》，收在包华富等编译的《弗洛伊德心理学与西方文学》，长沙：湖南文艺出版社 1986 年。

③ 这是一种庸俗的偏见和误解。参见［美］卡尔文·斯·霍尔等：《弗洛伊德心理学与西方文学》，包华富等编译，长沙：湖南文艺出版社 1986 年。

怀。① 等而次之的海派末流若再加商业运作,则极易堕入黑幕小说的媚俗滥调。西方误读弗洛伊德的情况同样存在,但作家们懂得如何甄别思考,结合自身生命体验去理解接受。② 别尔嘉耶夫在纪念舍斯托夫的文章中写道:舍斯托夫是这样一位哲学家,他以自己的全部存在进行哲学思考,对他来说,哲学不是学院专业,而是生死事业。如果把"哲学"改为"文学",这个评价对劳伦斯、卡夫卡、陀思妥耶夫斯基同样适用。他们从人生哲学的高度思考着笔,近于批判社会、探索真理。他们优秀的心理小说与哲学思考密切相连。劳伦斯有其惊世骇俗的"血性哲学",托马斯·曼《魔山》浓缩了欧洲数十年来纠缠不休的各种文化思潮,茨威格《心灵的焦灼》宣扬人道主义、人性的复杂、非理性激情对命运的主宰力量,陀思妥耶夫斯基更是激发博大的宗教情怀、炽烈的拯救信仰——"上帝折磨了我一辈子"……他们都是独立思考,在写小说的同时思考人类命运和社会走向的文化巨人。从哲学高度剖析批判社会人生气象自然不同,西方求"真"——追问真理,中国讲"善"——始终在生活层面团团打转。这反映的不仅是文学的问题,更是民族文化心理的深层差异。③ 中华民族不注重理性思辨,讲求眼前实利,所以心理小说中的主人公也是钩心斗角多、哲理思辨少;中国作家感性大于理性,往往仅有哲理性闪光,无法上升到形而上的高度。④ 即便是鲁迅,也有人以为是低层次的"生存哲学",即人首先要生存。⑤ 所以心理小说的萌芽和巅峰都出现在西方是必然的。

---

① 这便是刘再复等学者坚持以为她不及鲁迅,称不上小说大师的原因。

② 西方大多数深受心理分析影响的大家其实对心理分析都有相当独到的认识,甚至写过专门的论文。赫尔曼·黑塞、托马斯·曼、劳伦斯等都是如此,详情见[美]弗雷德里克·J·霍夫曼:《弗洛伊德主义与文学思想》(王宁等译,北京:生活·读书·新知三联书店1987年)中的有关章节。

③ 中国文化中缺少对神的宗教信仰,缺乏对真理的正义真理的敬畏。自古而今功利主义跋扈了几千年,讲究以最小的付出换取最大的利益。儒家"不语怪力乱神",法家主张刑名治天下,不谈民之意愿。这两家思想盛行数千年,也是有力的证据。

④ 即便以思想深邃著称的鲁迅,也被深受德国古典哲学影响的李长之认为是"诗人、战士而非思想家"。见李长之:《鲁迅批判》,北京:北新书局1936年。

⑤ 见李长之《鲁迅批判》一书的有关章节。李长之:《鲁迅批判》,北京:北新书局1936年。

三、艺术虚构与人生探索

在中国，艺术世界与现实人生始终存在着一种紧张对峙关系：主流舆论"文以载道"之风劲吹，实际情形却是艺术与现实判然分离。小说大多是虚构、想象建构起来的空中楼阁、逃避现实的象牙之塔，心理小说几乎等同于不过问世事的隐逸文学，没有问题与主义之争的宁静国土。不会有危险痛苦，没什么感情激荡，不过是些向壁虚构的历史小说、幻想故事、纸面上的厮杀，与现实浑不相干。心理小说家多写历史和异域题材，极少渗入自身真实、深切的人生感受，优秀如施蛰存、徐訏、欧阳子、王文兴、叶灵凤也是纯艺术作品多，反映现实的少。① 鲁迅、七等生、李昂等是少有的异数。西方世界则艺术与人生不分彼此，极少因干预生活而丢弃艺术或因社会因素而遁入文学，极少视小说创作为谋生手段和游戏遣兴。写作是他们人生探索的艺术化体现，是他们个人的生存状态和生活方式，是表达和总结生命体验的结晶。劳伦斯、卡夫卡、陀思妥耶夫斯基……他们不回避社会矛盾、社会问题，更不回避一般的现实题材，即使屡受社会误解和围攻，也绝不妥协退让。② 尼采认为，一个不能集中考虑当下的问题，不能完全生活在今天的人，自己不会幸福，当然也不能使别人幸福。③

中国作家创作中有类似人生探索意义的寥寥无几。一些左翼作家金刚怒目式的辱骂，另一些右翼文人闭着眼睛的悠然飘然，都不是艺术与现实的健康关系。作家不必亲自体验所有人生，可想象虚构也需要一定的生活实感。中国大多作家过着一种可称悠闲的中产阶级生活，与所描写的传奇故

---

① 参见徐顽强：《论三十年代的历史小说》，《文学评论》1999 年第 1 期。

② 西方作家的作品与个人生活及所处的时代密切相关。《儿子与情人》是劳伦斯对既往经历的反思。《虹》是设想中灵肉由磨合而和谐的经过、个体灵魂在肉欲中的净化与超越，作家甚至因书中流露出对一战的态度被视为间谍。《查太莱夫人的情人》则是痛感现代工业文明对人类心灵戕害，综合毕生思考而成的一部性爱福音书，曾因针砭维多利亚时代的虚伪道德被禁数十年。表面是性爱故事，其实人物、情节都有相当的象征意义，包含了劳伦斯长期以来的哲学思考。卡夫卡的《地洞》《变形记》是现代社会个体思想扭曲异化毫无安全感的时代精神画像。陀思妥耶夫斯基在宗教、道德与个人完善的旋涡中苦苦挣扎。

③ 转引自［丹麦］乔治·勃兰兑斯：《尼采》，安延明译，北京：工人出版社 1985 年，第 48 页。

事有相当距离,所以成就往往在艺术技法的圆熟而非思想层次的深邃博大,最典型的是钱钟书的《围城》。王富仁这样评论他和徐訏:

> 我们却很难确切地感受到钱钟书的《围城》表现的是什么。它的每个部分的描写都很精彩,但这些精彩的部分合起来是什么意思,你却不知道(假若你不是强不知以为知的话)。他的短篇小说表现得略为隐蔽一些,但你仍能感到它们有些虚空,笑的有些不自然。他的小说像一种飘浮物,没有更深的根基,没有精神上的震撼力。在中国现代小说史上,徐訏是一个最会设圈套的作家。他制造悬念,维持悬念,牢牢地抓住自己的读者,维持着你的阅读趣味。但他的小说给你一种故弄玄虚的感觉。圈套设得很好,但一旦解开,感到松而又松,好像上了作者的当,受了作家的愚弄。徐訏小说的这种玄虚感归根到底也是离开了自己的真实的人生感受,为写小说而写小说的缘故。①

同样的才气热情,无疑阅历丰富的占优。七等生前期作品灰色黯淡,悲哀之味极浓,主要抒发生平愤懑不平之气,后期作品逐渐增加了传道劝谏的成分。小说创作是他个人灵魂救赎的必需。托马斯·曼创作《魔山》,故事发生在几乎与世隔绝的山区疗养院,年轻的主人公遇到了两位思想敏锐、针锋相对的引路人。一个平凡懵懂的德国小伙子,七年之间接触了欧洲几十年来所有的思想结晶,经历了爱情的洗礼,谁知心智成熟下山出院之际,却遇到了世界大战,以往的理智情感教育归于一片未知废墟之中,如此璀璨的文明到头来结出这样一朵邪恶之花,究竟意义何在?这是一部视野相当博大、内涵非常丰富的巨著,倾注了作者的重重思考,对托马斯·曼来说,只怕神圣的社会责任远远大于炽热的创作情感。陀思妥耶夫斯基《罪与罚》《卡拉马佐夫兄弟》则是他构思中那部凝聚毕生思想结晶的庞大长篇《大罪人传》中的片段。陀思妥耶夫斯基、劳伦斯、卡夫卡⋯⋯他们现实生活中异乎寻常的人生选择说到底是受为获得巅峰体验而不惜一切代价的潜意识冲动驱使所致。有的作品可能略显粗糙,但其伟大无疑来自同样震撼人心的艺

---

① 王富仁:《中国现代短篇小说发展的历史轨迹(下)》,《鲁迅研究月刊》1999 年第10 期。

术人生。

四、一时之兴与毕生事业

中国心理小说多是作家兴趣使然或创作上另寻新路的产物。作家既然没有对心理分析本身的理解热爱,也就成不了毕生坚持的创作倾向,不过是某时期、某阶段的短暂插曲。有些作品甚至是"方法热"的产物、文坛追风的痕迹。被公认为现代中国最优秀的心理小说作家的施蛰存,其小说创作也有个"现实主义——现代主义(主要是心理小说)——现实主义"的演变过程。[①] 心理分析理论一度把施蛰存的对人物心理的认识引向深入,后来他却把自己无法突破创作窠臼归咎于理论本身——"把一切心理的动因都归结为性,实在太局限了"。这是大多数中国作家对心理分析理论的普遍误解。事实上,把弗洛伊德的心理分析理论归结为"泛性论"是一种庸俗的偏见。[②] 心理分析甚至不能说以"性"为中心的理论。而是以张扬人被压抑、被否认的本能为切入点的一种学说,从精神实质上说是对社会持批判立场的人生哲学。弗洛伊德从来不是"性自由""性解放"的鼓吹者,他本人是清教徒,最大的嗜好是追求和发现真理,后期著作更远远超出医学、精神病学的界限,成为对人类文明做整体思考的一种文化哲学。"五四"时期中国心理学界就已经对弗洛伊德理论和其他各个流派的心理学有了相当清楚详尽的介绍,文学界却置若罔闻。西方有人讥讽"有教养的人"习惯于把某种理论的第一次表述当作它的最后和全部,中国同样如此。时代风潮不是心理小说短命的唯一原因,甚至不是主要原因。对半途而废者来说,时代是个最好的放弃借口。中国作家功利心太盛,对艺术和理论的虔诚心都不够,弗洛

---

① 吴福辉等研究者的这个说法在研究界几成公论。

② "真正的情况是他给予性在人类生活中的范围,比以前所认识到的范围要广泛得多,他宣称儿童从诞生时起就具有性本能,而且他断定在成人生活中,性能力或者"里比多"(即:性欲)是十分重要的。但是弗洛伊德总是主张至少还有另一个或者一组的基本本能。在他的早期著作中,他谈到自我保护的本能,例如饥饿,而且还把这些本能与性本能形成反照。但是他在后期的著作中,大约从1920年起,改变了这种分类。他把性本能和自我保护本能归入一个基本的"生存"本能中(厄洛斯——Eros),他还把性虐待狂、侵犯行为、自我毁灭归入"死亡"本能中(塞那托斯——Thanatos)。"引自[英]莱斯利·史蒂文森:《人性七论》,赵汇译,北京:国际文化出版公司1988年,第72页。

伊德理论只是个新鲜玩具，没让他们得到精神境界上的拓展和提升，所谓受弗洛伊德理论影响，还不知是第几手转述来的货色。而西方作家是把心理分析作为一个重要的思想流派来认真对待的：托马斯·曼、黑塞、劳伦斯等都专门写论文对弗洛伊德理论进行公正、全面的评析，把它放在整个人类文明进步的大背景、全过程中认识，思考过它的精神实质以及它到底能在多大程度上推动人类进步和文学创作……他们并不狂热，却一直坚持；不是仰视，而是与自己创作中相契的部分结合起来；或许不同意某些观点，却欣赏那种思维方式。作家们先借鉴理论思考自己内心的秘密，再艺术化为作品。托马斯·曼在《魔山》完成之后才发现暗合弗洛伊德理论，劳伦斯猛烈批评弗洛伊德性爱理论，却被公认是最能体现弗洛伊德理论的作家。

　　心理分析理论本身是个性张扬的产物，独立思考、发掘内在自我最隐秘的内心冲动和兴奋点是它的生命：弗洛伊德的理论体系和具体论断上都深深烙有他本人生活的经历、精神世界的独特印记，如对母亲的特殊感情；阿德勒提出"自卑情结"跟自幼口吃有直接关系；卡尔·霍妮从自身女性实感出发修正弗洛伊德心理学中的"女性心理"。心理小说创作同样如此。中国心理小说创作普遍的后力不继，就是因为大家都把心理小说作为纯艺术，与自身生命体验未能合而为一。开始时图解理论或单凭艺术想象可以，以后就难为无米之炊了。西方心理小说家的创作历程，同时是他们自我认识逐步深入的过程，是他们思想日渐成熟、体系日渐完备的过程。托马斯·曼、劳伦斯、黑塞等人的创作都有很强的心理分析色彩，但这种色彩本来就有，不是接触某种理论后的突然转变。他们都有专门评述心理分析理论的文章，虽然在具体问题上有不少分歧，但思维方式和探索方向极为相似。和弗洛伊德一样，他们把写作视为自己的生存状态，把关注探索心灵世界和精神危机作为毕生事业。这里还牵涉心理分析理论与文学创作的互动问题。理论观点绝对无法代替文学家的独立思考。弗洛伊德理论也不是专门的文学理论，不能直接对文学产生推动作用，更不能取代思想内容，成为小说诠释的主题，否则文学存在的意义和价值都值得怀疑。

　　要而言之，艺术是中国作家逃避现实的港湾，却是西方作家生命中不可或缺的一部分，这是中西小说观的区别，也是心理小说成就不同的根本原因之一。

　　上文从三方面考察了中国心理小说的各个方面。一、"源流谱系"在人类文化发展的宏阔视野下追溯了心理小说的渊源由来,画影图形般勾勒出其定义及流变过程;在中西文学互动的动态过程中考察20世纪中国心理小说的蹭蹬坎坷、三生三灭;追问小说家们在"流派""政治""时代"的层层夹缝中的挣扎艰难。二、"至深深处"从"个体与世界""性与无意识""道德旋涡与末日景观""幸福、自由与苦难偏嗜"这几个专题出发,把中西心理小说丛林中最繁盛丰茂的几枝精心比较,结论是:中国心理小说与西方老师相比最大的缺陷,在于没有后者精神特质的强悍进取和思想内涵的深广坚忍。三、"忧愁忧思"是认为中西小说的沉重分歧,某种意义上是民族文化心理的差异先天铸就。

第三章 "五四"前后的个性心理图景

　　清末民初在政治上属于乱世,文艺创作方面却给人黑暗虽在、黎明将至之感。在一片混乱芜杂之中,孕育着崭新的生机活力。王德威视之为近代中国"现代性"的开端,而且就此把现代文学的起点从"五四"推到晚清,"没有晚清,何来'五四'"①之说深入人心。不过晚清小说虽然新奇多元,但艺术成就普遍偏低,近于现代小说的"史前状态";"五四"前后,中国小说才在思想内容、形式技法等各方面渐趋成熟。因此,20世纪中国小说的整体发展格局,"五四"前后才粗具轮廓——"晚清"最多算十月怀胎,"五四"才是一朝分娩。从这个意义上讲,以往文学史家重点研究"五四"文学,其实并无太大偏差。

　　对中国小说的心理与文化探寻,也应从"五四"开始。因为彼时中国政局渐趋缓和,知识分子们方有心理余暇整理晚清以来屡遭打击惊吓的情感心绪,静心思考自己当下的立场态度,选择日后赖以安身立命的路向方式。当时中国小说中最吸引人的,乃是那些极具时代感的个性心理图景。本书选了几篇精神气象与艺术水准俱佳的名家名作:《铸剑》是鲁迅最后一部小说集《故事新编》中的杰作,问世时间较晚,但从文化心理上看,主人公由迷惘而决绝的蜕变成长,完全符合"五四"文化的特征;丁玲的成名作《莎菲女士的日记》问世以来聚讼纷纭,却一直无人注意到其"三角恋"的庸俗言情模

---

　　① 王德威:《被压抑的现代性:没有晚清,何来"五四"?》,《想象中国的方法:历史·小说·叙事》,北京:生活·读书·新知三联书店1998年。

式下,隐藏着一个女性先知在周遭庸俗、浅薄环绕的生活世界中挣扎突围的深层结构;茅盾则从早期作品《蚀》《子夜》开始,就写出了中西文化碰撞之初传统中国知识分子中相当普遍的现代性体验:昔日饱受儒家克己复礼熏陶的知识分子,接触到崇尚不羁放纵、精神自由的西式文化时,既震惊抵触又深受诱惑。茅盾在极为强调集体性意识的革命叙事中暗藏此类个体性"私货",使得自己在同质性极强的左翼小说中卓然成家,但也因此受到了许多误解和批评。

第一节 心理成长:《铸剑》的叙事策略与隐喻抒写

长期以来,"成长小说"在大多数中国读者眼里几乎是"少年文艺"的代名词。其实在其西方发源地之一的德国,歌德《威廉·麦斯特的学习时代》、托马斯·曼《魔山》等经典名著都是成长小说。这一小说类型主要讲述"个体在'内心自我'与'外部规约'的激烈争夺中最终做出自己的人生选择,形成自己的世界观和人生观的故事",[①]内涵远比青春写作、少年题材丰富深刻得多。中国读者(包括某些学者作家)对成长小说的误读,主要是因为过于陌生。在古代中国崇尚含蓄中庸少年老成的传统文化、讲究喜怒不形于色的社会氛围内,大谈青涩少年时的个人迷途迹近可耻,根本不存在能够产生成长小说的文化土壤;20世纪初西风东渐,个性解放思潮一时风靡之后,成长小说的出现终于成为可能。不过具体形态如何,与作家个人性情关系极大。与勇于披肝沥胆的郁达夫等人不同,鲁迅倔强内敛,绝不肯直接将隐私至极的成长创痛公之于世,故以艺术形式隐喻出之。《铸剑》之所以成为一篇艰涩另类的心理成长小说,原因就是如此。

几十年来,中外学者作家对《铸剑》的阐释尝试不少,然而无论经典的革命话语阐释,还是前卫的个性主义言说,都存在一些无法解释的疑点:"宴之敖者"何为?眉间尺发誓的"改过"何在?几段复仇歌谣何意?"三头合葬"

---

① 成长小说的定义讨论相当复杂,参见徐渭:《20世纪成长小说研究综述(一)》,《当代小说》2007年第1期。

的始末如此渲染何必？这些或许是读者最希望找到答案的疑问，却被文本精警啬惜、古奥晦涩的语言丛林结结实实地掩盖起来。然而，根据阿尔都塞"症候式阅读"的理论，在阅读中必须穿透有形文字，读出空白，读出失语。越是文本表面的矛盾症候，越是真正把握文本深层意蕴的关键。

一、"眉""宴"合一

无疑，"宴之敖者"的身份认证问题最大。在这个复仇故事中，明显的复仇者是眉间尺母子，复仇对象是暴虐的国王。可同样不可或缺的另一个——地狱来客般的黑色人"宴之敖者"呢？他何以知道眉间尺的血海深仇和复仇计划，又为何参与这注定绝无收益，注定丧身送命甚至株连九族的冒险呢？中国古小说中常有为伸张正义而不计个人生死的义士。《搜神记》《列异传》中的原型就是如此。可故事"新编"之后，黑色人对这称呼反感的强烈程度完全不近情理："不要用这称呼来冤枉我"。而"同情于孤儿寡母"云云，更引出这样的议论："再不要提这些受了污辱的名称。仗义、同情，那些东西，先前曾经干净过。现在却都成了放鬼债的资本。我心里全没有你所谓的那些，我只不过要为你报仇！"如此看来，义士还不如西方神话中的复仇天使来得贴切。中国古小说改就的故事中出现这样洋味十足的形象，究竟是为什么呢？

回答这个问题需要把他和"眉间尺"放在一起共同考虑。其实"眉间尺"在小说中的地位非常重要，他是前半篇的主人公，篇幅超过黑色人，甚至一度是整篇小说的名字。[①] 他是小说中最富人情味的生命存在：小说开头眉间尺杀鼠那段使一个优柔善良的少年跃然纸上，别处还有肖像描写："秀眉长眼，皓齿红唇；脸带笑容；头发蓬松，正如青烟一阵。"然而，如此阴柔秀美、近乎女性的气质性情无法复仇也在情理之中，因此眉间尺在母亲面前发誓"改过"。可下文没有他任何"改过"的具体情形，却以逃入山中与黑衣人交谈后死亡而告终：初次行刺失败后的夜晚，眉间尺逃至杉树林边，"后面远处有银白的条纹，是月亮已在那边出现；前面却仅有两点磷火一般的那黑色人

---

① 小说最初 1927 年 4 月 25 日、5 月 10 日发表在《莽原》时，题为《眉间尺》，1932 年收入《自选集》时改为《铸剑》。参见鲁迅：《鲁迅全集》2，北京：人民文学出版社 2005 年。

的目光"。在这非人间的景象中,黑色人张口就要他最宝贵的剑与头作为复仇代价,眉间尺则"虽然觉得奇怪,有些狐疑,却并不吃惊";二人最终的默契来自黑色人一段非理性的呓语:"我一向认识你的父亲,正如我一向认识你一样,……你的就是我的;他也就是我。我的魂灵上是有这么多的,人我所加的伤,我已经憎恶了我自己!"一向优柔寡断的眉间尺居然即刻自刎以死相托。自刎以后,还能自己将剑交给黑色人,而那黑色人"一手接剑,一手捏着头发,提起眉间尺的头来,对着那热的死掉的嘴唇,接吻两次,并且冷冷地尖利地笑。笑声即刻散布在杉树林中",引来一群同样有着"磷火似的眼光"的饿狼,顿时吃掉了尸体。非人间的景致,非常态的言行,表现的其实不过是眉间尺的"改过":他由一个性情优柔的少年,在复仇热望的推动下,在周遭"饿狼环伺"的环境逼迫下,愤而变成了狼一般冷心冷面的"复仇天使"。自刎代表与旧我的彻底决裂,葬身狼腹暗示着在险恶人世中一味良善的必然结局,而那冷冷地尖利的笑,是对从前幼稚的哂笑与对仇人憎恨的变嗓,所谓怒极反笑则已。

简而言之,就是眉、宴实为一体,二者乃是复仇者成长过程完成前后的两个阶段:年轻的复仇者在冷酷现实中深感绝望,不惜扭曲性情优柔的"原初自我"(眉间尺),修炼成了犀利冷严的"社会自我"(宴之敖者),从而获得向黑暗势力复仇的力量。这是小说前后两部分主人公不一致却没有任何断裂之感的根本原因。那些"与子同仇"的言语,不就是个简短的自供状么?倘不是心灵独语,对一个孩子谈自己魂灵上的伤痕和对自己现状的憎恶,不是太矫情了吗?这一内在过程纯以象征笔法出之,心灵深处的激变顿时浑化为有声有色的壮剧,不仅保留了原有的神异色彩,而且在浓烈的感情氛围中充满了阴暗的色调、稍稍奇崛的美,正与小说的整体格调相符。①

---

① 这种以外在情节演绎内心剧变的写法久已有之。莎剧《麦克白》中,麦克白自前线凯旋,有三个女巫马前现形,预言他将成为君主,后又多次在他内心矛盾重重、善恶交织之际出现,诱使他一步步堕入弑君杀臣、暴虐无道的罪恶深渊。终至不能自拔。其实,三女巫就是麦克白内心极度膨胀的贪欲野心的化身。莎翁因剧本不便刻画人物心理,而鲁迅是由于第三人称叙述视角所限,两位大师采用了相似的艺术手法。

二、“三位一体”

然则,鲁迅如此“故事新编”何意?法朗士有句名言:“所谓小说,就是作家的自叙传。”这种视小说为作家的个人史、生活史的浪漫主义文艺观,显然不太适合素以描写客观、冷峻著称的鲁迅。但如修正为“所谓小说,就是作家的心灵史、精神史”,应该相去不远。至少鲁迅有一句类似的名言:“我的确时时解剖别人,但更多的是更无情面的解剖我自己。”早有研究者指出鲁迅与这位“黑色人”极为相似:同样瘦硬的骨头,黑色的面容,甚至同样的籍贯和姓名。黑色人自称“名叫宴之敖者;生长汶汶乡……”前者是鲁迅 1924 年在《俟堂砖文杂集》一书中用过的笔名,系“被家里的日本女人放逐出来的人”之意,凝聚着鲁迅一大心理创伤,后者暗指鲁迅故乡——绍兴。① 丸尾常喜曾断言“在这个黑色人身下有鲁迅自己的投影”②,却没能更进一步地意识到:《铸剑》,是鲁迅新编“故事”之后,描述自己少年时期“原初自我”被迫无奈,发展出“社会自我”来的心理成长过程,“眉间尺＋宴之敖者＝鲁迅”。

大胆假设尚须小心求证。最佳途径自然是考诸鲁迅的其他作品、创作历程。阿尔都塞的“症候阅读法”强调的“就是在同一运动中,把所读的文章本身中被掩盖的东西揭示出来并且使之与另一篇文章发生联系,而这另一篇文章作为不出现存在于前一篇文章中”③。《故事新编》收录 1922 年冬到 1935 年间的作品。鲁迅在同一时期(1923 年 6 月)商务印书馆出版的《现代日本小说集》一书“关于作者的说明”中,对芥川龙之介的历史小说极为赞赏:“他又多用旧材料,有时近于故事的翻译,但他的复述古事并不专是好奇,还有他的更深的根据,他想从含在这些材料里的古人的生活当中,寻出能够与自己的心境贴切的触著的或物,因此那些古代故事经他改作之后,都

① 关于“宴之敖者”和“汶汶乡”的分析,参见陈梦韶《写在〈铸剑〉篇一解的后面》一文,收于孟广来、韩立新编:《〈故事新编〉研究资料》,济南:山东文艺出版社 1984 年。

② 〔日〕丸尾常喜、秦弓:《复仇与埋葬——关于鲁迅的〈铸剑〉》,《中国现代文学研究丛刊》1995 年第 3 期。

③ 〔法〕阿尔都塞:《读〈资本论〉》,李其庆等译.北京:中央编译出版社 2001 年,第 21 页。

注进新的生命去,与现代人生出干系来了。"①无论写作时间还是艺术特征都与《故事新编》完全吻合,因此鲁迅援芥川龙之介的先例,以历史故事的酒杯浇个人成长的块垒之说并不荒唐。具体到《铸剑》的创作情形,《故事新编·序言》中有相当生动的描述,"一九二六年的秋天,一个人住在厦门的石屋里,对着大海,翻着古书,四近无生人气,心里空空洞洞。……这时我不愿想到目前,于是回忆在心里出土了,写了十篇《朝花夕拾》;仍旧拾取古代的传说之类,预备足成八则《故事新编》。但刚写了《奔月》和《铸剑》……"②由此可见,《铸剑》与《朝花夕拾》等回忆性散文一样,都是鲁迅沉浸于往事怀想之际的作品,只是文体不同而已。《铸剑》之所以成为《故事新编》"油滑"最少、鲁迅最为满意也最被认可的一篇历史小说,绝对不是偶然的。

三、内外"自我"

那么鲁迅"成长"之后,果真与"旧我"挥手告别,从内到外完全变成一只"荒原狼"了么? 人的性情不是积木,可以推倒之后重新来过。至少在增田涉眼里,鲁迅并非如此:"文章中看到的鲁迅和直接对谈时的鲁迅情况不一样……文章中看到的俏皮和挖苦连影子都没有,倒象个孩子似的天真的人","写着那么尖锐或者可怕的,闪着一刀喷血的光芒的文章,可是他的字……没有棱角,与其说是温和,倒象有些呆板,据说字是表现那写字人的性格的……从所写字来看,他既没有霸气,又没有才气,也不冷严,而是在真挚中有着朴实的稚拙味,甚至显现出'呆相'。"③

因此就像《铸剑》中宴之敖者尽管坚定如铁,复仇大业的最终完成仍需与眉间尺同心协力一样;成年之后的鲁迅,在现实生活中也绝对没有完全屈从于自己都"憎恶"的"社会自我"。其"原初自我"异常倔强坚韧,即便在黑暗现实中愤世绝望之际,也不曾像《孤独者》中的魏连殳那样被"社会自我"完全吞噬。这两个相去甚远的"自我"彼此相互冲突,但又奇特共存,构成了

---

① 鲁迅:《现代日本小说集·附录关于作者的说明》,《鲁迅全集》10,北京:人民文学出版社 2005 年,第 243 页。

② 鲁迅:《故事新编·序言》,《鲁迅全集》2,北京:人民文学出版社 2005 年,第 354 页。

③ [日]增田涉:《鲁迅的印象》,收于鲁迅博物馆、鲁迅研究室、鲁迅研究月刊选编:《鲁迅回忆录》,北京:北京出版社 1998 年,第 1337、1338、1367 页。

鲁迅极为复杂独特的个性心理特征,有时甚至给人喜怒无常之感。鲁迅有广为人知的"千夫指"和"孺子牛"这两面,具体情形"好比一块板壁,向外边的那一面,因为受风吹雨打,粗糙皱裂,颜色也显得暗黑,但是向内的那一面,还是原来样子的木板,没有皱裂,颜色也是发亮的。本原就是质地相同的,只是由于所呈现的方面不同"①。增田涉真是鲁迅的异国知己,他的话稍作改动,便是对鲁迅"忽冷忽热"的个性心理的最好注释:对外时以犀利冷严的"社会自我"为主,对内则依然是温润优柔的"原初自我"。

四、多重主题

这种"个体成长"的分析,容易给人彻底否定以往的革命话语阐释之感。其实不然,文学世界不同于非此即彼的政治领域。"社会复仇"与"个体成长"在小说中实在难分彼此,这一点在那几段古奥艰涩的复仇歌谣中就可看出。

那是清俊可亲的头和黑瘦如铁的人义无反顾时充满迷幻色彩的奇异咏唱,其古奥神秘曾经吸引了无数读者,可具体如何解释,连鲁迅的亲友弟子都不甚了然。这就非常奇怪了:明白晓畅本就不是鲁迅的风格,可这些历史小说也不必古奥玄妙到这步田地吧,何况以不泥古的现代意识著称的《故事新编》呢?

鲁迅自己的态度如何? 1936 年 3 月 28 日,他在致增田涉的信中一面强调"要注意里面的歌""第三首歌,确是伟丽雄壮",重视程度溢于言表;一面含糊其辞道:"其中的歌并非都是意思很明了的。因为是奇怪的人和头颅唱出来的歌,我们这种普通人是难以理解的。"②如此明显的推诿之辞凸显了作者"说/不说"的矛盾心态。其中必有非常"个人化"的东西甚至内心隐痛,是鲁迅不愿他人轻易触及的。那,它又是什么呢?古奥神秘并非毫不可解,歌谣脱胎于《吴越春秋·勾践伐吴外传》中的古越战歌。原文是:军士各与父兄昆弟取诀,国人悲哀皆做离别相去之词,曰:"踪躁催长恶兮,擢戢驭

---

① [日]增田涉:《鲁迅的印象》,收于鲁迅博物馆、鲁迅研究室、鲁迅研究月刊选编:《鲁迅回忆录》,北京:北京出版社1998年,第1338页。

② 鲁迅:《致增田涉》,《鲁迅全集》14,北京:人民文学出版社2005年,第386页。

殳。/所离不降兮,以泄我王气苏。/三军一飞降兮,所向皆殂。/一士判死兮,而当百夫。/道佑有德兮,吴卒自屠。/雪我王宿兮,威振八都。/军伍难更兮,势如貔。/行行各努力兮,於乎! 於乎!"①改写之后的歌谣大意可翻译如下:

原文	译文
哈哈爱兮爱乎爱乎!	哈哈爱呀爱呀爱!
爱青剑兮一个仇人自屠。	暴君爱青剑呀,少年为报仇而自屠。
夥颐连翩兮多少一夫。	太多了啊,这样的暴君独夫。
一夫爱青剑兮呜呼不孤。	矢志以武力向暴君复仇的可并非一个。
头换头兮两个仇人自屠。	以头换头啊,两个报仇人牺牲。
一夫则无兮爱乎呜呼!	暴君被杀啊,其爱不存!
爱乎呜呼兮呜呼阿呼,	爱又如何呀,哎哟嗨哟。
阿呼呜呼兮呜呼呜呼!	哎哟嗨嗨哟嗨哟嗨哟!

——人歌(一)

哈哈爱兮爱乎爱乎!	哈哈爱呀爱呀爱!
爱兮血兮谁乎独无。	哪个没有自己的所爱,满腔的热血?
民萌冥行兮一夫壶卢。	百姓在黑暗中挣扎,暴君却恣意享乐。
彼用百头颅,千头颅兮用万头颅!	他屠杀了成百上千,成千上万的百姓!
我用一头颅兮而无万夫。	我牺牲自己,使千万人不再被残杀。
爱一头颅兮血乎呜呼!	爱惜自己的头颅呀,血流满地。
血乎呜呼兮呜呼阿呼,	血流满地呀,满地流血!
阿呼呜呼兮呜呼呜呼!"	哎哟嗨嗨哟哎嗨哟嗨。"

—— 人歌(二)

王泽流兮浩洋洋;	国王的恩惠呀,浩浩荡荡。
克服怨敌,怨敌克服兮,赫兮强!	战胜仇敌哪,声势盛大!
宇宙有穷止兮万寿无疆。	宇宙有尽呀,(国王)万寿无疆。
幸我来也青其光!	所幸我来了呀,带着一缕青光(指剑)!

---

① 周生春:《吴越春秋辑校汇考》,上海:上海古籍出版社 1997 年,第 165 页。

青其光分永不相忘。　　　　　青光闪闪呀,(仇恨)永不敢忘。

异处异处分堂哉皇!　　　　　你和我不同哪,高居殿上!

堂哉皇哉嗳嗳唷,　　　　　　堂堂皇皇呀哎哟嗨,

嗟来归来,嗟来陪来分青其光!　归来,归来呀,陪着我这缕青光!

——头歌

　　对歌谣的理解,直接关系到整篇小说的解读,前人从中读出了阶级仇恨,小说便成了号召民众讨伐反动统治者的号角。其实"人歌"和"头歌"不仅内容形式上一以贯之,而且头颅沉入金鼎前所唱的,恰恰是对"人歌(二)"后半部分的重复,顺序稍有不同而已。这可作"眉宴合一"的又一证据。另外,人歌中充满了对暴君的愤怒,对百姓的同情,以及慷慨赴死的决心;头歌则既有迷惑暴君的反语,又有必报父仇的誓言。因此,杨义认为"《铸剑》把《搜神记》和《列异传》所记载的个人复仇的传说,写成了一个既为个人也为社会复仇的慷慨悲壮的历史演义"的论断非常精彩,但从"它把国王写得喜怒无常、昏庸暴虐,更显出眉间尺和黑色人的复仇行动具有社会的正义性"[①]来看,他仍然视"社会复仇"为整篇小说的主旨。其实,由黑色人金殿做法时的姿态——"伸出两手向天,眼光向着无物,舞蹈着",用"尖利的声音"唱着常人难解的歌,极易联想到《野草·颓败线的颤动》:年轻时含羞忍辱、靠出卖肉体把子孙拉扯大,老来反遭其羞辱诟骂甚至"杀"的妇人来到荒原,双手向天,倾全副身心向上苍控诉。对同一艺术情境的不自觉重复,只能是作者内心深处类似的"悲愤无以言"的情绪过于浓烈所致。

　　复仇歌谣之繁复多义,反映出"个体复仇"与"社会复仇"之间纠缠交错、错综复杂的关系;鲁迅对另一主要人物——"王"的模糊化、抽象化处理,则可以透析出小说如何将一个"具体"的复仇故事"虚化"之后上升到"抽象"层次的隐喻机制。"王"在小说中出现较晚,笔墨并不算少而且相当集中。但极具讽刺意味的是:他死后,贴身的妃子大臣对其具体印象除暴虐外一无所有,只得将他与两个仇人"三头合葬"敷衍了事。而暴虐几乎是所有封建帝王的共性,因此小说塑造的绝对不是无可替代的"这一个",而是"这一类"。这一人物也就被刻意抽象成暴虐的统治阶级的象征符号。王死之后,街市

---

①　杨义:《鲁迅作品综论》,北京:人民出版社 1998 年,第 241 页。

依旧太平,紧随复仇者的满腔热血而来的是"中间夹着许多祭桌的男男女女"对"大出丧"的瞻仰,几个义民咽泪的忠愤,王后妃子、太监大臣的悲戚表演。钱理群从而认为:"鲁迅从感情上无疑是倾心于复仇的:在他看来,复仇者尽管失败,但其生命的自我牺牲要比苟活者的偷生有价值的多。但即使如此,鲁迅仍然以他犀利的怀疑的眼光,将复仇面对无物之阵必然的失败、无效、无意义揭示给人们看:任何时候他都要正视真理、决不自欺欺人。"①鲁迅倾心于复仇,这是自然;但"无物之阵"云云不免牵强。小说写的是古代复仇者而非现代感极强的"战士",其最高目标,刺杀国王而已,何来"面对无物之阵"的失败?"大出丧"的闹剧中固然有不被理解的悲哀,可更多的不是对王生而被杀、死而受挤的快意,对王后妃子的"悲戚"、大臣义民们"忠愤"的嘲讽吗?与其说是无物之阵的跋扈,不如说体现了对世态人情的深刻洞察与悲悯。根本没构成对主体部分悲壮瑰奇的感情氛围的颠覆,反而衬托出了复仇者在灰色现实中的人格魅力和价值体现。因此,任何片面强调《铸剑》的客观社会效应或主体情感色彩的看法都难以令人信服。这是一篇隐喻色彩极为浓重的心理成长小说,一篇"小我""大我"完美融合之作,其艺术魅力在于个体表达与社会主题的完美融合。鲁迅抒写的应该是自己青葱少年时精神创伤,灰色中年之后对昔日成长记忆的艺术化表现。在文本表面社会复仇的叙事框架下,隐藏着鲁迅饱尝现实黑暗,由最初的善良优柔而日益愤世冷严的心理成长历程。在饱受列强欺凌的旧中国,又是个人情绪和民族感情的完美结合。

第二节　深层结构:《莎菲女士的日记》的心理分析

丁玲的代表作《莎菲女士的日记》(以下简称《日记》),可以说是中国现代心理小说中"深受委屈"的一篇——自 1928 年发表以来,数十年来的"褒贬毁誉"多半都是误读,真正切中肯綮的深层分析寥寥无几。在我看来,要

---

① 钱理群:《试论鲁迅小说中的"复仇"主题——从〈孤独者〉到〈铸剑〉》,《鲁迅研究月刊》1995 年第 10 期。

真正读懂此作,必须从"边缘意识"和"深层结构"这两个角度深入剖析其思想内涵,进而思考种种误读的渊源所自。

"边缘意识""主流意识"之说,是援弗洛伊德"意识""无意识"之例杜撰而来。① "主流意识"是生存法则、世俗规则在人们心灵中内化而成的"社会自我"。任何个体年幼之时,或多或少都有较少实利考虑的一段"浪漫"。然而"人类从早期童年起,便生活于许多圈子之中,家庭只不过是其中最小的一个……"②现实中的人们终究没有小奥斯卡那样长驻童年的幸运。③ 从"家庭"到"社会",由纯粹的"自我中心"到真正意识到"他人"与"社会"的存在,是个体心理成熟无可回避的必经阶段。个体必须剔除"原初自我"中不合时宜的部分,才能真正在心理层面上介入社会这一名利场,才能满足自己的种种欲望。社会化欲望越多,"原初自我"流失得就越多。在适应社会这一远较家庭生活凶险、诡谲的名利场时,某些生存法则、社会规范铁一般的存在逐渐为人所知。从生硬、勉强地遵循到后来自觉、自愿地认同与坚持。这些规则、规范便内化为人们心灵的一部分——"主流意识"了。它们决定着社会大多数人生活中的重大人生选择与价值判断。但"主流意识"的形成并不意味着世俗心理一统天下。个体心理中纯个人、超功利的"原初自我"并未就此消失,不过被排挤为"边缘意识"而已。它们仍能左右人们实利考虑之外的情感倾向和爱憎好恶等。与"主流意识"的顺理成章、自然而然不同,边缘意识的萌生虽可追溯到个体早年的精神生活,形成却有"懵懂——混乱——自觉"这三个阶段。"懵懂"自然是少年不知世事艰的轻松与茫然;幸福的童年记忆中可以生长出健康的人性、纯洁的心灵。④ 但对社会与世人的美好期待一旦在冷酷无情的生活之壁上撞得粉碎,往日记忆愈美好,造

---

① "边缘意识"和"潜意识"不同,虽同受压抑,人们却完全可以感觉到它的存在,只是出于实利考虑,无法时时听从它的召唤而已。

② [德]埃里希·弗罗姆:《人性的追求》,王健康译,上海:上海文化出版社1986年,第70页。

③ [德]君特·格拉斯的长篇小说《铁皮鼓》(胡其鼎译,漓江出版社1999年)中的主人公,"他不想加入成年人的世界而自我伤残(厌战士兵的方法),一跤摔成患呆小症的侏儒……但智力却比成年人高三倍"(胡其鼎《中译本序》,第4页)。

④ 对莎菲而言,那是宽裕富足的家境、和谐民主的家庭生活、先进良好的早期教育等(一月三号、一月十二等)。

化弄人的幻灭感便来得愈是强烈而持久。"混乱"由此而来;坚强或麻木到可以承担这种幻灭和失落的巨大痛苦,是个体走向心智成熟的开始。也就是说,进入第三个阶段——"自觉"了。

若以"边缘意识"是否占主导地位来看,《日记》中的人物只有"庸众"和"先觉者"两类;若按多少有无来分,"庸众"中还可分出"市侩"和"好人"两种。

1. "市侩"(剑如、安徽男人、凌吉士等),是"边缘意识"最为淡薄的一类。他们老于世故、工于心计,性格中往往有明显的"剥削倾向",惯用强力和策略从他人那儿夺取所需物,在爱情和感情上也是如此。[①] 但他们头脑活络、人情练达,做事滴水不漏,内心强烈的社会化欲望又表现为世俗普遍认可的上进精神,极易获人好感,聪颖者具有一定的个人魅力,往往是世俗社会的宠儿和骄子;愚钝者也每每因人成事,能够得到很多实利。但他们毕竟境界有限,多是纯粹的经验主义,一旦超出其社会阅历,就难免自作聪明,空落笑柄。凌吉士是这类人物风光无限的典型(内里庸俗,却一派骑士风度,在京都大学第三院的英语辩论会中任组长,志趣是"留学哈佛,做外交官,公使大臣,或继承父亲的职业,做橡树生意,成资本家……");剑如和安徽男人则代表了他们面对文化精英时的尴尬:剑如少年老成、擅长交际,却无法理解莎菲发自内心的亲近和追随,才有后来轻慢导致的尴尬(十二月二十八);安徽男人跟凌吉士一样把莎菲当作平常女子,企图用肉麻、虚假的情话骗取肉体上一时的欢娱,却不料对方洞若观火,徒劳地暴露了自己内心的龌龊(一月三号、三月二十八晨三时)……

2. "好人"(苇弟、毓芳、云霖、金、周、夏等)。无论作品内外,都是"沉默的大多数",最大特点可用"低俗"二字概括。传统意义上标准的"好人"、现代意识中堪称样板的"庸众",任何时候、任何场合都中规中矩、无可指摘。"边缘意识"对他们而言无异于精神奢侈品,只有在黑夜或白天的梦里可以企及,平时则无"才/财"亦无力拥有。他们是"仅仅道德"[②]的一群,一味满

---

① [德]埃里希·弗罗姆:《人性的追求》,王健康译,上海:上海文化出版社1986年,第50、51页。

② [德]尼采:《善恶之彼岸》,程志民译,北京:华夏出版社2001年,第36页。

足于平淡琐屑的日常生活（毓芳、云霖的爱情是典型代表。一月一号），却无从体会然后高深脱俗的思想（苇弟："我配不上你！"三月二十二）和真挚不羁的热情（毓芳、云霖的相敬如宾），甚至不懂如何去爱——"真正的爱是创造力的表现，它包括了关心、尊重、责任和知识，它并不是使人感动的'眷恋之情'，而是为了使所爱的成长并获得幸福的积极的努力。它发自人内在的爱的能力，只有用他内在的爱的力量去爱他人时，这种爱才可称为美德，反之则是一种邪恶"。① 苇弟之于莎菲，充其量是一种倾慕、一种眷恋，甚至完全可以看作恋母情结的一种表现。② 这种看似无私的感情，实际上是非常自私的，"在无私这一假面具后面巧妙地隐藏了他强烈的以我为中心的意识"③。他把无私作为对别人专政的工具。"尼采认为对于爱的追求是典型的奴隶行为，因为他不能通过拼搏去满足自己的需要。他们想通过爱来得到自己的所需，这样爱人主义与人类的友爱成了堕落的象征。"④这种爱不仅不能给对方以任何精神层面上的提升，反而近乎一种道德义务的负担，一口重返平庸、泯灭个性的陷阱，因而是莎菲绝对不可以接受的。

感情上的聚散离合，与"边缘意识"是否契合关系极大。几十年来，评论者们一直对莎菲"玩弄感情"不以为然，却从未认真考虑过苇弟、凌吉士的感情到底性质如何，值不值得接受。这至少是片面的。莎菲与苇弟等"好人"有距离，但只是境界悬殊，没有根本分歧，并不妨碍他们相互信赖成为朋友；与凌吉士等"市侩"则完全是人格对立，一开始可能因为其他原因交往密切（剑如"容貌，举止，无一不像我幼时所最投洽的一个朋友"；凌吉士则一派骑士风度），但终究道不同不相为谋，最后的陌路和反目都属必然。所以，同是拒绝，莎菲可以把自己最黑暗、最隐秘甚至充满性幻想的日记给苇弟看，以

---

① ［德］埃里希·弗罗姆：《人性的追求》，王健康译，上海：上海文化出版社 1989 年，第 99 页。

② 明明大莎菲四岁，却称之为"姊姊"，对莎菲异乎寻常的顺从、圣母般的崇敬，莎菲安慰他时母性十足的动作和他过多的泪水、破涕为笑等童稚表现。

③ ［德］埃里希·弗罗姆《人性的追求》，王健康译，上海：上海文化出版社 1989 年，第 104 页。

④ ［德］尼采《权力意志》（*The Will to Power*），转引自［德］埃里希·弗罗姆：《人性的追求》，王健康译，上海：上海文化出版社 1989 年，第 98 页。

求谅解;对凌吉士则完全是鄙视、轻蔑和不屑置辩。

"好人""市侩"是"庸众"中的两类,社会化欲望的强弱决定了他们"边缘意识"的多少。无欲则刚,"好人"们保留的"边缘意识"较多;贪得无厌,"市侩"们的"边缘意识"沦为点缀甚至完全消失。同样以"主流意识"之是非为是非,两者待人接物、处理问题的方式就大异其趣。同样把莎菲的"真诚"视为幼稚,("他们都说我越小孩气了",一月六号),毓芳云霖们当作少不更事、未被世俗所染的纯洁来喜欢、欣赏、加以保护("莎菲是他们那样爱惜的一个小妹妹……",一月五号),市侩们目的在于征服、利用(剑如的轻慢。一月二十八;安徽男人和凌吉士的野心。一月三号、三月二十八晨三时);同样对莎菲的"狂猖"心存疑窦、不以为然,"好人"们相信她本性善良,不过性格怪僻、做事任性;"市侩"们则因私利受挫而恼羞成怒,以道德败坏为名加以诋毁和抨击。(剑如对莎菲感情上的讥刺。一月二十六;其他人对莎菲的污蔑,三月八号)。

3.先觉者(蕴姊、莎菲)。蕴姊因错嫁庸俗男子而深感"生之无趣"的来信,加深了莎菲人生"百无可望"的痛苦(一月十六)。她甚至在蕴姊憔悴至死之前酗酒自戕(一月十七)。远在京沪二地仍心心相印若此,是功利主义者所无从想象的——人们可以因"利"而团结,却只能因"情"而成知己。所谓"情",大半是"边缘意识"。莎菲们因精神气质上不认同世俗而与社会格格不入,却铸就了彼此异乎寻常的情感联系。(有人甚至怀疑她们有同性恋倾向。)莎菲以为:"蕴姊是最神经质、最热情的人,自然她受不了那渐渐的冷淡,那已掩饰不住的虚情……"(一月十六)。她自己何尝不是如此?蕴姊虽未真正"出场",却是小说中相当重要的一个"在场":莎菲视她为唯一知己的"认同感",使我们不至于误解莎菲内在的美好。她的不幸是一记袅袅不绝的丧钟,暗示了莎菲们与世抵牾的两难处境:狂猖自守则命定孤独;同流合污则心灵痛苦。莎菲最后的"出走",是怕自己被庸俗、琐屑的日常生活腐蚀、同化的挣扎,是对周遭环境彻底绝望之余的"自救"。

莎菲不是一下从宙斯脑袋里冲出来的雅典娜。对先觉者心理成熟而言,"懵懂——混乱——自觉"这几个发展阶段必不可少。作品中的莎菲,正处于"混乱"阶段(这是刚刚踏上社会的必然),是"临界状态的女性先觉者"形象。鲁迅笔下的男性先觉者多是峻急一品,饱读诗书而且沧桑历尽,凭借丰厚的社会阅历和犀利的理性认识洞察现实黑暗。他们的反抗是深思熟虑之后"玉石俱焚"的含愤一击;莎菲不同,她一没有家门不幸,二年纪轻轻不具备冰冷可怕的理性认知。她的苦闷,正如茅盾所说,是"时代"而非"个人"的;她的叛逆,不是因为"苦大仇深"而是个性遭压抑后的自然反抗。她的坚持,也不是因为心中有个光芒万丈的"理想国",只是对令人窒息的当下近乎本能的拒斥而已。女性身份保护了她也困扰了她。传统意识中对女性心智根深蒂固的轻蔑使人们很难意识到莎菲作为"先觉者"的存在:莎菲的"狷傲"和"怪癖"在大多数人眼里,不过未谙世事的"小孩子气"(一月四号,一月六号)。这使得莎菲不致像魏连殳那般"千夫所指、万人所弃";却也加大了她寻求理解的难度,加深了她心灵的寂寞(三月十三与一般友人,三月二十一夜与毓芳,三月二十二与苇弟)。这就是她既瞧不起周围朋友,又非常看重他们的友情的原因。

女性身份又注定了莎菲必然在"性爱"和"婚姻"方面与正统社会矛盾重重。男性"先觉者"则无此特点。首先,社会意识对男性相对宽松;其次,男性"先觉者"间"匈奴未灭,何以家为"的想法普遍存在,社会民族使命感较浓,相对忽视家庭幸福。女性先觉者则因生理、心理上双重柔弱,多意志坚韧的巾帼英雄,少宁折不弯的斗士。生活圈子相对较小,社会舆论压力较大,"个人幸福"对她们来说,往往是"个人与社会"矛盾的焦点,甚至全部。反过来又成为她们反抗社会最切身、最有效的途径。新时期以来,众多研究者热衷于用各种"女性主义""女权主义"的方法和角度阐释这篇小说,是有道理的。但是,他们没做更深一层的思考,没有透过作品浓厚的女性色彩看到其中的个性内核,却是极为遗憾的。这与作品本身的"双重结构"有关。

所谓"双重结构",是说作品在"三角恋爱"式的平庸表层之下,还有一个"深层结构"在,而且深层结构是以"表层结构"为前提的。二者的区别如下:

（表层结构）　　　　　　　　　　　　　（深层结构）

在表层结构看来,作品无非是莎菲这一强悍女子以君王般的姿态凌驾于苇弟和凌吉士这两个低俗男子之上,她对二人都不满意,但都不拒绝,而是以"姜太公钓鱼——愿者上钩"的手段周旋于二人之间,从而打发她百无聊赖的日常生活,感情游戏玩够之后一走了之。其间也强调莎菲精神境界优于二人,无法建立起真正的情感联系,更谈不上什么两情相悦、灵肉一致之爱,却有一个绝大的难题横亘其间:对莎菲这一"游戏人生"的道德问题(尤其性道德)如何评价。这几乎是几代研究者共同的尴尬,也是丁玲和这部作品数十年来一直处于"褒贬毁誉之间"①的根本原因。以往的回答大致分两个阶段:新时期以前,赞誉者竭力强调那是在特定的历史阶段对封建礼教的叛逆,抨击者不由分说认定莎菲玩人丧德,暴露了小资产阶级"自我中心"②的劣根性,甚至针对作家个人道德产生怀疑,搞个人攻击……双方对作品中表现出的道德叛逆其实没什么分歧,只是立场不同而已。"莎菲是心灵上负着时代苦闷的创伤的女性的叛逆的绝叫者……是'五四'以后解放的青年女子在性爱上的矛盾心理的代表者。"③茅盾此论兼容并包而且分寸极佳,甚至得到了作家本人的认可;新时期以来,社会意识日益开放,"生理欲求""性本能"从洪水猛兽变成了热门话题,"女性主义""女权主义"甚嚣尘上,大有风水轮流转之势。丁玲和《日记》也应时而化,成了"中国的波伏娃""中国的爱玛"④。其实对作品深层内涵的理解没什么突破性进展,不过换了一副有色眼镜罢了。

这种几十年来一以贯之的误读,除了政治风潮起伏跌宕,政客文人别具用心之外,是被作品中惊世骇俗的性爱姿态和细腻大胆的女性心理晃花了眼,以致忽视了背后的心理内涵。莎菲那种特立独行的性爱姿态从何而来呢?她真是天赋英才的中国现代女性运动的先驱吗?弗罗姆以为,"可以通过对一个人的分析推断出这个人生活的社会整体结构"⑤,《日记》中没什么

---

① 袁良骏:《褒贬毁誉之间——谈谈〈莎菲女士的日记〉》,《十月》1980年第1期。

② 张天翼:《关于莎菲女士》,收于袁良骏主编:《丁玲研究资料》,天津:天津人民出版社1982年,第399页。

③ 茅盾:《女作家丁玲》,收于袁良骏主编:《丁玲研究资料》,天津:天津人民出版社1982年,第253页。

④ 蓝棣之:《女性的愤懑和挣扎——丁玲〈莎菲女士的日记〉、〈我在霞村的时候〉解读》,《贵州社会科学》1998年第4期。

⑤ [德]埃里希·弗罗姆:《人性的追求》,王健康译,上海:上海文化出版社1989年,第64页。

社会结构,我们却可以倒过来通过重新审视她与苇弟、凌吉士的感情纠葛来追问莎菲隐秘的内心世界。《日记》发表于 1928 年,那是民国有名的乱世,大革命失败引起无数热血青年的幻灭和虚无之感。莎菲对两性之爱几乎奋不顾身的追寻其实不过是"时事百无可为",时代重负酿就的心灵苦闷郁积成为一股极强的心理动量,急于寻找一个转移和宣泄的出口。"有时,强烈的性欲也出于心理上的需要,而并非由于生理上的需要"。① 这话王尔德说来漂亮多了:"只有感官才能拯救灵魂,就像只有灵魂才能拯救感官一样。"②莎菲的爱欲冲动绝不仅仅像她本人所说是"被一种色的诱惑而堕落",其内核和底色是一个"(临界状态的)女性先觉者"在精神危机严重之际,退而求其次的权宜之计,"……以为自己的强烈的欲望是出于他生理上的需要,实际上他的欲望都是由他心理上的需要所产生的"③。但先觉者之为先觉者,正在于精神境界的高远。他们纵使堕落,也是为了飞翔。莎菲所能接受的注定是灵肉统一之爱。"万物皆符号"(歌德语)。④ 在莎菲面前,苇弟和凌吉士起初是以"善"与"美"的符号出现的。但他们一个境界低俗,一个虚有其表,不过是"庸俗"和"空虚"的化身。他们的"爱",不仅无法帮助莎菲度过精神危机,反而坠住了她灵魂的翅膀。不仅得不到预期的解脱,反倒多了一重麻烦。但莎菲毕竟不失"先觉者"本色,一度彷徨无着之后,她终于找回了自我,纵身一跳,跳出是非圈之外慢慢反省去了。因此,这篇小说单从情节上看是普通"感情游戏""性爱主题"(这是客观实有的真实),精神实质却是大革命之后女性"先觉者"在"空虚"和"庸俗"的重重包围之下的突围挣扎。表面上的任性率意,实际是一种狂狷宣泄。

"文章本天成,妙手偶得之"。莎菲乃至丁玲自身均无如何清晰透彻的

---

① [德]埃里希·弗罗姆:《人性的追求》,王健康译,上海:上海文化出版社 1989 年,第 146 页。

② [爱尔兰]奥斯卡·王尔德:《道连·葛雷的画像》,黄源深译,《王尔德作品集》,北京:人民文学出版社 2000 年,第 22 页。

③ [德]埃里希·弗罗姆:《人性的追求》,王健康译,上海:上海文化出版社 1989 年,第 146 页。

④ [德]加达默尔:《哲学解释学》,夏镇平、宋建平译,上海:上海译文出版社 1998 年,第 104 页。

理性自我认知,只是纯粹忠于内心的感觉。此种状况类似于女性的一种心理直觉:本能地知道自己想要什么,一定要拒绝什么,但不懂究竟怎么回事,否则内心不会如此痛苦纠葛。之所以断定丁玲当时并无清醒深切的理性自我认知,是因为她到延安后创作的《莎菲第二部》毫无个性张扬之美,跟第一部完全无法媲美。

第三节　现代体验:《蚀》《子夜》中的恐惧与诱惑

近些年,国内民族主义思想甚嚣尘上:重振"国学"雄风的文化保守主义之声响遏行云;"五四"以来倡导"重估一切价值"的现代理性传统屡遭质疑;打着"重读"的旗号,解构甚至否定鲁迅、茅盾等现代名家及其经典著作的文章屡见不鲜……

其实,不但"一代有一代的文学"(王国维语),而且一代有一代的经典。李杜诗篇、经史子集等中国古代名作是经典,"鲁郭茅,巴老曹"等现代经典名家名作同样堪称经典。当下很多人质疑与否定中国现代经典作家作品,不过是因为肤浅的厚古薄今,或义和团式的盲目排外(因为他们认为现代文学经典的精神资源乃是横向移植的西方现代文化传统)。此种做法绝不可取。经典之为经典,不在于完美无瑕或神圣不可侵犯,最重要的,是因为拥有超越时空的艺术性与不可替代的思想性。"有缺点的战士终竟是战士,完美的苍蝇也终竟不过是苍蝇。"①真正的经典,不会因为似是而非的批评失色,反会囚谬托知己者不着边际的吹捧蒙羞。因此阅读经典,最可贵的读法有二:一是细致入微地理解体察其"超越时空"的艺术价值,二是高屋建瓴地剖析其"不可取代"的思想价值。一般来说,中国古代文学名著给人印象最深的是其艺术感染力,千载之下有余情,让当代人与古人可以心灵相通;而诞生于"三千年未有之大变局"(李鸿章语)之后的现代文学经典,最大价值则在于深刻复杂的思想含量。清末民初,是社会大动荡、文化大转折之际。

---

① 鲁迅:《战士与苍蝇·华盖集》,《鲁迅全集》3,北京:人民文学出版社 2005 年,第 40 页。

现代文学经典所关注的,是在中西文化碰撞最激烈、价值观极端紊乱的社会现实中人们的心理状态。几代中国现代作家将自己当时的精神痛苦、思辨挣扎与艰难抉择,化为白纸黑字流传至今,读来至今仍然惊心动魄、发人深省。学界普遍将现代文学经典名作视为思想史研究的材料,李泽厚《中国现代思想史论》、林毓生《中国意识的危机:"五四"时期激烈的反传统主义》等不少著名学者最初奠定自己学术地位的代表作,都是把现代文学名家名作拿来作为主要论据来分析的。在"文明的冲突"(亨廷顿语)已成为当今国际冲突愈演愈烈之根源的当下,重读现代经典名作,审视中国现代知识分子当年在民族危亡之际的心路历程与文化抉择,与"整理国故"式的古代文学研究相比,或许更有迫在眉睫的现实意义。

一、心理矛盾

"文革"过后,学术研究的政治桎梏渐消,关于现代文学"鲁郭茅巴老曹"六大经典作家的研究整体呈上升趋势。但矫枉过正,因反感于"文学"沦为"政治"婢女的"文革"遗风而一味去政治化、"为文学而文学",以致局限了学术研究视野格局的情况亦不少见。其实现代中国思想碰撞激烈、政局诡谲多变,最终能够脱颖而出的文学经典名家名作,在处理"文学"与"政治"的关系时各有独到之处,都值得认真深入地探讨。然而当代学者除对鲁迅横站于"左右"之间、纠结于"文学与政治"之间的精神痛苦的分析较为透彻之外,对茅盾等现代名家名作的同类研究,可以说还远远不够。

茅盾之于当下,是个一度显赫经典而今却尴尬异常的名字。虽在正统文学史上的地位依然崇高,然而门前冷落车马稀的阅读现实却毋庸置疑——不仅普通读者群体日益萎缩,就连最耐得住寂寞的学院研究也已大不如前。2009 年,时任《文学评论》常务副主编的王保生,曾结合该杂志近几年来稿情况指出,"'鲁郭茅巴老曹'六大经典作家中,关于茅盾研究的来稿是最少的"。① 如果再联系到 20 世纪 80 年代蓝棣之对《子夜》"主题先

---

① 陈迪强、钱振纲:《"茅盾与时代思潮"学术研讨会综述》,《中国现代文学研究丛刊》2009 年第 5 期。

行"的尖锐批评①、90年代王一川主编《20世纪中国文学大师文库》时将其排除在小说大师之外的极端之举,可知此种状况由来已久,冰冻三尺非一日之寒。这当然与如今社会上经济挂帅、政治淡出的时代风尚有关。然而,茅盾小说本就以兼具文学感性与政治理性取胜,以往完全从"政治"立场极力揄扬的做法固然不甚高明,现在纯粹的"文学"批判何尝不是偏执片面?

文学史家不应满足于简单的随"风"转"舵"。与其为茅盾、金庸等小说名家的艺术成就孰高孰低争执不休,不如进而探究问题的核心所在:作为一位文学造诣极高、理论修养通透的学者型作家,茅盾何以甘心始终彷徨游移于创作感性与社会理性之间,以致生前死后声名相差悬殊如此,这种耐人寻味的现象本身又意味着什么?

"文学""政治"属于文化的不同侧面。一般来说,前者关注微观的个性心理,后者着重宏观的社会走向,二者价值取向迥异,很难通约。纯粹的文学家与政治家之间相互轻蔑甚至势同水火的不知凡几。茅盾却是向来被推崇为"政治家与文学家的完美结合"的异类,他到底基于何种考虑游走于"文学"与"政治"之间,何以能使这近乎南辕北辙的两种思虑在小说叙事中水乳交融,发展形成一种崭新的小说类型——"社会剖析小说"?"文学"与"政治"毕竟是截然不同的两个路向,在二者最终无从调和之际,茅盾的现实皈依与情感倾向何在?

若要真正理解诸如此类的深层创作歧思,或许文化心理与个性心理分析相结合的解读途径更为深入有效。作为旧式私塾出身、古典文化修养深厚的中国文人,茅盾在文化心理上继承了屈原、李白等中国古代传统士人"兼济天下"的社会理想;②同样以文学成就名世,同样醉翁之意不在文学而是社会——"我对于文学并不是那样的忠心不贰。那时候,我的职业使我接近文学,而我的内心的趣味……则引我接近社会运动";③不同的是,他又是中西文化交汇孕育下成长起来的现代知识分子,不像旧式儒者那样不屑于

---

① 蓝棣之:《一份高级形式的社会文件》,《上海文论》1989年第3期。

② 茅盾自12岁参加会考时开始,就不断在文章中宣称"大丈夫当以天下为己任"。详见茅盾:《我走过的道路(上)》,北京:人民文学出版社1984年,第77页。

③ 茅盾:《从牯岭到东京》,王运熙主编,《中国文论选·现代卷(上)》,南京:江苏文艺出版社1996年,第626—627页。

日常事务的高标出尘,而是在志向远大的同时格外灵活务实:一方面以文学组织者、倡导者而非普通创作者的身份登上文坛,雷厉风行、大刀阔斧地改编《小说月报》,以组建政党的方式遍邀全国名家发起"文学研究会";①一方面积极参与社会实践,成为第一批中共党员,直接参与革命运动,"大革命"失败后全身而退、及时退党以躲避通缉,②风头过后再卷土重来,不做无谓的牺牲。王晓明一语中的:"在当时茅盾的心目中,写文学论文和从事政治活动本就是互相联系的事情,都同样能够满足他改造社会的内心热忱。"③的确,"文学"与"政治"都不是茅盾的终极目标,而是他意欲实现自身社会理想的不同途径。遗憾的是,学者们大多满足于将茅盾此后的小说创作归结为社会理想"幻灭"后的文学救赎,并未进一步探究其深层个性心理特征。

其实,年轻时尝试通过"文学""政治"两种途径来拯救国家危难的中国作家不在少数。只是个人精力有限,很难长时间两头兼顾,到一定时候自会面临取舍问题。一般作家都会择其善者而从之,选一条适合自己的路来走:施蛰存性情恬淡,是以大革命后果断退党,"两耳不闻窗外事,一心只读文学书",终于在"文学/学术"方面卓然成家。而茅盾的情况特殊。他文采虽佳,但性情软弱、多谋寡断④,很大程度上是一个性格偏于怯弱的书生,严重缺乏政坛人物成就大事所必需的坚韧果敢。虽然一度有同时实现政治愿望与文学理想的雄心,但他无法在生死关头欺骗自己。当年大革命失败后,他被"清党"运动的暴力血腥吓得目瞪口呆(此类见闻记忆后来成为《蚀》中的主要部分,给人印象极为深刻),躲在庐山惊惧交加时,为自身性格弱点而深感沮丧,在"文学"与"政治"这最重要的人生歧路选择面前茫然失措。照理说依照这副才情性格,弃政从文才是明智之举。可社会抱负是千百年来中国

---

① 郁达夫、郭沫若等人之所以最初答应加入文学研究会,后来却拒绝合作、执意另建"创造社",公开宣称的主要原因之一就是对"文学研究会"一家独大、垄断文坛的政治做派比较反感,不肯和光同尘。

② 茅盾退党,除生活上、思想上的矛盾外,像当年施蛰存等人那样为保命而退出革命的因素恐怕不能说没有,只是他不肯承认而已。

③ 王晓明:《惊涛骇浪中的自救之舟》,《潜流与漩涡——论二十世纪中国小说家的创作心理障碍》,北京:中国社会科学出版社 1991 年,第 72 页。

④ 相由心生,心直口快的美国记者史沫特莱甚至开玩笑地说茅盾"像一位年轻的女士"。见茅盾:《我走过的道路(上)》,北京:人民文学出版社 1981 年,第 440 页。

文人难以释怀的一个结。茅盾虽然已经明心见性，痛入骨髓地意识到在残酷冰冷政治斗争中一介文弱书生的无力与苍白。不过茅盾毕竟是经过"五四"思潮洗礼过的现代知识分子，不像古代清流文人那种迂腐偏执、好走极端。他苦闷彷徨后，并未以醇酒妇人或青灯古佛麻痹自己，而是迅速冷静下来思考出路，希望找到一条既能避开社会政治的"铁血"危机保命全真，又能影响时代风云走向、实现个人价值的中间路线。

　　茅盾本就不是为艺术而艺术的文学信徒，而是要以文学撬动革新杠杆的社会活动者。他青年人建功立业的初衷未改，实不甘心以文学自娱终老，一时受挫没有使其完全放弃最初的政治理想，他反复考虑后最终决定的是坚持走二者兼顾的中间路线："文学"与"政治"这两条道路一个都不放弃，但任何一个都不再倾情投入；而是在文学创作中引入政治领域中的"成本核算""风险投资"等行为策略，巧妙地以文学干预政治。因此，在民族危亡的局势日益严重的当时，与大多数进步作家渐趋激进，从"文学（革命）"走向"革命（文学）"不同；茅盾的思想创作演变规律恰恰相反，他是从"革命（文学）"到"文学（革命）"的。详细说来便是：茅盾毅然放弃自己原来树大招风、需要旗帜鲜明地表明政治态度的"文学组织者"（编辑）的身份，将自己定位于普通作家的身份，以较为含蓄模糊的创作实绩保持政治立场，而且在文学创作中，既坚持站在革命与进步的阵营里批判现实，又谨小慎微地与政治现实保持着适当距离以保命全真，从不直接挑战政府底线，同时不断随着时局变化调整自身作品与政治现实的距离，给人始终努力跟随时代步伐之感。这一策略可说取得了相当的成功：茅盾虽然时常被激进的青年左翼作家批评为不够革命，但依然保持着思想进步积极的形象。因此1949年后虽不及郭沫若、周扬等"紧跟派"风光，却如愿以偿地避过了许多政治旋涡。简而言之，茅盾以往被视为"生活中、思想上"的矛盾，或许根本就是深思熟虑后刻意为之的结果。

二、创作探索

　　茅盾不愧为学者型的天才作家，明明是一条委曲求全的中庸之路，却因他分寸把握极佳，懂得如何将自己从左拉等西方名家那里得来的创作灵感、从毛泽东等革命领袖著述中吸收的政治理论融会贯通，知道如何以社会学家般的眼光审视与表现中国社会现实,居然逐渐形成、开创了一种"感性细节"与"理性框架"紧密结合、相得益彰的小说创作模式。首先,作家在创作之前以主流先进的马列主义革命理论为标准审视中国社会现实,得出若干革命主题或结论;其次,从自己与周遭亲友的见闻阅历中筛选提炼适合表现上述革命主题或结论的"感性细节";最后,作家充分发挥个人文学才华,进而艺术加工,将这些"感性细节"天衣无缝地糅合起来,形成一个曲折动人的故事情节。中国现代小说史中独树一帜的"社会剖析小说"由此诞生。茅盾亦由此成为"以文学干预政治"最成功的现代经典作家,并对后世产生了深远影响。

从这个角度来看,"文革"时期的"三结合"创作模式(领导出思想,群众出生活,作家出技巧)可说渊源有自,只不过是把当年革命作家的个人创作过程强行割裂、拉长为一个机械化的创作流水线,完全剥夺了作家自由立意与提炼生活的权利,使之彻底沦为码字机器而已。不过后来者的恣意歪曲当然不是苛求当年开创者的理由。作为深谙文艺创作规律的天才作家,茅盾深谙"罗马不是一日建成的"道理。从整个小说创作历程来看,茅盾当初为形成与完善"社会剖析小说"这一小说类型经历了相当漫长的艺术探索。在创作小说之初,他还没从大革命失败的挫败中缓过神来,尚未形成明确的政治主题,只在小说末尾留一个光明的尾巴。因此各种政治倾向的感性细节在其前期小说中大量存在,彼此之间充满思想张力,有些细节甚至是有意无意地披露革命运动黑暗面的历史记录。茅盾最初避难时为谋生与宣泄而仓促写成的《蚀》三部曲中[①],就大量留存了这类格外真实鲜活触目惊心却不合革命理性的感性细节,阴差阳错地成了茅盾笔下最为恣意放纵、酣畅淋漓也最见真性情的一部作品。小说中最为精彩、给人印象最深的,并非革命者的激昂与悲壮,而是白军地痞镇压革命运动的野蛮凶残、卑鄙下流:"土豪劣绅何等凶暴! 在妇协被捉的三个剪发女子,不但被轮奸,还被他们剥光了

---

① 茅盾最初的小说创作动机,当然有政治不通改投文学的成分,但还是谋生与宣泄的原因居多。茅盾后来回忆性的创作谈虽多,但一变再变,多数迎合不同时期政治语境的意思,可信度并不高。

衣服,用铁丝穿乳房,从妇协直拖到县党部前,才用木棍捣进阴户弄死的"①;是"时代女性"的肉感诱惑与果敢担当,如方罗兰在孙舞阳面前的手足无措,一步步走向彻底沦陷,"舞阳,你是希望的光,我不自觉地要跟着你跑"②,"他近来确是一天一天地崇拜孙舞阳,一切站在反对方面的言论和观察,他都无条件地否认"③,甚至几个人乔装改扮逃到尼庵避难之后,刚刚定下心神便为孙舞阳卸妆时无意流露出来的奔放性感心醉神驰:"方罗兰看见孙舞阳的胸部就像放弹簧似的鼓凸了出来,把衬衣的对襟纽扣的距间都涨成了一个个的小圆孔,隐约可见白缎子似的肌肤。她的豪放不羁,机警而又妩媚,她的永远乐观,旺盛的生命力,和方太太一比而更显著。"④从创作心理学的角度来看,此类惊心动魄的感性细节情境之所以在小说中频频出现,应是事发当时这两种情形留给作者的心理烙印太深的结果。⑤"《蚀》对力弱者的心理刻画……表现了他的一种心态。……他正是那样一个神经纤弱而敏感的人,一个善于在湿润、伤感和柔弱的情绪状态中感知人生的小说家。"⑥说白了就是茅盾当时被反革命的血腥残忍吓得魂飞天外,事后对自己的表现极为失望,乃至在那些勇敢性感的女革命者面前自惭形秽。这对自视甚高的茅盾的心理打击极为沉重,对其小说创作造成的深远影响有二:一是对"北欧女神"般的勇敢坚强、性感热烈"时代女性"的敬畏爱慕,二是对和他一样平时激昂慷慨、事来百无一用的知识分子的彻底失望与放弃。《蚀》的第二部《动摇》中极写身为革命领导人的方罗兰如何既缺乏掌控政局的能力,又不能把握自身的情感欲望,在漂亮能干的"时代女性"孙舞阳反衬之下显得怯懦彷徨……小说把这两个相反相成的主题表现得淋漓尽致。然而不知是否出于对自身无能的辩护,茅盾的反思并未止步于对自身的无情

① 茅盾:《蚀》,《茅盾全集》(第一卷),北京:人民文学出版社1984年,第245页。
② 茅盾:《蚀》,《茅盾全集》(第一卷),北京:人民文学出版社1984年,第138页。
③ 茅盾:《蚀》,《茅盾全集》(第一卷),北京:人民文学出版社1984年,第197页。
④ 茅盾:《蚀》,《茅盾全集》(第一卷),北京:人民文学出版社1984年,第255页。
⑤ 这些描写在旁人看来重复过多渲染过重,却是茅盾终生难忘的美好与噩梦熔铸而成,值得格外珍惜。因此中华人民共和国成立后出版社重版此书要求修改时,茅盾的拒绝虽然委婉却相当坚决。
⑥ 王晓明:《惊涛骇浪中的自救之舟》,《潜流与漩涡——论二十世纪中国小说家的创作心理障碍》,北京:中国社会科学出版社1991年,第80—83页。

解剖与理性省察,而是依据流行革命理论推广到对整个知识分子群体的怀疑否定。他在《子夜》中对冷眼论世、悲观绝望的小布尔乔亚诗人范博文与身处乱世而终日沉湎于个人情事得失的吴少奶奶毫不留情地痛加奚落,便是这种情绪宣泄的产物。

不过,无论茅盾小说开篇之初的细节铺叙如何感性放恣,到结尾部分都会无一例外地归结于社会理性甚至纯粹的政治结论。早期的《蚀》三部曲中的《幻灭》《动摇》虽然委婉动人,最终还是冷静呆板《追求》压轴;后来的《子夜》虽然无限同情吴荪甫"实业救国"的志向与努力,盛赞他为"二十世纪机械工业时代的英雄、骑士和王子"①,结果仍是这位新时代的王子在帝国主义的走狗、买办资产者赵伯韬面前一败涂地,让人不明白到底谁是未来新生力量的代表……这种情况越到后期小说越是明显。

越到后期,茅盾小说中的政治理性越强,几乎与共产革命在全国大好形势的逐步推进成正比。因此茅盾"社会剖析小说"的最大思想性特征是"清醒",既放得开又收得拢,整体框架上始终保持着社会(革命)理性的艺术格调,仿若风筝再高也有一线在握。如果说《蚀》是这一探索的开端,那么《子夜》便是这一范式的彻底成熟。如果说,前者给人印象最深的是给大革命失败后的"人心"的真实、鲜活、怯懦、游移,主人公在混乱中与现实的心理距离,如静女士、方罗兰、章秋柳等人对社会现实的疏离厌弃之感;那么后者最大的特点则是评判"世态"时的自信、明晰、刚愎自用,以及小说人物动辄冒险投机的倾情投入:如差点投湖自尽的小布尔乔亚诗人范博文,可以入骨三分地点出时局世事的某些真实,"去吧!你这古老社会的僵尸!去吧!我已经看见五千年老僵尸的旧中国也已经在新时代的暴风雨中间很快的很快的在那里风化了!"②民族资本家的杰出代表吴荪甫虽怀抱"实业救国"之志,在内忧外患的现实逼迫下,也有不得已拿出全部资产到证券市场拼死搏杀的疯狂大胆……《蚀》的混乱,曾被前辈学人视为作家初次写作时的不成熟,不过恰恰是这种金粒与泥沙俱下的写作方式,奇妙而完美地呈现了"大革命"失败过程中那种社会现实与知识分子由单纯热烈浪漫的坚信到社会理

---

① 茅盾:《子夜》,《茅盾代表作》,北京:华夏出版社 2008 年,第 52 页。
② 茅盾:《子夜》,《茅盾全集》(第三卷),北京:人民文学出版社 1984 年,第 30 页。

想落后茫然而不知所措,进而拼命要抓住任何一根救命稻草的心理挣扎;而一向因恢宏大气、高屋建瓴而被视作茅盾巅峰之作的《子夜》,则毋庸讳言大量借鉴了西方"自然主义"文学大师左拉《金钱》的艺术构思。不过茅盾与左拉不同,左拉是个冷静旁观的叙述者,而茅盾以鲜明的倾向性参与其间。相形之下,他更像中国古代小说中无处不在的说书人,频繁对自己笔下的各阶级的人物进行道德批判,而所有这些批判归结为一点,到最后编织出了一个非常明晰的政治图景。那便是民族资产阶级虽有一定的进步性,但具有严重的软弱性与局限性,无法领导人民完成国家富强的革命大业。这与当时毛泽东等革命领袖对当时中国社会的阶级分析完全相同。茅盾因此圆满完成了自己的写作意图,那就是对"当时颇为热闹的中国社会性质论战"[①]的回答。

只是社会理性与政治结论终究无法决定小说的艺术水平,茅盾小说的独特魅力主要来自那些意味深长的感性细节、那些可以窥得人物内心本能与潜意识波动的细腻描写。这些东西在茅盾前期小说中一度大量存在,后期小说中却越来越少。茅盾后期小说艺术水平与影响力的明显下降萎缩趋势,与其开创的"社会剖析小说"这一创作范式的精髓在于繁复鲜活的"感性细节"与深刻高远的"理性框架"的交相辉映有直接的关系。此二者在小说中所占比重必须适当,必须是真正相辅相成、旗鼓相当的,"文质彬彬,然后君子"(《论语 雍也》)。茅盾早期的小说创作,亦是他梳理自身感性经验与理论认知以寻求出路的思辨过程,虽然"感性"大于"理性",但真切感人处亦难能可贵;后期的小说创作,是他基本接受主流革命理论后的"遵命文学",故而"理性"大于"感性",牵强生硬处比比皆是。《子夜》可说是其小说前后期的分水岭,在兼具理性说服力与生动感染力的同时,已显出"社会剖析小说"这一小说范式自身固有的局限性。

茅盾最著名的作品,在80年代中期之前都是《子夜》,之后则是一度被认为不甚成熟的处女作《蚀》。这与人们对茅盾认识的逐步深入有关,大家认为其中包含了那个时代人们内心深处最真实的坚信、恐慌与追求。茅盾由此成了不断进行自我催眠的西西弗斯。只是这种强迫自己相信的政治画

---

① 茅盾:《子夜》,《茅盾全集》(第三卷),北京:人民文学出版社1984年,第562页。

饼,终究不是真正的普世真理。所以茅盾在《蚀》中写困惑混乱非常真实,但一旦入手写自己内心其实并无把握的真理时,就陷入了误区。这就是真正完全"重估一切价值"的当代,很多人更相信《蚀》而不太喜欢《子夜》的原因。

然而必须指出:这种被赞誉者称之为"社会剖析"、贬斥者指责为"主题先行"的小说创作思路本身无可厚非。毕竟任何作家进行创作之前都要提炼主题;构思期间都要进行素材加工;倘若语出至诚,篇末诠释传播个人精神信仰、思想理论实属正常的创作自由,而且未必会影响作品的艺术水平。在这方面,有左拉、托尔斯泰等西方小说大师与茅盾自己的成功范例珠玉在前。遗憾的是这种创作模式对作家要求颇高——既要有深厚的社会理论素养、丰厚的创作经验基础,还要有对世态人情的深入思考与独到发现……没有长期足够的积淀酝酿而贸然尝试,画虎不成反类犬是必然的。另外,创作前预设的"主题",究竟是自身生活中的感悟,还是为完成政治任务而接手的宣传口号,创作起来效果自然大不相同。

所以"社会剖析小说"虽然盛极一时,却没有产生多少真正的传世之作,"文革"时期甚至被御用文人拿来歪曲为政治献媚的工具,种种虚假的社会剖析甚嚣尘上,让当代中国读者深恶痛疾。流弊所致,不仅有始作俑者之嫌的茅盾饱受牵连,就连当下同样注重"史诗性"社会叙事的"茅盾文学奖"获奖作品都有官方热门与民间寥落的接受悖论……千秋功过,实难一语而决。

三、小说范式

简而言之,"社会剖析小说"这一小说范式的诞生,虽然最初不过是茅盾出于"非文学"的现实考虑而无心插柳的意外产物,但后来也经过了茅盾长时间的艺术探索。

这种自觉以"理性框架"画地为牢,主动为鲜活多义的"感性细节"给出符合主流意识形态的理性阐释的做法,说白了是一种强行禁止自己进一步思考的做法,背后隐藏着作者内心深处的一种恐惧与战栗。具体到茅盾,结合上文所述他在小说中对社会革命、时代女性、现代都市生活等意象或主题充满矛盾与张力的反复抒写,多少可以窥得作者面对充满刺激与多元可能性的现代文化时潜意识深处骚动不安的迷醉、眩晕、忘形,以及备受蛊惑之余的惊异、畏惧与敬而远之。① 革命本身也是现代文化的一部分。就茅盾这类出身中国传统书香门第却接受了西方现代思想洗礼的亦新亦旧人而言，既已置身于中国与西方、乡土与都会、传统与现代激烈交汇碰撞的时代语境，又不甘心作为纯粹的看客终了此生，就必须对促进或抗拒"现代性"在中国的演进做出选择，并为自身选择奋斗以至最终声名狼藉或泽被后世。

茅盾为人敏感多思，很早就意识到了这一时代选择题背后的机遇与风险。在他看来，抽象的"社会革命"与具体"时代女性""现代都市"都是冥冥之中逼人而来的"现代性"的一部分，同样充满未知蛊惑与致命危险。可他虽然洞察世情，却因自身性情优柔怯懦而心存侥幸，既想轰轰烈烈又不愿承担风险。这是"书斋里的革命者"的身份处境使然，极易使人联想起鲁迅对柔石《二月》主人公萧涧秋的经典论述：他既不是时代的弄潮儿，也并非山间的隐者，而是衣履尚整、徘徊海滨却不愿为浪花沾湿的狼狈者。② 此种近于投机思想的矛盾心理，注定茅盾必然失去攀上文学或政治巅峰的机会，却阴差阳错地使其前期"社会剖析小说"充满思维弹性与艺术张力。

人们面对不可测的社会动向与纯粹暴力时的惶恐悸动，是茅盾小说的主要题材之一。从某种意义上，也可将面对即将来临的"现代性"的惊惧不安视为茅盾小说的隐含主题之一。前期小说《蚀》中的"时代女性"也好，后期作品《子夜》中的"现代都市"也罢，无一不是充满诱惑而令人不安的。《子夜》虽然开中国现代都市小说创作风气之先河，但它对现代都市小说的开拓很大程度上停留在题材尝试而非精神拓展之上，茅盾对现代都市的态度是暧昧不明的。同样写现代都市，后起的新感觉派小说家中刘呐欧醉心于炫耀，穆时英痴迷于感伤，施蛰存掩饰不住忧郁，而茅盾《子夜》对现代都市及其代表的现代生活的情感态度是相当矛盾复杂的：一方面是光怪陆离、眼花缭乱之余的艳羡陶醉，另一方面则是深深的恐惧与战栗。《子夜》开篇通过吴老太爷的眼睛展现出一个地狱般诡异恐惧的洋场世界：怪兽般的汽车、妖精般的摩登女郎、鬼火一般无端明灭闪烁的霓虹灯，以致这位少年时一度新

---

① 甚至可以说茅盾遇到秦德君后最初的追求热恋与最终的主动分手，都是这种微妙心态的具体表现。

② 鲁迅：《柔石作〈二月〉小引》，《鲁迅全集》4，北京：人民文学出版社2005年，第153页。

潮时尚过的中国乡绅初到上海就饱受刺激而死,吴荪甫妹妹则必须整天捧读吴老太爷遗留的《太上感应篇》才能找到内心宁静……如此浓墨重彩的情节渲染足以给读者一个强烈的暗示:现代都市生活不仅仅诱惑迷人,而且充满危险——即便强悍如吴荪甫,也没逃脱最终被吞噬的命运。对现代都市如此极端、强烈的排斥抒写,在中国现代都市小说中好像没有第二例。茅盾刻意如此表述,除传统革命话语所谓的封建主义的风化之外,也多少折射出了自己最隐秘的内心真实,尽管这是大大夸张变形之后的情绪感受。

面对鲜活开放而又洪水猛兽般无法掌控的现代文化汹涌而至时,产生诸如兴奋、惶恐、困惑甚至惊惧交加之类的复杂情绪反应都是正常的。这是民国时期所有中国知识分子所必须面对、化解的一个难题。在接受过程中,有人领略到现代文化的美好,有人误将自由视为放纵、视繁荣为糜烂,从而产生种种负面情绪都是新旧文化交替中的正常现象。茅盾过于敏感柔弱的性情或许使其在将个人心绪思想化入小说叙事时放大了若干部分,却使后人数十年后仍旧可以从中窥得从传统到现代社会转型之际中国人的种种矛盾复杂情态,其间所蕴含的思想史价值与对当代中国人的文化选择的启发意义,或许犹在文学价值之上。

第四章　革命年代的文化张力与叙事主题

　　近代中国社会内忧外患不断,"五四"那种困惑茫然而苦思冥想的社会状态,注定无法持久。无论为公为私,人们都必须尽快选择自己的现实立场与未来路向。在接踵而至的革命年代,社会上到处弥漫着浮躁激进的心理,相应的文化特征是一切趋于极端化或两极分化。好在中国幅员辽阔、地貌复杂,各地发展无法整齐划一,文化多元并存的客观状况就难以改变。革命年代里,激进偏执的政治意识形态一度压倒了奉中庸为信条的传统文化。直到战争结束几十年后,此种"战争文化心理"(陈思和语)才渐渐消退。中国社会得以重返主流文化与边缘文化并行不悖的正常状态,而非针锋相对乃至你死我活。

　　受当时文化极端化、激进性等倾向影响,革命年代的小说创作可谓命运多舛:小说家创作前容易受狂热的理想主义情绪影响,发表后容易遭遇激烈偏执的批判否定。既有切肤之感又不乏深度的,反倒是战争硝烟消散不久时的理性反省之作。王小波《黄金时代》等小说中最出色最具原创色彩的精神内核,乃是从现代甚至后现代文化的文化视角,对既往某些缺乏人性的革命文化逻辑的归谬冷嘲。他努力与主流意识形态拉开距离,甘心情愿地展现那些离经叛道的社会边缘人的生活状况与精神状态。这位"文坛外高手",生前在国外频频获奖、在国内却被长期漠视搁置的境况,绝非偶然。遗憾的是,他关注表现的范围相对狭窄,又因生活状况而英年早逝,未能成为真正的小说大家。小说史考察中最重要的是其中的创作逻辑等内在关联,具体的时期划分不应过分死板。要充分估量其作品的文化意味与精神价值,必须将其与革命年代的主流小说进行并置分析。

第一节　主流叙事:革命年代的中心叙事

无论是集体性的战争、个体性的成长,还是全社会范围内的整体性变革,政治文化的影响总会如影随形。主流政治文化的介入无疑保证了文学中心叙事的某种既定的表现方向。在革命时代,文学虽说是一种艺术的创作,但由于革命整体目标的需要而总会被纳入某一更为宏大的历史叙事与时代叙事之中。作为中心叙事的小说,当然不能独立于某一时代要求之外,因此,革命时代文学的中心叙事其形态与思想主题不仅会受到苏联无产阶级革命文化的影响,而且多少还会带有"五四"以来欧美现代文化与中国传统文化的某些印记。

一、战争叙事

战争是一种特殊的文化表现方式,它以物质上的空前破坏与成千上万生命丧失的极端形式,影响到整个人类社会的存在方式与发展方向,凸显着人的本质异化与分裂的种种形态,践踏着个体生命的尊严,颠覆着和平年代里最受重视的正义、公理等价值信条,给人们留下了巨大的心灵创伤和精神痛苦。战争从意义形态上讲又被分为正义战争与非正义战争,虽说从普通人的心理与情感上来讲,无论是正义战争还是非正义战争,都是人们所不愿意接受和不愿意看到的,但是由于正义的战争是被非正义的一方所强加的一种文化行为,因而有史以来,战争正义一方的人们对于战争的表现也总是伴随着对于战争合法性的肯定和对于己方战斗英雄的讴歌。实际的战争远不是这样的简单明了,战争也不是总能区分正义与非正义,非战的文学叙事也就成为重要的文学叙事形态。巴尔扎克说"小说是一个民族的秘史",那么战争小说无疑是这部秘史中最慷慨激昂、婉转低回,也最能体现民族精神中至刚至柔的那些部分。从作家对战争的具体叙述方式中,可以看出一个民族的精神实质及其对待个体生命的态度。

20世纪的中国是一个战乱频仍的社会,抗日战争、国共内战等,影响了整个中华民族启蒙、救亡,和走向现代化的历史进程,在当时就已催生了许许多多记载着中华民族的痛楚与欢乐、正义与亵渎的革命战争小说,而且数十年来,还在持续不断地催生着无数关于这些战争的文学记忆与文学想象。这些出自不同时期、不同作者之手的小说,自然角度不同、风格迥异,不过论及它们的叙事形态与文化的关系,大体有以下三个特点:

首先,以政治立场为中心安排所有叙事因素。小说叙事本质上是一种具有超越历史维度的艺术形式,与一般的战时宣传手册有所不同。但是战争是政治交涉的延续,战争年代一切"为政治服务",具有某种无须证明的道德高度,文学叙事自然也不能例外,但战争年代的文学叙事绝难产生伟大的作品,这也是被文学的历史所证明了的。因为功利偏狭的文艺需求,之所以能够得到广泛一致的自觉拥戴,原因不外乎作家们将其视为非常时期的权宜之计。郁达夫在抗战初期就曾说过:"我想,反映着这一次民族战争的大小说、大叙事诗,将来一定会出现,非出现不可。不过在战争未结束以前,或正在进行的现在,却没有出现的可能。"①这类将战争叙事的春天寄托于战后的想法非常自然,世界文学史上也的确有先例——美国二战后有约瑟夫·海勒《第二十二条军规》这样揭示人类处境荒谬的经典名著,对中国现当代文学影响颇深的俄苏文学,战后也产生了肖洛霍夫《一个人的遭遇》、瓦西里耶夫《这里的黎明静悄悄》这样具有人性深度的小说佳作。然而中国文学偏偏是个少有的例外——战后小说叙事的功利性功能不仅未能改变,甚至被作为成功经验愈发变本加厉。不要说硝烟初散的十七年和"文革"时期,直到数十年后的现在,中国战争叙事中仍然没有诞生几部能够称得上经典名著的作品,这是不能不引起人们注意的文学与文化现象。

革命时代战争叙事的主题,一般由"国家民族""党派政治"与"个人理念"三部分交织而成。抗战题材的作品,当然以"国家民族"为主,揭露侵略者的残酷罪行,弘扬爱国主义精神;解放战争题材的作品,自然主要表现"党派政治",显示正义一方的英明正确、得道多助,非正义一方的腐败无能、不得人心和失道寡助。革命时代我国战争叙事的主题,可以说绝大多数不出这两类"宏大叙事"的范畴,而真正最终决定作品内涵深度、艺术风格的"个

---

① 郁达夫:《战时的小说》,《自由中国》1938年1卷3号。

人理念"(即作家基于个人思想本位对战争的形而上思索)几乎完全缺席。战争初期丘东平《一个连长的战斗遭遇》以个人英雄主义独树一帜,称得上是难得的例外。后来直到20世纪80年代,乔良《灵旗》、莫言《红高粱》等注重表现对战争的个人理念的艺术佳作才再度出现。

　　革命时代战争叙事在艺术形式上表现为叙事结构的单一程式化,无论表现"国家民族"还是"党派政治",叙事结构上一脉相承,始终是敌我双方善恶对峙的故事框架,只不过敌人由暴虐凶残的民族敌人,变成了愚蠢贪婪的阶级敌人。作家的政治态度就在刻画敌我双方时"神化"与"丑化"的春秋笔触上表现得淋漓尽致:比如刘流在《烈火金刚》中,八路军战士史更新仪表威武雄壮,宛如铁打的金刚——"膀扇儿有门扇这么宽,胳膊有小檩条儿那么粗,四方脸盘儿又红又黑,两只眼睛又圆又大";与之对峙的日伪军人一例的相貌猥琐,日军方面着墨较多的几个人物则被丑化蔑称为"猪头小队长""毛驴太君""猫眼司令",伪军小队长刁世贵虽然后来受了日军侮辱奋起反抗,算得上有立功表现,但毕竟有历史污点,所以同样面目可憎——"四十来岁,长得非常难看,瘦长个子,伛偻着腰,两道眼眉和两只眼都往下耷拉着,长大疮长得把鼻子烂掉了一块,伪军们都叫他吊死鬼"……这不是作家爱憎分明的个人选择,而是建构新的政治认同的重要举措。中国历来是个政治文化压倒一切的国家,成王败寇乃是历史叙事的基本规则。[①] 在大众文化程度普遍不高的中国,通俗演义性质的历史小说受众最广,直接关系到千千万万普通民众对"前朝"和"今上"的观感与接受程度,因此是最重要的一种历史叙述。然而如此功利性的刻画抒写,注定了战争真相表现的肤浅、人物塑造的浮泛。抗战结束数十年来,一味情绪化地把日本侵略者妖魔化为愚蠢疯狂、杀人不眨眼的禽兽,《烈火金刚》中有一个反战的日本俘虏武男义雄,算是难得的异数。几乎所有小说都集中表现战争场面,却没有思考过战争背

----

　　① "中国古代战乱频仍、朝代更替频繁,几乎每个朝代建立伊始都要组织人力,为前朝修史,名义上冠冕堂皇,说是总结前朝施政得失的经验教训以资借鉴,其实更重要的政治意图是一方面丑化前朝,肃清前朝的'思想遗毒',以绝天下人怀旧恋故之念;一方面强调'我朝'英明神武、奉天承运、合理合法,并且拯救黎民于水火之中。它们是建构新的国家意识形态建构工程中最初也是最重要的一块基石。"见葛红兵、徐渭:《"文史合一":历史言说的传统维度及其误区——以易中天〈品三国〉为例》,《上海师范大学学报》2006年第5期。

后的真正推动力,没有指出日本朝野如何为了这场不义之战,倾全国之力苦心孤诣地准备了数十年;没有任何一本小说尝试阐明日本如何看待这场战争,没有欧美反战文学名著那种超越利益得失的人类人性等形而上视角。所有作家都在政治立场方面战战兢兢,不敢越雷池一步,如何能够产生伟大的战争小说?

其次,朝向伦理本位的舆论宣传的叙事目的。斯宾格勒有句名言:"战争的精华却不是在胜利,而是在于文化命运的展开"①,一针见血地道破了战争与文化的实质。受儒家"伦理性传统文化"的影响②,中国自古就是伦理道德至上的国家,历代政客都格外看重"生前死后名",惯于不择手段地标榜己方在战争中的道德正义,以占领道德阵地。这种伦理本位的舆论宣传,在中国古代主要体现在史书编撰的领域;近代随着小说这一文体迅速崛起,在社会上的覆盖面与影响力与日增加,则相应转到了战争小说的叙述之中。

儒家"伦理性传统文化"讲究"内圣外王""修齐治平",基本逻辑是:个人首先应当注重自身道德修养,私德无亏、德高望重之后,才能成为众人表率,进而主持政治事务。因此在中国传统文化语境中,能成为道德模范往往决定着民心所向的政治法理性。政治家多以男女关系相互攻讦,则是因为"万恶淫为首",这是最容易在道德方面打垮对手的终南捷径。革命时代的战争叙事中也是如此,小说中明显由敌我善恶二元对立的故事模式构成:日本侵略军、国民党军队敌人自然无恶不作、死有余辜,但小说中极少涉及他们在政治策略上具体如何反动,而是将大量篇幅用于表现他们日常生活中的凶残嗜血、酗酒淫乱——《烈火金刚》中猪头小队长等日本兵整天除了杀人就是找"花姑娘";伪军队长刁世贵是个四十来岁得过脏病的色鬼赌棍;《林海雪原》中大地主姜三膘子的女儿生性淫荡,人称蝴蝶迷,甘心情愿嫁给土匪头子许大马棒做第三房姨太太……

共产党员与广大革命群众无疑是善良正义的一方,这一点无须过多强调,耐人寻味的是小说中表现共产党员和普通革命群众身上的优良品质时

---

① 倪乐雄:《战争与文化传统》,上海:上海书店出版社2000年,第5页。
② 张岱年、方克立主编:《中国文化概论》,北京:北京师范大学出版社2003年,第347页。

的不同侧重:刻画普通革命群众时不无夸张地强调他们的英勇顽强、不畏艰险,最明显的例子莫过于《烈火金刚》中的八路军排长史更新。这人长得魁梧雄壮,几乎是《隋唐演义》中走出来的草莽英雄——"个头儿,足有一冒手高,赵连荣要看他,都得仰着脖儿。只见他膀扇儿有门扇这么宽,胳膊有小檩条儿那么粗,四方脸盘儿又红又黑,两只眼睛又圆又大"。小说开篇"第一回"就是写他如何在重伤之余、又饥又渴的情况下,遇到历来以凶悍著称的日本军人,仍能以一敌三,并且将"猪头小队长"踢得吐血的英雄事迹;然而革命战争小说的作家们从未忘记通过塑造高瞻远瞩、英明果断的共产党员(尤其领导同志)暗示读者:单凭这些有勇无谋的钢铁汉子无法成事,要打胜仗必须要有党及其代理人的英明领导,而且这种暗示越是在后出的小说中越是明显,有时甚至有牵强附会之嫌。刘知侠《铁道游击队》写山东枣庄一带几个失业工人和无业游民组成的游击队,小说中的扒铁路打鬼子的英雄事迹基本由那几个草莽英雄群策群力地合作完成,作家却一味以春秋笔法强调了政委李正的领导作用。比如在日本军队对山里的革命根据地疯狂扫荡之际,组织上希望游击队能够在后方制造破坏、牵制敌人。游击队成员聚在一起讨论时,不约而同地望着李正,都在等着他的发言,因为他是这次党的会议的主持人——支部书记。李正看了一下他们紧张的面孔之后,以一种确定战斗行动之前应有的冷静,沉着地说:"我们这次战斗应该是:第一要打得巧。第二要打得狠,向敌人痛处打。第三是打得影响大,只有这样,才能牵制敌人的兵力。第四是打得保险,因为我们是刚成立的部队,这次是配合山里行动的第一次战斗,一定要给队员们打出信心,完成这个光荣的战斗任务。在考虑这次战斗前,我只原则上提这些意见,至于怎样打法,如何利用和发挥我们的有利条件,大家发表意见吧!因为大家在这方面比我更熟悉。"这种空洞无物的原则意见,便是这位党代表指挥行动的方式。相比之下,杜鹏程同年出版的《保卫延安》把党的作用虚化为一种精神鼓励的方式就高明得多。

再次,随时代语境而更迭的创作风气。革命时代意识形态对文学的影响大小也有起伏跌宕。战争初期,丘东平等作家随军参战,深受战争本身激烈残酷及其对个人命运的影响所震撼,《一个连长的战斗遭遇》等作品是极少数直接描写抗战期间惨烈的正面战场的作品,带有浓烈的硝烟气息。小说以淞沪会战为题材,故而小说中"中国军""第四连"的连长林清史应该是国民党军队中的优秀人才。抗战伊始,一切以"国家民族"为重,因此丘东平采取的是严格意义的现实主义手法,丝毫没有"党派政治"的痕迹。然而随着战事的深入推进,尤其日军投降之后,出于争夺战后话语权的必要,《铁道游击队》《敌后武工队》《新儿女英雄传》《风云初记》等"十七年"内出版的红色经典,大都是出于缅怀革命先烈丰功伟绩的浪漫颂歌,铺张扬厉等浪漫主义手法日益明显。然而无论革命作家们如何浓墨重彩地宣扬其中的爱国主义,小说中所表现的也仅仅是敌后起到辅助作用的小型战斗,而国民党当年在正面战场上的功绩在革命作家的战争小说中几乎只字不提,这种"只见树木不见森林"的选择性"浪漫主义",也是一种写作策略。《保卫延安》《红日》写的是国共两党之间较大规模的战役,"党派政治"的色彩自不待言,到后来仍然免不了遭到清算,却是因为党内更微妙的"党派政治"斗争所致。20 世纪 80 年代中期,红色革命意识形态以往的神圣光环渐次褪去,乔良《灵旗》、莫言《红高粱》、周梅森《大捷》等作品,以扬弃以往过于浪漫的革命历史叙述、还原战争历史真相的优秀作品出现,采用的是颠覆一切、解构主流话语的"历史主义"创作手法。

战争叙事中的创作方法与其所依据的价值观念、所采用的语言风格密切相关。战争初期丘东平《一个连长的战斗遭遇》虽然以抗战为题材,但小说所着力表现的,却丝毫没有涉及"国仇家恨",强调的是个体军人的荣誉、理想、操守与残酷的战争现实之间的激烈冲突,渲染个人英雄主义的命运悲慨,背后明显是"五四"个性话语价值观。使用的语言虽然相对简洁朴素,但绝对没有意识形态化的政治术语,纯是文人化的个性话语。"十七年"中,作为"农村包围城市"的胜利者、作为战胜强敌而取得独立的民族国家的优秀代表,他们对民间传统文化的感情非同一般,"土"得掉渣的"山药蛋派"文学一度在中国文坛盛极一时,是当时视民间传统为民族国家本位文化的价值观在文学上的直接反映。当时的红色经典,大抵是革命作家们从自己对战事的浪漫回忆中抄写出来的文字,以一种胜利者的姿态回首前尘、缅怀战友,语言自然充满感情色彩,但除孙犁等极个别作家之外,绝大多数作家刻意向民间语言,甚至方言土语学习,几乎没有任何文人应有的典雅风范,便是那个时代打在他们的语言风格的时代烙印。而 20 世纪 80 年代后的乔良、莫言,是在中国当时重新打开国门之后,最早沐浴着西方小说强烈的现代、后现代气息成长起来的一代新人中的佼佼者,价值观念、语言风格方面完全的西方化与个人化,可以说是他们在文学成为社会中心的当时能够脱颖而出的关键因素。

二、成长叙事

"成长小说"一词译自德语 Bildungsroman 或 Entwicklungsroman,又译作"教育小说""修养小说""塑造小说"……在欧美是个源远流长、影响极为深远的小说传统,在中国则不过是近代之后随着欧风美雨进入中国的文化舶来品。

然则何谓"成长小说"? 美国学者 M. H. 艾布拉姆斯的阐释较为详尽:"这类小说的主题是主人公思想和性格的发展,叙述主人公从幼年开始经历的各种遭遇。主人公通常要经历一场精神上的危机,然后长大成人并认识到自己在人世间的位置和作用……"[1]换句话说,成长小说既有强调主人公历经艰难困苦执着地探究实现"内在自我"的奋斗历程的一面,又有个体融入社会,成为"外部世界"中的一员的过程,这是横亘于个体范畴与公共领域之间的一种奇妙叙事,强调的是个体如何在内在的精神独立要求与外在的社会规约之间游移彷徨,形成自己安身立命的原则、实现自我价值的生活经历或心理过程。

西方社会的文化传统较为驳杂矛盾,某种程度上存在个体在内心自我与外部世界之间自由选择的社会舆论空间。中国古代虽然也有杨朱等人"拔一毛而利天下不为也"的学说,但在漫漫历史长河中,国家民族等"宏大叙事"始终占有压倒性的优势地位。中国古代没有产生"成长小说"这一叙事形态,不是简单的文学传统缺失,而是文化传统根深蒂固的片面性所致。近代以来,尤其"五四"新文化运动之后,中国社会进入思想解放的快车道,个性主义不再是大人先生们闻之皱眉的洪水猛兽,中国现代成长小说开始萌芽出现,在整个 20 世纪也形成了影响较为深远的叙事传统,只是由于中

---

① [美]M. H. 艾布拉姆斯:《欧美文学术语词典》,朱金鹏、朱荔译,北京:北京大学出版社 1990 年,第 218、219 页。

国的社会环境及其文化传统始终处于动荡之中,成长叙事也历经波折。就革命时代成长小说而言,大体形成了以下几个叙事特点。

首先,由自传到虚构,从第一人称到第三人称。西方经典的成长小说,如歌德《威廉·迈斯特的学习时代》、凯勒《绿衣亨利》等都有很强的自传性,是作家晚年总结大半生感悟得失的智慧结晶,以深沉的哲理内涵与形而上的人生思考取胜。"五四"时期是中国知识者"自我觉醒"的时代,所以中国现代最早的体现成长叙事的作品,如蒋光慈《少年漂泊者》、巴金《家》等作品,也有类似的自传性质。但他们大多是年纪轻轻的青年知识者,所总结的人生经历往往不过童年以来的短短十余年,大多是在经受了西方现代文化的洗礼后,在保守的社会现实中处处碰壁的痛苦经历。他们在小说中带着年轻人特有的火热激情进行自我表现,毕竟真诚有余而沉淀不足,故而"五四"时期的中国成长小说的特点是:以"第一人称"叙事口吻抒写自己在当下困境中的痛苦反抗情绪与继续锐意进取、寻求人生出路的感性激情,技法方面节奏紧张有余而深度不足,主要价值在于时代精神的宣泄表达与社会现实的理性审视。近于西方的流浪汉小说。蒋光慈《少年漂泊者》以书信的形式叙述了少年汪中由贫苦孤儿成长为革命英雄战死沙场的感人故事,"这一形象是富有时代色彩的,他在一定程度上代表了"五四"至五卅时期青年的成长和进步倾向"①。巴金《家》中觉慧"对旧家庭的反抗,以至于最终出走,表现了'五四'新思潮的威力和新一代民主青年的成长"②。如果说,觉慧最初的革命要求"源于对劳动者朴素的爱和对封建社会的恨",尚且单纯,那么随后"接受资产阶级改良主义和民主主义,以后又走向革命",则是觉慧一步步走向成熟的结果,"作者也力图通过这一思想发展过程'缩影'近百年来中国先进的知识分子所经历的路程"③……汪中殉国、觉慧出走,虽然未来的人生新路仍然笼罩在弥漫的社会雾霭之中,连轮廓都难以了然,但从作者到读者,几乎没人在意这在西方成长叙事中至关重要的"细枝末节",因为

---

① 范伯群、曾华鹏:《蒋光赤论》,《中国现代文学史资料汇编》,银川:宁夏人民出版社 1983 年。

② 王嘉良、李标晶主编:《中国现代文学史新编》,上海:上海社会科学院出版 1990 年,第 302 页。

③ 曼生:《论巴金的〈激流三部曲〉的现实主义》,贾植芳等编:《巴金作品评论集》,北京:中国文联出版公司 1985 年,第 244 页。

当时最重要的便是这种不畏艰难、永不放弃的求索精神，而不是最终的结局。

但中国成长叙事形态诞生于即将国破家亡的多事之秋，这种"只知耕耘，不问收获"的浪漫状态注定无法长久。中国知识者"救亡"的焦虑逐渐压倒了"启蒙"的热情，个体寻求自我实现而不得的精神痛苦在小说中所占比重越来越小，"国家民族"的出路问题几乎笼罩了一切，成为所有志士仁人的生活中心。这在成长叙事中的具体表现便是：主人公的成长出路已经不再是作家个人的思想问题，而是与国家民族的未来密切相连。所以从叶绍钧《倪焕之》开始，成长叙事中就不再像以往那样采用以往第一人称叙事手法纯写个人经历，而是采用第三人称叙事以虚构中的成长过程来表达自己的社会理想。《倪焕之》主人公倪焕之身上有作家自己的影子：这位理想主义的小学教员，最初一心扑在自己热爱的教育事业上，后来发现社会问题严重是教育改革难以成功的根源，自己毕生辛苦也无法改变乡村小学的落后现实，于是受到了沉重的精神打击，险些一蹶不振。后来一度在投身革命的同学身上看到了社会未来的希望，开始奔走于革命事业，呕心沥血而死。小说前半部分基本是叶绍钧真实的人生经历，后半部分写倪焕之追随同学到上海参加革命，基本是脱离生活实际的虚构情节，但寄寓着作家对社会现实的真实看法与未来的出路展望。小说相当真实地表现了"五四"一代热血青年从个体走向集体、由启蒙走向救亡、从思想走向行动的这一心灵演化过程，所以被茅盾称之为"扛鼎之作"。

成长叙事主要集中笔墨表现主人公的成长经历，一般格局较小，线索比较单纯。路翎《财主底儿女们》则大开大阖，以"一·二八"至"七七事变"之后这段时间的大后方的生活为背景，以封建大家庭蒋捷三家的一群儿女为主要描写对象，深刻地展现了大后方知识分子精神上的搏斗与沉沦。小说的第一部表现在时代背景下的大家族的各个儿女不同的命运选择，第二部则集中投射在不屈而又矛盾的蒋纯祖身上，力图展现他在中国旧家族封建传统的印痕和西式现代思潮之间痛苦挣扎的精神痛苦。蒋纯祖的形象，是那个时代背景下时局变动中一代中国知识者的标志和缩影。路翎的确是个早熟的天才作家，在他手里，中国现代成长叙事完全摆脱了依靠作家生活经历感人的初级创作阶段，进入了纯粹虚构以进行哲理思辨的成熟阶段。

其次,意识形态的红色影响笼罩下被规训、被预设的成长。西方严格意义上的成长叙事耐人寻味之处在于其成长的特殊性与不可预知性——即西方作家往往选择志向高远或特立独行,甚至性情乖张的人物作为自己小说中的成长主人公,其成长过程往往极为曲折迂回。单读小说开头,没人能够预料到小说结束时主人公的命运将会怎样。这就是为什么西方成长叙事有一个重要的分支是艺术家成长小说(Kunstlerroman),专门"表现小说家或艺术家在成长过程中认识到自己的艺术使命,并把握他的艺术技巧的经历"的原因。① 读者在阅读这类作品的过程中不仅能够为其生动的情节、鲜活的人物形象所感动,而且能够在揣测主人公最终的成长方向与结局时体会到若干思维的快乐。中国成长叙事,尤其革命时代的成长小说的情形与此大不相同。在杨沫《青春之歌》、柳青《创业史》等红色经典成长叙事小说中,主人公最初的成长起点与最终的成熟终点,都是经过作家事先精心设计的,或者更严格一点来讲,是经过革命意识形态通过各种途径反复审察之后才最终确定的。审察内容大抵包括:一、成长前提,即什么阶级成分的人物才能作为成长主人公在小说中出现。梁生宝(《创业史》)这类根正苗红、苦大仇深的三代贫民,作为革命的主力军和依靠对象,自然是最佳人选,所以能够一开始就领导咱们农村兄弟搞建设;林道静(《青春之歌》)虽然是佃农的女儿被地主强暴之后生下来的小布尔乔亚,虽然"身上有白骨头也有黑骨头"(出自俄罗斯民间传说。白骨头代表贵族,黑骨头代表奴隶和劳动人民——原注),作为革命知识分子前进方向的代表人物,就不那么名正言顺。二、成长过程,必须是在党的领导干部或其他代理人的指引下,走的是不断战胜反动派与其他捣乱分子的破坏,从一个胜利走向另一个胜利的"金光大道"。小说中必然设置一些地主富农、打入我党内部的敌特分子作为障碍,若干中农作为摇摆不定的中间势力……柳青《创业史》便是这类作品的典型代表。其中,党的干部或代理人是绝对正确的训导者,一般来说,级别越高的领导,理论水平越高,越是英明正确。梁生宝便是在各级领导的关心帮助下,成长为新的领导人的。三、成熟终点,必须是"脱离了低级趣味……毫不

---

① [美]M.H.艾布拉姆斯:《欧美文学术语词典》,朱金鹏、朱荔译,北京:北京大学出版社1990年,第218－219页。

利己专门利人的"无产阶级战士。梁生宝既然是主流政治文化的神圣"选民",就必须一心一意干革命、搞建设,与深爱他的姑娘划清界限,不能让恋爱这种"私事俗事"打搅农耕这样的"公事大事";林道静也必须答应江华这样的共产主义战士成为她爱人的请求,否则就是觉悟不够……这就是为什么《创业史》和《青春之歌》这样的红色经典在发表之前之后要反复修改那么多遍,而金敬迈在《欧阳海之歌》中,必须删去欧阳海与官僚主义的上级领导之间的矛盾冲突,修订为在领导批评下克服自己的个人主义之后,成长为毅然为共产主义事业献身的英雄。这基本就是"文革"时期三结合的创作模式的最初形式。在这样严格的规约之下,"十七年"的革命成长小说呈现出单一雷同的叙事模式是再正常不过的事情了。

在这种政治文化主宰一切的叙事模式中,一切私性的情感逻辑、独立意识都被视为资产阶级个人主义思想的余孽、危害共产主义事业的洪水猛兽。主人公的成长被提纯为在不同性质的思想派别之间的路线选择,所有举动都将被升格为政治觉悟上"先进"与"落后"的标志。林道静《青春之歌》中的成长经历,就是在代表不同思想的几个男性之间的选择,最初是余永泽以其浪漫抒情、个性独立的"五四"话语征服了她;后来代表共产主义思想的卢嘉川出现,林道静便不由自主地移情别恋;卢嘉川死后的江华,最初与她不过是工作方面的联络员,林道静对他没有任何特别情感,但因为他同样代表共产主义,所以在他突然提出使双方关系更进一步的要求时,林道静错愕的同时觉得自己没有理由拒绝这样好的一位同志。这与中华人民共和国成立初期以革命的名义集中力量为老同志们解决家属问题的逻辑如出一辙。

再次,个人话语与史诗叙述的纠缠起伏。中国成长小说基本是在"国家民族"等宏大叙事的背景下讲述个体精神成长的故事。主流政治文化的规训力量虽然强大,毕竟不是铁板一块;况且一切皆流,社会语境变动不居,个体话语也并非始终屈从在宏大叙事之下。革命时代的主流作家们理论水平普遍不高,对成长小说这"洋化"的小说叙事形态一般没太多认识,并非立意要做成长小说,他们最初的创作雄心,大多是为主流意识形态做注脚,希望能够形象化勾勒出中国近代革命进程,进而表现出主流政治文化的英明无比,还将继续领导人民走向光明的宏大主题。之所以采用个人成长的故事,无非是要以点代面、以小喻大。

换句话说,革命时代最初的成长小说作家们并非真的对个体精神成长如何看重,而是醉心于对社会进程史诗般的分析阐释。因此中国的成长叙事,尤其革命时代的成长小说总是把主人公的故事置于波澜壮阔的社会历史背景下,喜欢表现一个对政治毫无兴趣与认识的人物,如何在主流政治文化的影响之下,认清当时剥削压迫的社会现实,进而为改变这种黑暗现实而奋斗,成为坚定的无产阶级战士的经过。杨沫《青春之歌》、欧阳山《三家巷》都是这类作品。"'五四'运动""一二·九运动""省港大罢工"……这些中国革命史上的大事在革命时代的成长叙事中反复出现,成为考验磨砺新的革命者的磨刀石的同时,也展现了主流政治文化的深刻影响,同时不露痕迹地论证了中国革命与建设必须在党的领导下才能成功的政治命题。《青春之歌》《三家巷》等作品之所以脍炙人口而一度充满争议,主要是因为在主流批评家看来,作家有过分渲染主人公、突出个人主义的嫌疑。换句话说,就是因为其中的个人话语冲淡了史诗叙述的力量。《青春之歌》有中国传统小说中"才子佳人"与"英雄美人"的叙事因素①,《三家巷》中的周炳基本是个红色"贾宝玉"式的革命形象。然而这些小说之所以具有比其他红色经典更加持久的艺术魅力,原因实际也在于这些让主流批评家皱眉的个人话语。不过史诗叙述所具有的宏大叙事格局对许多作家来说,自有其不可抗拒的吸引力。最初以个人话语声名鹊起的路遥,一心突破《人生》的艺术阈限时所选择的艺术楷模,便是前辈革命作家柳青的《创业史》,路遥穷自己毕生生活积累与思想深度而成的《平凡的世界》,明显是当代版的红色经典:孙氏兄妹或立足乡里办乡镇企业或投身矿上做工人或攻读大学成为知识分子,固然有个人理想追求得以实现的个人话语,但都是在党的开明政策的允许之下才有可能实现的。一切荣誉归于新时代的新农村新农民新政策,路遥的确是个社会时代责任感很强的现实主义作家,只是思想境界仍然依附于主流意识形态罢了。

就此而言,厚重的《平凡的世界》实际不如宗璞薄薄的一小本《三生石》。《三生石》主人公梅菩提作为世代书香的知识者,年轻时期为社会思潮所激

---

① 张清华:《"类史诗"·"类成长"·"类传奇"——中国当代革命历史叙事的三种模式及其叙事美学》,《陕西师范大学学报(哲学社会科学版)》2008年第3期。

动,而扭转了自己淡泊世事的性情参与政治,中年时遇上"文革",一腔热情冷却下来,又因祸得福遇到自幼深爱她的医生方知,在心灰意冷之余意外地获得了个人幸福。小说从头至尾,主人公始终在个人话语与史诗叙述之间摇摆,终于落脚到个人情感之上,温柔敦厚地颠覆了以往"政治觉醒"式的成长结局,达到了"人生感悟"的涅槃般的精神境界。中国成长叙事至此才有点形而上的哲理超越意味。

三、变革叙事

20世纪的中国社会,几乎时刻在被动"变"化与主动改"革"之中。"文革"过后,政治上拨乱反正之余,现代化建设逐渐成为全党全国的工作重心,"改革"一时成为时代的主潮、人民的心声,自然也顺理成章地成了文学所要表现的中心。1979年11月1日,周扬在第四次文代会上,以官方发言人的身份作了题为《继往开来,繁荣社会主义新时期文艺》的报告,第一点就指出:"我们的文艺应该从各方面反映当代伟大历史性转变中人民的生活斗争……反映社会主义现代化建设的艰巨过程,提出并回答时代和人民所迫切关心的新问题,塑造出站在时代前列的当代人物的艺术形象,反映新长征的壮丽图景。"①在这种政治文化语境下,"改革文学"成为主流意识形态倡导下的"重大主题"创作潮流,并于1984年前后形成了一个创作高潮。

从当代文学发展的整体来看,1985年后,作为一种文学思潮和创作现象的"改革文学"就已结束。② 但这类意在反映社会改革以及由此引发的一系列社会生活、思想观念、文化心理的变革与冲突的小说其实久已有之,1985年后也并非戛然而止——1991年何申、谈歌、关仁山这"三驾马车"掀起的"现实主义冲击波"也曾引起过社会性的普遍关注。本文意在纵观这类小说在整个革命时代的创作状况与基本特点,故而采用"变革叙事"之说,以与"改革文学"这一流行术语相区别。

这类作品一方面与现实政治状况直接相关,另一方面具体形态深植于

---

① 周扬:《继往开来,繁荣社会主义新时期文艺》,《文艺报》1979年11月、12月合刊,第19—23页。

② 陈思和:《中国当代文学史教程》,上海:复旦大学出版社1999年,第233页。

中华民族的深层文化心理之中,故而看似简单实则错综复杂。一般来说,革命时代的"变革叙事"作品大致有以下几个特点:首先,叙事内容直接取决于政策导向与社会制度的现代性演进。顾名思义,"变革叙事"自然以社会重大事件为题材,作家当然可以将个人话语注入其中,但多少要考虑客观的社会效应。革命时代动辄"以天下为己任"的左翼作家们自然更是如此。早期的"变革叙事"起码可以追溯到20世纪40年代丁玲《太阳照在桑干河上》、周立波《暴风骤雨》等"土改"题材的小说。"土改"是中国革命获得广大农民群众大力支持的重要政策,党内领导将其看得极重。早年以个人话语成名的丁玲选择这一题材进行创作,本身就是一种政治行为,自然要与党的政策保持高度一致,故而丁玲此作虽然有自己从事"土改"的生活经验,但基本是以阶级分析法进行人物设计,揣度不同阶级成分、经济地位的人物对待"土改"应该是什么态度,人为地设计矛盾冲突,从而生发出整套故事情节。简而言之,在这种过于专业的社会经济领域,惯以文艺气质"感情用事"作家原本就没多少发言权,仅有的一些基本认识根本就是从政党文件中得来,写出来的作品自然与革命意识形态高度一致,说白了就是主流政治文化在文学领域的延伸。

政治文化也可以简单分为政治理论与现实政策两部分,政治理论是相对深刻稳定不变的原则,现实政策却是随时变幻无有定时之物。不幸的是,那些有志于为革命意识形态做吹鼓手的作家们虽然热情万丈,却未必对作为信仰的意识形态本身有多深了解,他们在"变革叙事"中力图向广大群众宣扬的,往往是一时的现实政策,与社会制度的现代化进程未必真的相符,有时甚至截然相反。故而,从稍长的一段历史时期来看,以图解朝令夕改的现实政策为己任的"变革叙事"不免显得尴尬可笑:单就农村变革来说,20世纪30—40年代,丁玲、周立波等人热情洋溢地歌颂分田到户;50年代李准《不能走那条路》就尖锐地触及农村社会主义革命的重大课题,将土地私有观念视为地主一类的有害思想倾向;80年代后路遥《平凡的世界》又把包产到户视为具有惊人创造性的革命之举。工业领域的变革情形与之相去不远;50年代周而复《上海的早晨》详细描绘了中华人民共和国成立初期的"三反五反"、资本主义工业改造,专门弘扬普通工人对工厂的重要意义;70年代末期蒋子龙《乔厂长上任记》歌颂的则是乔光朴这类雷厉风行的铁腕人物在"改革开放"过程中的重要作用。90年代初,谈歌《大厂》中大力揄扬的厂长吕建国全没乔光朴那种叱咤风云的英雄气象,面对厂里的烂摊子只是一味焦头烂额、勉力支撑,最可贵的品质无非是不离不弃,与所有职工分享艰难……作家们紧跟时代脉搏的热情固然可嘉,然而一味适应主流政治文化的摇旗呐喊,甚至在严酷的社会现实面前闭上眼睛,完全用曲笔图解现实政策,除眼下的一点社会意义之外,究竟价值何在?乔光朴、吕建国所面临的困境的确非常现实,但像他们那样热心厂务,甚至不惜以自己的声誉职业为代价为普通职工谋利益的领导却实在是少之又少,评论家们对工人们打出"我们需要乔厂长"的条幅津津乐道,却忘了这从某种意义上也可理解为人们对这一人物不过"画饼充饥"的极大讽刺。如果以反映现实为宗旨的"变革叙事"丧失了直面惨淡人生的勇气,如何能怪人们对这一类型的小说丧失阅读兴趣?"变革叙事"之所以盛极一时后快速衰落,多数作品都没有重读的价值,恐怕不是偶然的。

其次,战争文化心理与二元对立的叙事模式。美国罗彻斯特大学的弗素教授在《大战与现代回忆》(*The Great War and Modern Memory*)一书中认为,对事物采取简单的对立化观点是第一次世界大战的特色。当时不管是前线的军事报告,军事用语,或者后方的报纸书刊,日常词汇,无不充斥着两极分化的概念思维。整个世界被看作一个黑白分明、正邪对立的两极分化体,这个观点的逻辑结果是,人最重要的是在人生这块扩大的战场里保住一个正确的岗位,所有从这个岗位看来是敌对的人或事,一律可以不假思索地炮轰。弗素教授这种思维习惯,为"现代的敌对习惯"(modern versus habit)。[①] 这种由战场上的简单选择而养成的思维习惯,使两极对立的思维习惯渗透到日常生活之中,对文学创作与文学批评产生了深重的影响。在这种文化氛围的制约下,人们的意识结构中出现了某种战时化倾向,反映在大多数"变革叙事"作品中,便是情节结构中的二元对立叙事模式。建国初期,战火硝烟尚未散尽,周而复《上海的早晨》写真实的敌我斗争:小说中沪江纱厂的总经理徐义德等资本家,在上海进行资本主义工商业的社会主义

---

① 陈思和:《当代文学观念中的战争文化心理》,《中国当代文学关键词十讲》,上海:复旦大学出版社2002年,第19页。

改造时,处心积虑地谋求私利的最大化,被视为与共产党和人民政权对抗的坏分子加以镇压改造。

20世纪80年代之后,这种战争文化心理仍未消散,只是由原来敌我双方旗帜鲜明的两军对垒,转化为先进与落后、改革派与保守派在经济建设方面的思想分歧和利益对立斗争罢了。工业改革方面,蒋子龙轰动一时的《乔厂长上任记》,开篇写乔光朴的相貌,则是"有着矿石般颜色和猎人般粗犷特征的脸:石岸般突出的眉弓,饿虎般深藏的双眼;颧骨略高的双颊,肌厚肉重的阔脸",在机电工业局党委扩大会议上主动请缨去重型电机厂时张口就说:"我愿立军令状。乔光朴,现年五十六岁,身体基本健康,血压有一点高,但无妨大局。我去后如果电机厂仍不能完成国家计划,我请求撤销我党内外一切职务。到干校和石敢去养鸡喂鸭。"①这哪是搞经济建设的厂长,分明是毅然准备去舍身炸碉堡的革命战士啊!乔光朴被任命为电机厂厂长的消息一传开,保守派的副厂长冀申当晚就召开党委会准备对策。乔光朴以坦克推进般不可阻挡的势头整顿电机厂的过程,基本就是与消极生产、积极破坏的冀申们斗法的过程。政治改革方面,柯云路《新星》表现的是政见不合的双方的激烈冲突,其激烈程度丝毫不亚于战场上的你死我活:年轻有为的县委书记李向南矢志改革,大展宏图之际所遇到的主要困难不是如何制定本县长远发展规划,而是与以县委副书记顾荣为首的保守派明里暗里较量,争夺在本县的政治主导权。可悲的是这并不是作家们思想落后使然,而是因为在当时的社会语境下,改革一旦触到既得利益群体,他们的确是以类似"非友即敌"的私心来处理公共事务的。

再次,道德审判色彩与官场化趋势。"变革叙事"力图深入分析当下的社会制度、经济状况与政治状态,并试图指出中国社会未来的发展方向与变革策略,作家以天下为己任的热情着实可感可佩。然而他们毕竟是书斋里的改革家,这些书生意气的分析与动荡不居的社会现实多少隔着一层。"变革叙事"的真正价值当然不在于为国家发展提供多少具体可行的现实对策或长远规划,而是一种主流意识形态的呼吁或自下而上的群众情绪的热烈

---

① 蒋子龙:《乔厂长上任记》,《蒋子龙文集》(第二卷),北京:华艺出版社1994年,第5、6页。

表达。换句话说，"变革叙事"表面看是一种冷静理性的社会分析，骨子里最可贵的却是真实社会情绪、时代情感的宣泄。这种宣泄常常夹杂着一些道德审判的色彩，有时不免过于简单化。何士光《乡场上》借梨花屯乡场上小孩子之间的争执，表现新时代农村政策带给农民精神面貌的新变化：小说开篇就交代了主人公冯幺爸是个"四十多岁的、高高大大的汉子，是一个出了名的醉鬼，一个破产了的、顶没价值的庄稼人"，就是这样一个多少年来仰人鼻息，靠着向屯里的掌握公共财产分配权的"权贵"摇尾乞怜过活的卑贱者，被迫当众为两个孩子的纠纷做见证，实际就是被逼在权势与良心之间做出选择。小说绘声绘色地描写冯幺爸如何再三犹豫之后挺身而出，不仅大胆说出了事实真相，而且声色俱厉地把多年来仗势欺人的罗二娘与曹支书呵斥了一顿。小说读来的确酣畅淋漓，然而在封建裙带关系猖獗了几千年的中国农村，又是在"文革"刚刚过去的当时，政策稍有好转之际，卑贱了一辈子的冯幺爸真敢如此不顾后果地扬眉吐气吗？小说中借冯幺爸之口进行道德审判的，其实是浪漫情绪不能自已的作家自己。道德审判色彩最浓的，应该还是蒋子龙《乔厂长上任记》等工业改革题材的作品。冷静分析之下，小说中的乔光朴，除专业在行、意志坚定之外，在推行改革方面并无过人之能，与其说他是个优秀的厂长，不如说他是个能量极强的政治演说家、道德煽动者。他立下整顿电机厂的军令状后，第一个动作便是把诙谐多智的石敢拉出来辅助自己。面对石敢的心灰意冷，他一把将石敢从沙发上拉起来，枪口似的双眼瞄准石敢的瞳孔，"你敢再重复一遍你的话吗？当初你咬下舌头吐掉的时候，难道把党性、生命连同对事业的信心和责任感也一块吐掉了？"于是坚冰融化，石敢同意出山。乔厂长的其他支持者基本也是受其道德感化而追随在他身边的。工人出身的蒋子龙当然知道单凭道德感化难以成事，于是非常巧妙地设计了郗望北这个精于人事关系的"火箭干部"作为其得力助手。在厂内有石敢的悉心帮助，厂外有郗望北的斡旋周转，家里有女工程师童贞的贤惠贴心……最重要的是局里有局长霍大道做强力后盾。乔厂长的底气十足是有充分的前提条件的。

新时期之初的蒋子龙是个浪漫主义者，80 年代中期的柯云路则算得上冷峻的现实主义者。《新星》中的县委书记李向南在气魄、野心甚至正义凛然的清教徒道德等各个方面都丝毫不亚于蒋子龙笔下的乔光朴。然而一旦损及副书记顾荣等保守派的权威地位与核心利益,便遇到前所未有的巨大阻力:道德清白怎么了,可以用谣言毁谤;能力超强怎么了,可以说成独断专行;群众拥护怎么了,可以说是突出个人的野心膨胀……在顾荣老练周密的围堵孤立、釜底抽薪之下,李向南振兴古陵县的雄心壮志还没正式拉开帷幕便匆匆谢幕,只能赶到省里寻求上级领导出面支持。然而,在后续的《夜与昼》《衰与荣》这两部中,尽管李向南有身为前工业部长的父亲,有京城记者的大力支持,甚至有国外影响力,然而在一帮嫉恨其才能前途的官僚联合打击之下,仍然一败涂地。柯云路或许是第一个将变革小说写成"官场小说",真正透过体制层面,触及更为复杂深刻的中国传统文化心理层面的作家。然而他把李向南的失败,与官场各方面人物对其联合扼杀的原因单纯归结为小人嫉贤妒能、争权夺势的阴暗心理,其实还是把问题简单化了。李向南直接冲击了主流意识形态的现有运行机制,使众多权势者感到一种动荡不安的威胁因素,他冲击的不是某些个人,而是利益集团们赖以垄断社会资源的基础,这才是他失败的根本原因。

"变革叙事"的魅力在于思想深度、现实精神与时代气息,这三者是这类作品以往风行一时的原因,也是它们未来复兴的关键。

第二节　边缘话语:身体写作与自由精魂

把王小波与"身体写作"联系在一起,恐怕是一件两面不讨好的尴尬事:王小波的崇拜者们会视之为亵渎偶像,而性别主义者们则会因为这位粗犷骑士的宏大叙事视之为异类。但这无非是因为对"身体写作"的理解有所偏差所致。

一、身体写作:久被亵渎的神灵

长期以来,关于"身体写作"的两种误读一直甚嚣尘上:"题材论"断定它是媚俗欺世的"情欲写真";①"主义论"认定它是女性、女权反对男权社会、男性统治的"致命武器"。② 事实上,身体写作绝非如此简单、狭隘:在西方,它有着源远流长的哲学传统和思想底蕴。自古希腊哲学家苏格拉底以其天才思辨开创西方哲学上著名的身心二分法以来,肉身与灵魂、感性创作与理性传统……一直是纠缠着柏拉图、奥古斯丁、尼采、海涅、弗洛伊德、荣格、陀思妥耶夫斯基、米兰·昆德拉……各个时代出类拔萃的哲学家、神学家、艺术家,甚至德国法西斯的理论难题。尽管宗教戒律、政治禁忌等形形色色的理性传统如神话中的百变怪兽一样咄咄逼人,身体却不仅没有被消灭、被摧毁,而是恰恰相反:道德训诫越严苛的时代,它反击的力量越大、越极端。英国维多利亚时代社会风气极为保守,可那个时期的地下小说堪称不朽之盛事;中国宋明两代理学古板得不近人情,所以产生了《金瓶梅》这样的奇书……时至今日,"身体"已经毫无愧怍地从历史阴影下走出来,站在了理性阳光的照射之下。自法国女性主义者埃莱娜·西苏 1975 年在《美杜莎的笑声》一文中率先提出"身体写作"的主张,③到如今"身体写作"正式成为学院派研究的热点,我们看到了人类摆脱理性偏见的进入、认识自身的勇气。

作为有着 2000 多年封建史的中国,人们对"身体写作"的创作实践存在疑虑、研究现状存在不足原属正常。令人费解的是一些专家教授诘问、商榷时的"道德情绪"远远大于学理探讨。在这样一个满眼灯红酒绿、到处活色生香的图像时代,这样义愤填膺地声讨早就门庭冷落的小说,甚至以为事关

---

① "说白了,身体写作其实就是修辞上委婉化了的色情文学写作,性或者性感当是身体写作追求的核心。这本来并不新鲜。但是身体写作者通过色情与文学之间的某种张力,从而使自己可以保持其先锋姿态,并像个楔子一样钉入到不断滑移的文学的符号秩序内部,使自己的话语实践得以凝固化,也就是占据文学空间中的一席之地。"(朱国华:《关于身体写作的诘问》,《文艺争鸣》2004 年第 5 期)

② "'身体写作'是专门针对女作家而言的……是西方女性主义对特定的文学表现方式的一种描述,其要义在于强调文学写作中的女性视角和女性立场,以及女性对生活的感受方式。这种表达中暗含着对男性意味浓厚的社会历史叙事的反抗态度,而认为私人化的叙事与历史化的宏大叙事具有同样重要的意义。"(阎真:《身体写作的历史语境》,《文艺争鸣》2004 年第 5 期)。

③ [法]埃莱那·西苏:《美杜莎的笑声》,收于张京媛:《当代女性主义文学批评》,北京:北京大学出版社 1992 年,第 188-211 页。

社会道德的沦丧,不是有点太滑稽了吗?况且,"重视身体"不等于"鼓励滥交",而是强调从个体最原初、最真实的感觉出发,既不被形形色色的先验理性遮蔽,又不为唯利是图的工具理性所诱惑。国内学人中推介和提倡身体理论的先锋与中坚——葛红兵先生说得好:"身体具有自己的道德信条。比如恶心。有的时候灵魂是可以伪装的,但是,身体却不能伪装……你见到让你难受的事,杀戮、强暴、丑恶……你不由自主地恶心,这恶心便是你的道德判断了。它充分地表明你是一个具有道德立场的人。你的高尚就在其中""身体是美好的东西,人类过分地相信他们的智慧,可是智慧是会丧失的,而身体——身体的本能永远不会丧失,它是永恒的。人类为什么要痛恨他们的身体呢?"①杜拉斯在她的《作家的身体》中写道:"作家的身体也参与他们的写作,作家在他们的所在之地也会激发他们的性欲。就像国王和有权势的人那样……"②葛红兵:"有一种激情它来源于我们的身体,它在我们的身体里涌动,然后写到纸上,这就是一种身体型写作。"③

"下半身写作"等口号在很大程度上是作家诗人们的浪漫夸张、故作惊人之语,其精神实质是一个厌倦传统的反叛姿态、一股锐意进取的创新力量。新生代们的近乎挑衅的话语表达,固然容易引起误解、招致白眼,但无可否认,正在以其特有的冲击力改变着人们陈旧的思维模式和阅读趣味。严肃的学者应该做的是静下心来审视他们的创作实绩,而不是抡起道德大棒一下砸死。"身体写作"更不等于"性经验写作"。把二者混为一谈的往往是没分清"题材选择"与"精神实质"的关系。既然宇宙之大、苍蝇之微,甚至大便之臭都可以成为文学题材,为什么我们生而有之且赖以存在的"身体"不可以?

"身体"无罪,"性"同样可以圣洁、纯美,如英国作家 D·H. 劳伦斯的《查泰莱夫人的情人》,同样可以见出内心的沧桑与痛楚,像法国女作家玛格丽特·杜拉的《情人》,关键在于作家自身的思想境界与创作态度。劳伦斯

---

① 葛红兵:《人为与人言》,上海:上海三联书店 2003 年,第 266、275 页。

② [法]玛格丽特·杜拉斯:《作家的身体》,《物质生活》,王道乾译,上海:上海译文出版社 2014 年,第 103 页。

③ 葛红兵:《人为与人言》,上海:上海三联书店 2003 年,第 285 页。

和杜拉都是着笔于性而不囿于性的:劳伦斯在"性"或"身体"上寄寓了自己的人生信仰,"做个好动物"是他为身体羸弱、精神枯萎的现代人开出的济世良药;玛格丽特·杜拉写出了孤寂不幸的少女时代,与中国情人相偎相依在性的欢愉中共同躲避人世哀愁的心酸与浪漫。而王小波的《黄金时代》则不仅写出了性的自由与美好,更写出了"身体乌托邦"的美丽与虚妄,而笔者以为,后者才是王小波作为天才的独到之处。

二、《黄金时代》:身体乌托邦

在《黄金时代》中的"性"描写上聚讼纷纭的批评家们似乎从来没有考虑过这篇小说的题目问题:一篇文革背景的"黄色小说"为什么偏偏起名为"黄金时代"呢?

关于这个问题,小说开头有个极具象征意义的场景可以解释:农场为了防止公牛斗架伤身,影响春耕,把它们都阉了。

> 对于格外生性者,就须采取锤骗术,也就是割开阴囊,掏出睾丸,一木槌砸个稀烂。从此后受术者只知道吃草干活,别的什么都不知道,连杀都不用捆。掌锤的队长毫不怀疑这种手术施之于人类也能得到同等的效力,每回他都对我们呐喊:你们这些生牛蛋子,就欠砸上一槌才能老实! 按他的逻辑,我身上这个通红通红,直不愣登,长约一尺的东西就是罪恶的化身。[①]

肉体阉割与精神阉割直接挂钩,这个意味深长的场景把极权与个人之间的紧张关系表现得淋漓尽致。在极权统治下倔强不屈、绝不放弃个人性灵与身体的自由,才是王小波小说最具价值的闪光点。王二、陈清扬所谓的黄金时代,笼统言之指的就是年轻时在农场率性而为、快意恩仇的痛快日子——那是生命力的勃发,最自然最张扬的时候,甚至不必有爱,只要愿意,只要完全出自内心自愿,性也是一种快意,一种纯粹,一种不受外界任何干扰、干涉的神圣之物。

不过,同一段经历,同样称之为"黄金时代",两个人的具体理解其实不

---

① 王小波:《王小波文集》(第一卷),北京:中国青年出版社 1999 年,第 7 页。

尽相同。毋庸讳言,他们一开始是因为身体而相处相知进而心心相印的。其实无论在气质修养,还是在社会阶层上,他们都是相去辽远的两类人,用王二的话说就是:

> 陈清扬在各个方面都和我不同。天亮以后,洗了个冷水澡(没有热水了),她穿戴起来。从内衣到外衣,她都是一个香喷喷的 LADY。而我从内衣到外衣都是一个地道的土流氓……①

陈清扬确实是那种教育良好的上流女士,而王二在很大程度上是天性纯良、拒绝人为雕琢的一块璞玉。在人工与天然之间,有一段正常情况下难以穿越的距离。但在"同是天涯沦落人"的情境下,一切外在虚文都已苍白无力如木叶萧萧而下,剩下的只是两个倔强的灵魂和年轻火热的身体遥遥相对,于是一切变得简单起来。那个大动荡、大混乱的年代成全了他们,心理鸿沟却依然存在。所以陈清扬最爱说的那句话是:"王二,你一辈子学不了好,永远是个混蛋。"②在风言风语之间多少流露出她内心深处的一些保留看法。那么,王二究竟"混"在何处?——他几乎不受任何世俗成规约束,面对前来寻求精神支持的女大夫陈清扬,可以一针见血地指出她无以辩白的"破鞋"宿命,交流完《水浒传》里的伟大友谊之后,可以直截了当地向对方提出身体要求;可以针锋相对地与不太懂事的半大小子对骂,可以与一手遮天的队长和军代表斗法……有小错而无大过、外表流里流气却没有任何势利算计,无机心却有头脑,而且不乏可爱,既有人类原初的强悍与野性,又有现代人的头脑与智慧……这是王小波最独特的艺术创造、最钟爱的现代野蛮人形象。即便就此止步,也已超越了单纯以野性本能对抗卑劣、堕落的现代文明的劳伦斯,然而王小波的天才在于:他在建构"身体"童话的同时,就已经看透了这种新式"乌托邦"的无法持久——王二和陈清扬并没有因此"修成正果",陈清扬写完交代材料之后就逐渐冷淡王二回归主流,对她来说,农场的这一段恍若南柯一梦,梦醒了又重新回到以往的生活轨道上;而王二背负"流氓"恶名辗转余生、四处碰壁,到头来锐气消磨大半,回忆起当

---

① 王小波:《王小波文集》(第一卷),北京:中国青年出版社 1999 年,第 52 页。
② 王小波:《王小波文集》(第一卷),北京:中国青年出版社 1999 年,第 36 页。

年自己的冲天豪气,不由感慨万千:

> 那一天我二十一岁,在我一生的黄金时代。我有好多奢望。我想爱,想吃,还想在一瞬间变成天上半明半暗的云。……我觉得自己会永远生猛下去,什么也捶不了我。[①]

无论精神状态还是身体活力都棱角分明、锐气十足,处于自己一生中的最佳状态,"黄金时代"此之谓也。

> 后来我才知道,生活就是个缓慢受槌的过程,人一天天老下去,奢望也一天天消失,最后变得像挨了槌的牛一样。可是我过二十一岁生日时没有预见到这一点。[②]

出语之沉痛黯然,令人几欲泪下。几十年惨痛人生路过后悟出了这个道理,对半世已过而且注定一生执拗的他来说又有什么意义呢?

而陈清扬根本不需要那么深刻的人生洞察,照样在社会上如鱼得水。农场那一段是非正常状态,不算数的。跟多数冰雪聪明的漂亮女人一样,陈清扬天生是个深谙趋利避害的处世之道的"乖角儿"——她出斗争差时的乖巧和"文革"之后荣任院长就是明证。不同的是,作为北医大毕业生,她有着忠于身体的道德底线。拒绝军代表招致的恶意报复使她置身于"没什么道理可讲"的底层农场,在上上下下一片毫无根据的"破鞋"声中茫然无着、濒临绝望。真实坦荡的王二几乎是她自我肯定的最后一根救命稻草。虽然自始至终都对王二的桀骜不驯有所保留,却正是这个"混蛋"的"胡说八道"使她彻底看清了极权逻辑的蛮横荒谬以及自身处境的尴尬与无望。鸟兽不可与同群。既然心高气傲不肯向迫害者低头,就只有自暴自弃与身边这个粗鲁莽撞却真诚有力、野性十足的"混蛋"结为同盟了。王二乃是天生地养、深具慧根之人,上山以后,在坐禅闭关般的岁月流逝中渐趋空灵:

> 坐在小屋里,听着满山树叶哗哗响,终于到了物我两忘的境界。我听见浩浩荡荡的空气大潮从我头顶涌过,正是我灵魂里潮兴之时。正

---

① 王小波:《王小波文集》(第一卷),北京:中国青年出版社 1999 年,第 8 页。
② 王小波:《王小波文集》(第一卷),北京:中国青年出版社 1999 年,第 8 页。

如深山里花开,龙竹笋剥剥地爆去笋壳,直翘翘地向上。到潮退时我也安息,但潮兴时要乘兴而舞。①

而这时,在社会通道紧紧关闭的无奈之下,陈清扬在"身体"无言的指引下走进山来,四野空旷,山风浩荡,她看到王二赤裸如童子,端坐在草屋的竹板床上:"阳具就如剥了皮的兔子,红通通亮晶晶足有一尺长,直立在那里,登时惊慌失措,叫了起来……"②终于把所有的世俗考虑与身上的白大褂一同脱下,走上前去,两人共同进入那种自由放达、物我两忘的身体狂欢。在这远离尘嚣的身体乌托邦中,两颗原本相去遥远的心脏开始相互靠拢,虽然陈清扬一再告诫自己不要爱上王二,然而身心合一的自由欢愉终于战胜了世俗方面的理智考虑:在清平山王二扛她过河时,因她执意扑腾着要下来自己走,两人差点被激流冲走,王二拼老命勉强撑住,"抢起左手在她屁股上狠狠打了两巴掌,……她挨了那两下登时老实了。非常的乖,一声也不吭""那一刻她觉得如春藤绕树,小鸟依人,她再也不想理会别的事,而且在那一瞬间把一切全部遗忘。在那一瞬间她爱上了我,而且这件事永远不能改变"③。

陈清扬是幸福的,虽然她终非"我道中人",理智上并没有意识到王二的真正价值,这一点从"陈清扬说过:我天资中等,手很巧,人特别浑"这句话就可以看出;但她却拥有一个无需理智就可以破除世俗偏见找到真爱的"身体"。在山上休养生息一段时间之后,她提出下山,王二就和她一起回到农场,继续"忍受人世的摧残"。

回到农场,王二仍然一如既往地"混蛋"下去,理所当然地吃了许多苦头,陈清扬体内一度沉睡的"社会动物"的天性却苏醒过来,一方面积极配合、乖巧听话,一方面显出一副清白无辜、懵懂无知的样子,有意无意地把一切罪责都推到王二身上:"无怪人家把她的交待材料抽了出来,不肯抽出我的。这就是说,她那破裂的处女膜长了起来。而我呢,根本就没长过那个东西。除此之外,我还犯了教唆之罪,我们在一起犯了很多错误,既然她不知

---

① 王小波:《王小波文集》(第一卷),北京:中国青年出版社 1999 年,第 18、19 页。

② 王小波:《王小波文集》(第一卷),北京:中国青年出版社 1999 年,第 7 页。

③ 王小波:《王小波文集》(第一卷),北京:中国青年出版社 1999 年,第 43、53 页。

罪,只好都算在我账上。"①

听话的孩子有糖吃,会哭的孩子有奶吃,知错就改就是好孩子。陈清扬冰雪聪明,这点表演天赋自然不在话下,而且她确实有真心"悔过"的成分。她虽然跟王二一同"作案"无数,但对王二的"混蛋"做法始终不太认同。在她看来,起初与王二的身体交往和"胆大妄为"都是对"伟大友谊"的回报,是形势所迫,身不由己的;唯独发自内心地爱上王二是主动的、精神上的堕落,所以她说,"那是她真实的罪孽"。与王二蔑视权势规范、率性而为、内心与行动的表里如一不同,陈清扬可谓矛盾重重:与王二在一起的身心愉悦、随性放达自是人生一大快事,但她毕竟与主流意识的是非观、道德观基本一致,所以对自己情不自禁、发自内心地爱上王二有一种挥之不去的负疚感、罪恶感。写完交代材料之后她逐渐冷淡并最终离开王二,原因在此。

然而陈清扬绝非一般的鄙俗女子:她有原则,绝不出卖自己的身体,后来离开王二也是因为固守自己的道德原则;有勇气,在任何人面前都毫不手软,"打人耳光出了名";有魄力,毅然抛下一切跟王二跑进人迹罕至、生死未卜的边境深山;有主见,即便跟王二这种天马行空、野性强悍的人物在一起,也不会失去自我、成为对方的影子;有担当,可以不顾一切地如实写出自己对王二的"罪孽之爱"……这是个相当丰满的圆形人物,从某种意义上来说,甚至比王二还要耐人寻味。"黄金时代"对她来说,是一生中唯一完全抛却世俗顾忌、敢爱敢恨、敢想敢做,恩怨情仇痛快淋漓的一段光阴。

那是血性青年的生命昙花短暂而惊艳的绽放、值得用余生反复回味的美好纯情。也许我们中的绝大多数到头来都要回归主流,在一种强大的规范下循规蹈矩、战战兢兢,但有没有这样一段"黄金时代",毕竟完全不同。

王二这种狂狷不羁、一生耿介的硬汉是天之骄子、人中龙凤,而陈清扬是我们自己。《黄金时代》写尽了我们的飞翔梦想与无奈沉沦,却又充满了智者的幽默与反讽——举重若轻、大俗即雅,王小波不朽了。

三、王小波:被误读的自由精魂

王小波在生前死后都是个聚讼纷纭的争议作家,这是因为他始终离不

---

① 　王小波:《王小波文集》(第一卷),北京:中国青年出版社 1999 年,第 52 页。

开"性""政治"这两个敏感话题:前者关门闭户,是最隐秘的私人领域,后者大开大阖,是最公开的行动规范。表面看相去甚远,实际上,日常道德与政治倾向恰好是紧密相连、互为因果的"两极"。政治独裁,"性"必然严苛;身体自由只有在政治宽松的前提下才可能实现,从来如此而且仍将如此。

不能因为写"性"就断定是"色情作家",王小波笔下的性不只是健康的、美好的,更是无拘无束、率性自然的,那是个性的狂欢、身心的舞蹈;也不能因为几封"爱你就像爱生命"的情书,就把这位视自由为生命的个性思想者打扮成"爱情至上"的浪漫骑士,海水自有风平浪静时,但就此认为大海始终平静若湖则大谬不然。王小波写的是"性",更是反对戕害人性、弘扬自由的"身体政治"。他反对的不是一时一地的政治制度,而是专制本身,以及专制背后敌视个性、无视正常人性,妄图主宰世界,随意安排芸芸众生的吃喝拉撒和思想灵魂的意识形态。王小波无疑是悲观的,"时代三部曲"从"文革"背景追溯到唐人故事,又远眺到《未来世界》《2015》,纵横捭阖几千年,无论是理性反省的未来智者,还是野性十足、体魄惊人的剑侠豪客到头来都在无物之阵中寂寞老去,字里行间几乎对打破这种意识形态不存任何指望。然而愤世嫉俗之后并未妥协放弃,而是率性而为、弃绝机心,顺应身体感性所代表的自然天性,绝不蝇营狗苟于世俗算计,这种超凡脱俗的人格魅力,正是王小波小说最具魅力之处。

第五章　新启蒙年代的文化热潮

王小波有句名言:"一个人只拥有此生此世是不够的,他还应该拥有诗意的世界。"其实这句话反过来说同样成立:一个人不仅要有对理想境界的执着追求,也应享有热爱世俗生活的权力。真正的启蒙并非要求人人成圣,而是强调人性必须平衡发展。灵欲两方面并无高低之别,同样值得人们用生命来尊重捍卫。中国传统文化历来重灵轻欲,近代以来中国国门开关无常,这方面较为开明的西方文化在国内影响一直不大,启蒙运动因为种种原因屡屡被迫中止。在 20 世纪的漫长岁月里,中国文化一直跷跷板般在"灵""欲"①两个极端之间起起落落。"五四"新文化运动中,二者较为均衡,但正如李泽厚所言,此次"启蒙"思潮开始没多久就被"救亡"风潮取代。革命年代里文艺云云一律属于可以忽略的细枝末节。新时期后,又一轮的文化启蒙才得以借"拨乱反正"的东风重新启动。如今看来,此次启蒙客观上分为两个阶段:20 世纪 80 年代主要是理想化启蒙(灵)的潮涨潮落,90 年代属于世俗化启蒙(欲)的正名泛滥。

本章主要探讨 20 世纪中国最后 20 年的宏观文化思潮。之所以没有结合具体小说文本,是基于以下两点考虑:一是因为人取我弃。作为当代小说研究中的热点之一,有关这一时期小说启蒙的文本分析趋于饱和,狗尾续貂

---

① "重灵"之风演化到极端,形成对人正常"欲(望)"的否定抹杀后,便会物极必反,出现重新弘扬"人性",突破"性""情"描写禁区的现象。20 世纪中国小说史上此类创作思潮非止一次:"五四"时期、80 年代初均有此类现象。

意义不大。二是因为时代重心转移。80、90年代之间,主要是由"文学"而"文化"的转向承接关系,不可单从文学价值的角度进行价值判断。简言之,80年代文化热是当代最重要的文化现象之一,从形形色色的文化盘点可见知识分子群体的不同心态,而两个时期之间深层次变化的过渡分析,亦可见中国知识分子对自身现实位置、文化身份的理解态度。

第一节 社会反思:80年代文化盘点的再思考

"重返80年代",或许是20世纪90年代以来中国影响最为深远的文化风潮之一。它不仅遍及文学、艺术、日常生活等多个领域,兼有报刊文章、电视访谈、论文专著等各类形式,而且参与者人数众多,单单《八十年代访谈录》(查建英编,三联书店2006年版)、《追寻80年代》(新京报编,中信出版社2006年版)这两本书,就辑录了全国各个领域数十位精英人士的珍贵记忆与思索,其舆论热度与社会影响可见一斑。①

时至今日,社会上一般性的怀旧热潮早已过去,有关"八十年代文学"的思考与探讨却仍在继续。之所以如此,首先当然是因为"80年代确实是这三十年里最好的文学时期"②,涌现出了一大批优秀作家作品。其次,在这场声势浩大的文化现象背后,有着非常微妙的文化心理的推动作用——那是过来人的"怀旧"情绪与后来者的"憧憬"想象相互纠缠萦绕的结果。这两种心理动因使得人们在"重返八十年代"的运动时,往往倾向于"浪漫化"与"经典化"。可"盘点八十年代文学实绩"时最需要的,是真正"理性化"的严

---

① 就学院研究视野而言,有李杨、程光炜、王尧等许多知名学者的积极参与,出版专著如王尧:《一个人的八十年代》(上海:华东师范大学出版社2009年)、甘阳:《八十年代文化意识》(上海:上海人民出版社2006年)、旷晨等:《我们的八十年代》(桂林:广西人民出版社2004年)、王德领:《重读八十年代:兼及新世纪文学》(北京:学苑出版社2009年)等。程光炜或许是最为热衷此项研究的一个,他不仅以八十年代文学研究为题申请过正式的科研项目,还主编出版了一套"八十年代研究"丛书(包括《文学讲稿——"八十年代"作为方法》《重返八十年代》《文学史的多重面孔》三卷,北京:北京大学出版社2009年),直到最近还主编出版了一本《文学史的潜力:人大课堂与八十年代文学》(北京:文化艺术出版社2011年)。

② 刘绪源:《80年代文学可与30年代相媲美》,《上海文学》2008年第6期。

谨治学态度。

一、浪漫化：怀旧与溢美

将"80年代"浪漫化的主力无疑是这一时段的过来人，尤其那些当年在中国文艺界、思想界叱咤风云的作家学者、文化英雄。对他们而言，"重返"其实就是回顾追忆自己意气风发、激扬文字的青春岁月。"想当年，金戈铁马，气吞万里如虎"，在这种多少掺杂了怀旧心绪下的"重访八十年代"①，觉得商业气息扑鼻的当下远不及理想主义色彩浓烈的当年，是再正常不过了。类似情绪其实由来已久，90年代初还曾引发学界进行了一场轰轰烈烈的"人文精神大讨论"。讨论落幕后，这种情绪也并未就此消失，而是一直潜滋暗长、余响不绝。2006年，查建英巧妙定位于文化随笔与时尚读物之间的《八十年代访谈录》出版，作者在与阿城、北岛、刘索拉、陈平原等80年代叱咤风云的文化英雄的热烈对谈中，将当年的人文激情与理想主义描述得辉煌无比，有意无意地迎合了人们的怀旧情绪以及对文化现状的不满，在雅俗共赏、一时洛阳纸贵的同时，成功地把这股文化怀旧热推向了全社会。流风所致，就连久疏文坛的吴亮、程德培、李陀等等都难以继续蛰居隐退，不甘任他人评说自己同样才气纵横、挥斥方遒的光辉岁月，故而随后几年的《作家》《书城》等杂志上，时常有他们《八十年代琐忆》之类的文章问世。②

这些出自过来人笔下的追忆文字或平和散淡，或激越浓烈，多多少少有些《世说新语》中狂放不羁的名士风韵。虽然彼此对昔日文坛学界的看法不尽相同，有时甚至相互辩难攻讦，不过大多数人在对80年代进行整体评价时，近乎众口一词地将"80年代"渲染成一个文学自觉的黄金时代，堪比魏晋和"五四"的创作高峰。"在20世纪的精神博弈中，八十年代文学……胜出了其他所有年代。"③然而，恰恰这一点是非常值得商榷的。正如钱理群在一次访谈中指出的那样——"目前大家对于80年代的认识有一个很大的

①　张旭东：《重访八十年代》，《读书》1998年第2期。

②　吴亮：《八十年代琐忆》系列论文，刊于《书城》2006年第3、4、5期；《作家》2006年第11期，2007年第2、4、10期。

③　毕光明：《精神的八十年代》，《海南师范大学学报（社会科学版）》2007年第3期。

误区,就是把 80 年代过于理想化了。"①人们常常把 80 年代视为"第二个'五四'时代"②。从同样倡导思想解放、启蒙大众的角度而言,这种比拟并不过分;但从纯粹文学成就而论,80 年代还远远达不到可以称为"黄金时代"的程度。许多现在被视为经典列入当代文学史的作品,只是当时初出茅庐的青年艺术家们小试牛刀的文艺习作,真正意义上的艺术实验产物。80年代的阿城、北岛等人如果知道日后学者们会将其最初踏上文坛之际的试笔之作视为他们毕生的创作巅峰,多半一笑了之。年轻时,艺术家们往往心比天高,坚信还有无穷无尽的可能与高峰在未来等着自己去开拓与攀登。而且这种看法是有相当根据的——一般而言,作家刚出道时灵气最足、原创意识最强,但要在达到自己思想、艺术等各方面浑然一体的最高境界,总要经过长期不懈的努力与探索。作为 80 年代的文学探索运动的主力,这些先锋作家、诗人们确实惊才绝艳,堪称一时之选,可他们那时毕竟刚刚开始,而且历史留给他们尽情发展其激情与才华的时间最多不过五六年时间。

随后那场疾风暴雨般的社会运动搅乱甚至彻底破坏了许多作家、评论家对文学的信心与创作心境。这当然是他们人生境遇的巨大遗憾,然而文学史不会就此网开一面:80 年代先锋运动再轰动,也不过是一群青年天才走上文艺创作之路的开始,③终究无法与西方文学大师们穷尽毕生精力、智慧苦心孤诣铸就的辉煌高峰相比。如果不被社会运动粗暴地打断,他们极有可能取得比现在更高的成就。可如今永久定格在历史上的 80 年代,与"五四"新文化运动相仿,最主要的还是一次以文艺启蒙为号召的文艺复苏运动,而不是一个诞生世界名著的时代。即便那些当时影响最大的先锋文学作品,也是在社会"启蒙"的旗帜下出现和壮大起来的。如今环绕在 80 年代文学上的光辉与声誉,多少有些名实不副。余华、马原、莫言等人之所以能够在 80 年代成为声名鹊起的文化英雄,说到底是效仿西方现代大师,以

---

① 钱理群、杨庆祥:《二十世纪中国文学和 80 年代的现代文学研究》,《上海文化》2009年第 1 期。

② 贺桂梅:《80 年代、"五四"传统与"现代化范式"的耦合——知识社会学视角的考察》,《文艺争鸣》2009 年第 6 期。

③ 90 年代后他们的创作大多都有明显的转向或断裂的痕迹,先锋小说在 90 年代后遽然而止实非偶然。

冲破既往革命理性束缚的结果。在他们的作品中,至今可以非常清晰地看到他们所崇拜模仿的卡夫卡、博尔赫斯、马尔克斯、福克纳等小说大师的风格余韵。如果从纵向的文学史视野来看,80年代作家们出色的模仿之作在国内被视为中国文学的高峰还可以说不无道理;一旦拿到世界文坛去横向比较,恐怕就没什么原创优势可言了。可在当下这个资讯往来高度发达的"地球村"里,文学研究者的目光绝不能仅仅局限于中国当代文学的狭小圈子里。倘若误把这些与外国作品有直接血缘关系的作品,当作中国当代文学的杰出代表去竞争诺贝尔文学奖之类的国际文坛荣誉,那是非常不现实的。

更何况80年代文学与文化真正的黄金时段并不长久,在寥寥数年内把几乎所有现代小说样式走马灯般演练一遍之后就无以为继。当年的文化英雄们一度"先锋"之后,几乎无一例外地回归传统范畴或者商业领域,甚至因为种种原因彻底淡出文艺界。毋庸讳言,80年代文艺高峰的戛然而止与最终湮没,对90年代文艺界精神气质普遍犬儒化、世俗化有相当的影响。甚至可以说:这才是今天人们以无比炽热眷恋的眼光回望以理想主义色彩著称的"80年代"的根本原因。过度揄扬80年代文艺这一思潮的大行其是,其实并不意味着人们真的对"80年代"中国文艺多么满意;很大程度上,这只是人们潜意识里对90年代以来中国文艺界的现实状况强烈不满的心理折射使然。

二、经典化:市场与隐恶

可这显然并未影响到后来者将其"经典化"的热情。"过来人"胜在心态平和,同样经历过80年代精神洗礼的前辈学者能够自然而然地以清醒、平等的姿态眼光审视同世代作家的作品,是以王晓明《二十世纪中国文学史论》(东方出版中心1997年版)、洪子诚《中国当代文学史》(北京大学出版社1999年版)、陈思和《中国当代文学史教程》(复旦大学出版社1999年版)等著述,能够以理性客观的评判获得学界的广泛认可。而作为后来者的年轻一代学者,90年代进入学界文坛之后,评论80年代文学时,总不自觉地带有一丝仰视和羡慕的痕迹。当代文学研究的整体格局随之发生了微妙变化,重心开始由"作品点评"向"史学著述"过度:80年代之初先锋作家群的

"离经叛道"引起前辈保守派作家学者的强烈不满与批评,故而文学批评中影响最大的,是为当时激进叛逆的先锋文学呐喊助威,做学理性、合法性辩护的"作品点评",属于雪中送炭;90年代后,先锋文学早已功成名就,而某些后起青年学者之所以选择"80年代文学"作为研究课题,只是为了寻找新的"学术增长点"。这种"供需关系"的倒置转换,也使得文学评论所应持的"中立"态度越来越难以为继……故而具有真知灼见的批评意见相对较少,锦上添花的文字越来越多,近年来某些随着小说发表而同期出现的评论文章,几与商品广告无异。

新世纪以来,当代文学研究不再一味拘泥于以往传统的文本分析,形式开始向多元化演变:首先,作家及其创作过程研究升温。作家在各种因素的推动下,开始日益频繁地从幕后走到台前,从默默写作到公开宣讲。其次,评论家一改主要研读作品的"矜持保守",而是与作家保持密切往来,频频组织各类座谈、对话,甚至以口述历史的方式追忆80年代的文坛轶事。再次,传媒出版界以其强大的舆论宣传力量,成为影响作家、评论界心态的一方势力。他们出于商业热情而生造出来的各类花样翻新的评奖、过分溢美的出版名目(诸如"走向诺贝尔"之类)[①],只是包装推销文化商品的一种手段,原本无伤大雅。不过"入鲍鱼之肆,久而不闻臭",作家久处其中,少数易为虚名所动的,不免有被"捧杀"之虞。现代消费文化的利益侵蚀与人情社会的传统陋习,又使得有些作品评论事实上沦为出版商的炒作工具,愈加等而下之……

简而言之,作家与评论界原本平等健康、清淡如水的文字之交,渐渐发生了巨大变化。这或许是现代社会人文气息日冷,同样行走文坛的作家文人不得不紧紧靠拢相互取暖的必然。然而评论家与作家日益频繁的零距离接触与合作,对文学批评而言实则是一把双刃剑:优点在于容易知人论世,便于透过作品肌理窥得作家深层创作动因;缺点是"近侍眼中无英雄",作家并非不食人间烟火的圣贤,同样是充满各类本能、欲望的凡人。学者与自己选定的研究对象保持适当距离,有利于坚持不偏不倚的审美态度。过分依

---

① "走向诺贝尔:当代中国小说名家珍藏版"丛书,文化艺术出版社2001年策划出版时,收录叶兆言、刘恒、余华、苏童、张炜、莫言、格非、潘军等当代小说名家的代表作品。

赖通过与作家的私交所获得的第一手印象、材料来解读作品,至少是对自身学术思辨与艺术感悟能力缺乏自信的表现。何况从接受美学的理论角度来看,作家并没有阐释作品的专利或权威,作品一旦发表,作家的工作即已完成,创作之外的说明不仅多余,而且可能带来额外的干扰甚至误导。在西方接受美学看来,优秀作品的视域大于作者的视域,读者和文本的关系是可以超越作者的。评论家和一般读者拥有根据个人理解接受甚至"误读"作品的自由。① 法国结构主义者罗兰·巴特甚至有"作者已死"的名言。②

文学说到底是靠作品本身赢得读者,最终靠艺术魅力与知音心灵相通的事业。作家跟评论家之间的沟通交流、对谈讨论,这种双方合作的评论方式曾在 80 年代一度非常盛行,也的确曾经取得过非常好的社会效应。但这种方式成功需要具备一个重要前提:评论家必须既有作为读者的身份定位,又绝不能仅仅满足于对作品的赏析。对话双方应该有境界相当而且平等坦率的相互交流。境界相当才有对话的基础,彼此观点相左甚至针锋相对才能产生"复调"效应,才有利于出现智慧的相互碰撞。现在常见的对话录大多是几个人圈定一个主题,各自寻找角度展开罢了,说来说去无非异口同声,而这个声音又基本是对所讨论作家作品不遗余力的推崇揄扬,何来对话,又何必对话?

三、理性化:历史感与参照系

"重返 80 年代文学"时,学者们最需要的,当然不是"浪漫化"怀旧与"经典化"冲动,而是真正的"理性化"审视:冷静客观地剖析 80 年代文学的优点及其缺憾,它与 90 年代之间的深层精神关联,然后才能具有针对性地鉴往知来,从而更好地促进当下文学创作的发展。

首先,80 年代文学的空前繁荣事出有因,那是从 50 年代中期以来几代

---

① 德国学者伊瑟尔:"文学本文具有两极,即艺术极和审美极。艺术极是作者的本义,审美极是由读者来完成的一种实现。从两极性角度看,作品本身与本文或具体化结果并不同一,而是处于二者之间。"见[德]沃尔夫冈·伊瑟尔:《阅读活动——审美反应理论》,北京:中国社会科学出版社 1991 年,第 29 页。

② [法]罗兰·巴特:《作者之死》,载《罗兰·巴特随笔选》,天津:百花文艺出版社1995 年。

人压抑已久的文学激情得以"集中喷发"(程德培语)的结果,没必要把它归因于80年代"被夸大了的理想主义"(吴亮语)。① 文坛收获同样有"大小年"之别,指望80年代之后,连续出现同样规模的创作高峰是不太现实的。80年代文学喷发之前有几代作家的沉潜积淀,焉知90年代以后不是又一轮沉淀积累的开始? 创作高峰不是喊出来的,要想迎来下一个文学高峰,作家、评论家们都必须经过长时间的自我磨砺与努力,"谁终将声震人间,必长久深自缄默"②。

其次,90年代后文学丧失以往的社会效应,不是因为作家们创作水准跌入谷底,而是中国社会文化的重心、形式等诸方面转型的结果,不要过分厚此薄彼。社会文化转型与文学相关的,至少包括两方面的内容:一是指中国社会由"政治"主导向"商业"主导转型。文学家当然不必如青灯古佛般安贫乐道,但毕竟以个人的内心境界为上。以往作为"官家婢女"(政治工具)的风光固然不值得留恋,嫁作"商人小妾"(经济附庸)的荣耀其实也无甚光彩可言。既然置身浮躁喧嚣的现代社会而渴望以文学安身立命,就必须有大隐隐于市的慧眼与定力,不能因一时的荣辱得失迷失自我。二是指大众文化消费的主要形式,由纸质文本向影视网络等新媒体过渡。90年代后,刘恒、朱苏进等著名作家转而致力于影视剧创作,成就颇为可观。相形之下,固守文坛者就相对冷清寥落得多。但就此感慨文学渐趋死亡大可不必,文学或许不如以往红火,但它是一切新兴媒体艺术的基础与根本。并非所有成功的作家都能够转型成功,但不经过足够的文学训练,没有相当的文学功底绝对无法成为优秀编剧。许多大红大紫的影视作品都是由成功的文学作品改编而成,改编热映之后反过来又会促进纸质文本的畅销。假以时日,文学或许会换种存在形式,但文学者视若生命的人文精神本身不会消亡,一味杞人忧天或愤世嫉俗大可不必。

再次,重返80年代,盘点文学遗产时需要引入真正的世界文学的比较视野。众所周知,80年代文学受惠于西方现代主义文学思潮良多。但以往

---

① 陈村、吴亮、程德培:《80年代:文学·岁月·人》,《上海文学》2008年第5期。
② [德]弗里德里希·尼采:《谁终将声震人间》,《尼采诗集》,北京:中国文联出版公司1986年,第112页。

研究者谈到此处往往轻飘飘一语带过，极少深入探讨。影响所至，当代文学史研究中严格意义上的影响研究寥寥无几。其实比较研究未必一定降低作家作品的原创价值，任何作家都是在古今中外众多前辈作家丰厚的文学遗产的笼罩下呼吸成长起来的，创造性的模仿乃是走上文坛的第一步，讳莫如深既不现实也无意义。详细探讨研究对象如何从最初对前辈名家的亦步亦趋，到后来另辟蹊径确立自己的创作个性，比泛泛而论地列举作家的艺术特征更有意义，更具有文学史价值。人们谈论真正的文学大家时，很自然地就会将其置于世界文学的大背景下讨论其文学成就与艺术个性。当代文学批评对足够自信的成熟作家做的细致深入的比较分析研究，对其日后走出"国门"，进入世界文学的学术视野是有相当益处的。

"重返80年代文学"，当然不是简单意义上的重返文学现场，更不是简单的浪漫化怀旧，而是为了理性化地认清和弥补那个年代的遗憾与不足，进而超越那个年代的精神，最终创造真正属于文学的美好未来。

第二节　学术脉络：当代文化思潮与社会变迁

当代中国知识分子对20世纪90年代文化的认可度普遍偏低，这一点从当年影响广泛的"人文精神大讨论"即可窥得一斑。不过一味情绪化地指责90年代太重实利、不够人文，未免太过空泛。好在那一代知识分子中，不乏带着人生与社会的大问题潜心学术者。细心考察其间的学术脉络走向，能够给人更多的启迪与思索。

在20世纪80年代叱咤风云的文化英雄中，南帆或许并非最耀眼、最具号召力的明星，但至少是最清醒执着、最具学术活力的一个：80年代初成名于文化中心上海，而且师出华东师大徐中玉先生门下，却在文化环境最为宽松的当时，婉拒师友们的盛情挽留，执意返回故乡福建静心治学；①90年代后经济大潮席卷全国，著名学者们频频转会走穴、名利双收之际，南帆不仅理论研究著述甚丰，而且散文创作颇有可观，偏偏在一般人眼里的边地福建

---

① 赵玫：《通向愿望的桥梁——南帆印象》，《当代作家评论》1988年第2期。

固守至今,以致本省名家孙绍振都觉出乎意料;①21世纪以来,多数文化英雄已经停止呼喊,满足于在文化"名人堂"中缅怀昔日荣光,南帆却依然笔耕不辍,而且成了国内新学——"文化研究"领域的领军人物之一。

近年来,随着自身学术影响力的不断扩大,南帆本人逐渐也成了学界文坛感兴趣的一个话题。不断有相关评述文章出现,作者们热衷于从各个角度分析:如此旺盛悠长的学术生命何来?——其实答案并不复杂,他是少数内外如一,真正将学术研究与为人处世完美结合的学者,在其著述与思想之间有一种奇妙而稳固的精神关联。"对我来说,写作往往是穿越迷惘的一种形式。"②只要生命犹存、人文忧思仍在,内心自我与外在世界的紧张关系没有消失,就会不断遇到新的问题需要思考,就能保持学术思维的活力与动力。这一点可从南帆数十年来一以贯之的文学观念与治学思路中窥得端倪。

一、80年代:文学研究

80年代初,国内学界大多数人的文学观主要是传统的"工具论"与激进的"纯文学"两种。前者的支持者实际包括许多力图拨乱反正的文化英雄,文学思想无关乎政治是非,在重视文学的社会职能,视其为改造社会的工具这方面,"新启蒙主义"与革命话语并无太大差异;后者貌似超脱,其实不过是前者的反题,正如加布里埃尔·塔尔德所言,模仿有两种,一种是亦步亦趋地模仿对象,一种是反其道而行之。③ 这种暗含"压迫与解放"思想背景的观点,既不是真正从文学本身出发,又容易将文学"本质"视为某种固定不变之物,长远看来实际也不利于文学的发展。

虽然同样拥有改变社会的迫切愿望,南帆却从未因此接受任何功利主义文学思虑。他从一开始就以从容平和的人间情怀思考文学,既没有把她贬为低贱的政治婢女,也不曾将其奉为高贵的艺术女神;不是将其完全孤立

---

① 孙绍振:《解读南帆的"酷"》,《山花》2003年第12期。
② 南帆:《第一版后记》,《文学的维度》,北京:人民大学出版社2008年,第314页。
③ 〔法〕加布里埃尔·塔尔德:《第二版序》,《模仿律》,何道宽译,北京:人民大学出版社2008年,第9页。

起来界定所谓内涵外延,而是尝试思考文学之于"人"和"世界"的"精神关联"而非"利益联系"。这种思考并非一时一地的兴趣,而是贯穿整个学术生命的漫长理论沉思。在离开上海三十余年内陆续出版的《理解与感悟》(浙江文艺出版社,1986)、《冲突的文学》(上海社会科学院出版社,1992)、《文学的维度》(上海三联书店,1998)、《文学理论新读本》(浙江文艺出版社,2002)、《文学理论》(北京大学出版社,2008)、《文学批评手册:观念与实践》(北京师范大学出版社,2011)等论文集或专著中,南帆不断深化更新自己的知识结构。论著的撰写过程,其实就是他对文学的理解认识逐渐深入的过程。

早在 80 年代初踏入学界伊始,南帆便开始了"文学是什么""文学的存在意义"等终极拷问。虽然他毫不浪漫地声称自己之所以走上文学之路,除兴趣之外,是因为下乡插队时期条件有限,"从事文学研究成本低廉恐怕是一个重要原因"。[①] 但那个年代饱尝人生甘苦后仍然选择文学的人,对文学普遍有相当的人生期许。1986 年南帆将自己 80 年代论文代表作辑录而出版了第一本论文集《理解与感悟》。在起首第一篇文章《文学的世界》中,他开宗明义地讲:"文学意味着人与世界之间所缔结的一种特殊关系……人类接触和了解世界的一种奇异方式"。[②] 与"新启蒙"或"纯文学"不同,此观点既直指个体内心又保持着适当入世的心理距离,兼具改造社会的现实热忱与自我认识的超越冷静:"文学世界是外在世界经过情感选择之后的再现。……当这种情感经验无形地影响着人们在生活中的选择和创造时,这也就意味着文学的世界将在某种程度上修正了人们未来生活的蓝图";而"当世界在文学的眼光中旋转出深藏的一面时,人们也就相应地丰富和重新认识了自己"[③]。作家的志趣、性情不同,对世界与自我的情感认识各异,作品便会千姿百态。在中国这块苦难纷扰的土地上,凌空高蹈的纯粹艺术苍白乏力,改天换地的社会美学近乎虚妄,或许唯有如此谨慎切实的理论才是真正

---

① 南帆、滕翠钦:《解放的能量——南帆教授访谈》,《学术月刊》2012 年第 1 期。
② 南帆:《文学的世界》,《理解与感悟》,杭州:浙江文艺出版社 1986 年,第 1 页。
③ 南帆:《文学的世界》,《理解与感悟》,杭州:浙江文艺出版社 1986 年,第 8—9、11 页。

具有现实意义的个性美学。在"激情有余、理性不足"的80年代(李泽厚语),①如此清醒的声音实不多见。

文学是自我与世界对话的方式,这是南帆最重要的美学思想之一。并非所有人都能意识到自我与世界的紧张关系,能准确定位这种关系的更是凤毛麟角。诗人北岛曾经写道:"在我和世界之间/你是海湾,是帆/是缆绳忠实的两端。"②诗人以喻入诗,写出了世界无限与人类的终极向往,以及二者若离若合的微妙变化关系:"海湾""帆""缆绳"等语喻指"包容""拯救"和维系自我与世界之间紧张关系的精神"纽带"。然则"你"究竟为谁,何以能够担此重任?诗中语焉不详,不过对笔名相映成趣的北岛、南帆而言,答案或许并无二致:他们都是以"文学"为灵媒,往来于内心自我与生活世界之间的天之骄子。

80年代的作家、评论家是幸福的,因为只允许一种作品存在的时代刚刚过去。与这种骤然获得的巨大幸福相伴而生的后遗症,是人们创作、评论时总是过分集中于思想内涵而忽略艺术形式,"至少在20世纪80年代上半叶,形式的研究似乎过于精致而至于落落寡合"。南帆却是极少数例外之一:"自从开始介入文学研究,我对于文学形式的兴趣就未曾稍减。"③在当时大多数人争论哪部作品、什么思想对社会理解正确,甚至足以改造中国之际,他最关注的却是"作家的创作模式"——"作家之所以选择一种艺术模式对待世界,往往是因为这种艺术模式最大限度地吻合了他对于世界的艺术把握方式"④。这一研究兴趣的产生,未必出于文艺学专业背景所致的纯理论倾向,更可能是因为这位青年评论家渴望借鉴那些思想敏锐成熟的作家们观察、思考与把握社会现实的方式。"杰出的文学作品往往只是为人们的精神开启了一扇世界之窗。"⑤《理解与感悟》一书中为数不多的作家论几乎涵盖当时所有小说名家:王蒙、刘心武、韩少功、刘绍棠、王安忆、张承志……

---

① 马国川:《我与八十年代》,北京:生活·读书·新知三联书店2011年,第66页。

② 北岛:《北岛诗选》,广州:新世纪出版社1986年,第36页。

③ 南帆:《压抑和解放:日常生活的细节和符号(代序)》,《当代文学与文化批评书系·南帆卷》,北京:北京师范大学出版社2010年,第9页。

④ 南帆:《论小说的情节模式》,《理解与感悟》,杭州:浙江文艺出版社1986年,第231页。

⑤ 南帆:《选择的进步》,《理解与感悟》,杭州:浙江文艺出版社1986年,第100页。

而且无一例外从作家感悟与观察社会的独特角度入手剖析小说"程式"与"风格",或许就是因为南帆想多开几扇窗子观察世界。在社会上翻过筋斗的作家往往擅长春秋笔法,可笔墨背后连缀世事人情的心理动因与思维结构毕竟无法作伪。王蒙的"东方意识流"小说刚问世时,几乎被一哇声地批评为叙事炫技,南帆却从中看出了迥异于以往的情感模式:"这种艺术把握方式无意于精细地分析人物命运与事件过程,情绪的逻辑与起伏赋予新的艺术模式以内在秩序和外在框架。"①他相信情感模式与小说结构之间关系密切,认为"小说艺术呈示的是人们以往审美情感发现、接触、感知、判断和把握现实世界的过程"②,故而将小说结构的多样性归结为作家感受世界时情感的丰富性与复杂性。在专著《小说艺术模式的革命》(生活·读书·新知三联书店上海分店,1987)中,南帆认为"小说艺术的一个重要功能在于聚敛和储蓄审美情感"③,进而把"文革"过后10年间当代小说技法的突飞猛进,与人们长期酝酿的内心复杂情感的逐步显现联系起来,结合西方叙事学理论,从当代小说中归纳与提炼出"性格—事件模式""心理—情绪模式""象征模式""复合模式"等叙事结构。结果这本不过12万字的小书,被推崇为"对新时期小说文体风格进行最精当总结的著述"④。

张晓丹曾赞许南帆的研究为打通文学"内部研究与外部研究之间的隔绝的工作"⑤。评价非常准确,却因忽略南帆的文艺学出身未能进一步指出:如此偏爱而且反复选择当代文学为研究对象,本身就意味着对现实的炙热关怀与深切思考。在80年代那个社会理想普遍高昂的特殊时期,除先锋小说外,文学作品缺乏强烈现实意义而想引起社会反响,可谓难上加难;没有对中国社会的深入思考与把握,而想通过驾轻就熟地谈论、比较当时众多

①　南帆:《论小说的情节模式》,《理解与感悟》,杭州:浙江文艺出版社1986年,第239页。

②　南帆:《小说艺术模式的革命》,上海:生活·读书·新知三联书店上海分店1987年,第16页。

③　南帆:《小说艺术模式的革命》,上海:生活·读书·新知三联书店上海分店1987年,第15页。

④　陈加伟:《人生体验与文本意识的双重变奏——评南帆〈阐释的空间〉兼谈知青批评家》,《小说评论》1991年第5期。

⑤　张晓丹:《打通一堵墙——读南帆的〈理解与感悟〉》,《读书》1987年第12期。

小说名家得到学界认可,同样难上加难。南帆之所以能够崛起于80年代,当然是因为他与同辈作家声息相通,拥有同样的文学激情和社会理想——在南帆看来,创作与评论无非人们把握世界的不同艺术方式:"各种文体无非是不同历史时期人为的形式规定。哪一种文体有助于与世界对话,就可以任意使用……从诗歌到学术论文,没有必要把任何一种文体神圣化"①;他之所以最终以评论名世,恐怕不仅仅因为个人偏好,更是由于对自我与当时社会的清醒定位与深入洞察。从南帆整个80年代的文章风格来看,虽然同样才气纵横,但总体来说以冷静理性取胜,缺乏当时热血满怀的文艺青年们最推崇的"片面深刻",从未流露当时其他文化英雄以文学文化直接干预中国社会未来走向的澎湃激情。换言之,南帆不乏社会理想,但性情散淡低调,未必认可当时文艺青年们的浮躁激进,甚至在形势大好之际就主动远离、自我放逐,自然没有后来遭遇挫折的巨大失落与停滞。

近些年来随着查建英《八十年代访谈录》(生活·读书·新知三联书店,2006)、甘阳《八十年代文化意识》(上海人民出版社,2006)与马国川《我与八十年代》(生活·读书·新知三联书店,2011)等书的热销,文化圈、学术界内"80年代怀旧热"潮涨潮落,许多蛰居已久的文化英雄抖掉时光的尘埃,重新进入人们的视野。南帆作为当年重要亲历者之一,却没有热心参与,还曾屡次直言不讳地批评当时影响甚大的"纯文学"理论为"空洞的理念":他承认当时这一概念的提出"肯定了文学的自律、自足和独立……意味了美学上的个人主义。至少在当时显示了强烈的反抗性;但依然强调指出"'纯文学'不是一个令人惊叹的理论发现,这是一个功能性的概念"②,80年代人们用它来"甩开传统意识形态"后,代之以纯粹的自我、个人自由等主体理论或个人主义话语。然而在西方,"结构主义将语言以及诸种符号视为一个强大的结构,主体或者自我不过是结构之中的一个成分","主体或者自我……不再被想象为独立于所有社会关系的超然实体。语言符号及其附带的意识形态密集地编织到主体的形成之中,成为主体的内在组成部分,甚至设定了感觉

① 南帆、滕翠钦:《解放的能量——南帆教授访谈》,《学术月刊》2012年第1期。
② 南帆:《后革命的转移》,北京:北京大学出版社2005年,第31页。

的密码","存在主义式的自由毋宁说是一种幻觉"。① 从这个角度来看,南帆固然对自己与朋友倾注了青春、热情与智慧的 80 年代文学感情颇深,但不赞同今天人们用想象将 80 年代勾勒得如同乌托邦、太阳城一般辉煌灿烂的做法。毕竟,80 年代说到底只是一次夭折了的"新启蒙主义"运动。虽然充满理想热情,但若从历史与理性的高度回望,无论在抽象学理或具体现实上,80 年代的最大贡献都在于许多深刻问题的尖锐提出而非实际解决;许多一度令人热血沸腾的理想蓝图,冷静下来后都会发现太过粗糙草率而缺乏可操作性,远远不能为当下现实难题的解决提供精神资源。理想主义的浪漫底色再重,也无法改变这铁一般的事实。真正继承、纪念既往理想信念的方法,不是在昨日的温馨回忆中沉醉叹息,而是从旧日的精神原点披荆斩棘继续前行。进入 90 年代后,南帆日复一日地端坐于青灯黄卷之间,无数在心头涌动的思绪渐渐化入笔墨弥漫开来、飞扬而去,不知不觉心境与思索都已离那个浪漫季节很远了。

二、90 年代:文化转向

不过,在多数中国知识者眼里,80 年代虽不完美,但至少在其中绝大多数时间内,还是比铜臭满眼的 90 年代来得可亲可敬。王晓明等人发起的"人文精神大讨论"便是这种思想倾向的集中体现。南帆当然不会欣赏 90 年代的功利世俗,但并不赞同将其简单抽象完全否定,而是主张仔细研究、认真对待。

毋庸讳言,改革开放虽然号称 30 年,但进入 90 年代之后的 20 年才是中国社会真正剧烈转型的关键时期:社会环境的剧烈动荡、思想观念的碎片化与失落感,使中国知识界普遍陷入痛苦迷惘而集体失语的尴尬境地。"人文精神大讨论"固然是人文知识者愤世嫉俗而对全社会发出的呼吁,何尝不是他们为摆脱这次大范围精神危机的一次集体自救? 这次社会动荡与精神危机在中国知识界影响极大,即便远在千里之外的南帆,在它无远弗届的余波荡漾之下,也适当调整了自己的学术规划。1986 年出版的《理解与感悟》足以说明这一点:书中三分之一的篇目探讨中国古代诗论问题,分别出自徐

---

① 南帆:《后革命的转移》,北京:北京大学出版社 2005 年,第 255—257 页。

中玉、南帆师徒之手的《前言》《后记》都谈到他下一步准备致力于此。显然，南帆离开上海之初，本想谨遵师命，沉潜下来研究中国古代诗话、文论的现代转化。然而，当灭世洪水扑面而来时，还是先打造方舟自救救人来得要紧。换言之，90年代后南帆搁置纯学术研究而毅然转型，是迎接伴随时代变革而来的现实挑战的必然。

不过南帆这一转型与众不同，实际包括"文学创作"与"理论转型"两方面内容。南帆的文学创作其实开始甚早，但80年代时一来数量不多，二来优秀作家层出不穷，又是同龄人经历情怀大体相仿的时代，对社会人生的理解、感悟与思考相去不远。对志在千里的青年评论家来说，纵有千般心绪，既可借他人酒杯浇自己块垒，又何必自己操刀？然而90年代之后，文学不再是对社会人生变迁最敏感的神经，许多作家因与现实人生隔膜而失去了对社会发言的能力，文学评论也相应地失去了以往穿透人心的智慧……"作家中心的文化图像成了一种过时的浪漫主义幻觉，一批精神领袖开始忍受形影相吊的煎熬。……文学不再扮演文化先锋的角色。"①在这个寂寞寥落的当口重拾散文创作，多少有些忧愁幽思发而为文的意味。故而南帆的8本散文随笔集胜在思维的含量与密度远超同侪。孙绍振称他开创了一类超越审美审丑的审智散文②，甚至断言"在文学史上，他的散文比他的文学评论还要重要一些。"③不过，审智一词显然无法概括南帆散文的全部。回忆性散文集《关于我父母的一切》将其对人性与历史的深沉思考与无尽喟叹，不着痕迹地融入个体命运在时代大潮中风雨飘摇的感伤叙述之中。此文诚为追思父母之作，但作者对当下现实的无奈感慨流露无遗，可说介于追思父母与自我表达之间。"个人在时间和历史面前的无奈、沧桑和沉痛，一直是南帆散文写作的重要母题。"④南帆由此获得第三届"华语文学传媒大奖·年度散文家奖"，可谓实至名归。然而散文之于南帆，终究不过无心插

---

① 南帆：《四重奏：文学、革命、知识分子与大众》，《后革命的转移》，北京：北京大学出版社2005年，第1页。

② 孙绍振：《散文：从审美、审丑（亚审丑）到审智——兼谈当代散文理论建构中历史的和逻辑的统一》，《当代作家评论》2008年第1期。

③ 孙绍振：《解读南帆的"酷"》，《山花》2003年第12期。

④ 谢有顺：《打扫细节，测度人心——我读南帆的散文》，《文艺争鸣》2007年12期。

柳之作，"很长一段时间里，我总是漫不经心地将散文当成了放置边角料的后院。我将那些论文——我所习惯的文体——难以容纳的感触、事件、怀想、幻念寄存在散文里面，如同听候征用的文学档案。"①

90年代后，他着力最多的还是从文学研究到文化研究的"理论转型"。肇始于欧美的文化研究固然研究通俗大众文化，本身却是综合结构主义、意识形态、符号学……演化而成，理论之艰涩高深丝毫不亚于其他西方哲学流派。"转型"不仅需要表层的知识更新与积累，还包括深层思维范式的探索与转换。"选择不是探讨的终结，而是探讨的开始"②，不少学者为此进退失据，有的甚至就此意气消磨而退出学界。南帆之所以能够顺利转型成功，是因为他对文学的理解原本就有结构主义与话语分析的影子，本就与文化研究的理论思路相契。他1984年获奖的毕业论文《艺术分析中多重关系的考察》曾被认为暗合巴赫金的理论③，其实与论文集《理解与感悟》将文学阐释为"人与世界的关系"的观点相似，虽然极有可能是从马克思主义哲学普遍联系的观点生发而来，但已初具布尔迪厄的文化"场域"理论的雏形。80年代他致力于文学研究，因为那是"理解把握世界的艺术方式"最佳方式；90年代后稍具时代敏感的知识者都能察觉到社会环境与文化氛围的剧变，"由于后现代主义的策动，一个反对深刻的时期正在降临——文学尤其如此。喜剧、无厘头、奇幻的想象，某些轻盈光滑的句子，动漫和游戏程序设计的故事，这一切都足够填充人们的心智"，既然以直面现实为己任，就不应回避现实的挑战，"我愿意如此想象批评的使命——批评不仅鉴别和评判文学，而且分析哪些意义正在配置如今的生活"④。故而90年代后南帆文章中，西方文化研究与文化批评理论逐渐增多：1992年出版的《冲突的文学》只增添了结构主义语言学和符号学的内容，仍可纳入传统文学研究的范畴；1998年的《文学的维度》则焕然一新，不仅以"语言、修辞、叙事话语、文类"等纲目结构全书颠覆了传统的理论框架，而且开始介绍"话语与影像""身体修辞

①　南帆：《获奖致辞：散文——小人物的历史》，《关于我父母的一切》，北京：人民大学出版社2011年，第223页。

②　南帆：《选择的进步》，《理解与感悟》，北京：浙江文艺出版社1986年，第105页。

③　朱水涌：《南帆与中国当代文学批评》，《当代作家评论》1995年第5期。

④　南帆：《后记》，《优美与危险》，郑州：河南大学出版社2009年，第336、338页。

学"等大众文化理论;2002年的《文学理论新读本》中,"传播媒介""文学与性别""大众文学""文化研究"等扩展为专章;2008年,进一步修订后增加了"文学与宗教""文学与地域"等专章的《文学理论》,由北京大学出版社以正式大学文科教材的形式发行全国……每一个细微坚实的进步变化,都是南帆多年来将文学置于现代社会中政治、商业、学术等诸多话语系统交汇冲撞的文化场域进行理性剖析而来。量的积累总会导致质的改变,有心人都能注意到90年代后南帆学术研究中的"文化转向"。他的著作从微观术语、整体框架到所操持的理论研究方法,都为"理解和把握(当下现实)世界"而发生了巨大变化。倘把南帆最初的《理解与感悟》(浙江文艺出版社,1986)与后期的《双重视域——当代电子文化分析》(江苏人民出版社,2001),放在一起平行比较:一边探讨以天下为己任的当代小说、古代诗论,一边分析旨在削平深度娱乐至死的影像、广告和网络……巨大的时代落差与理论视野的深入拓展,极易使人产生出自两人之手的错觉。

　　南帆以文化研究把握社会现实的具体方式,主要是"多元对立"的话语分析与当代"关键词"的概括研究相结合。前者由他早期"二元对立"的研究框架演化而来:"二元对立"并非简单的非此即彼,而是"结构主义语言学中的一个极其重要的原则"——"结构主义语言学的依据不是一项单独的二元对立,而是一连串二元对立形成的链条。……一种二元对立的差异是认识的开始,认识的结束必须诉诸众多的二元对立"。[①] 以往偏执非理性的革命话语实际是将"一连串"二元对立生硬简化为"一个",有意无意地遮蔽了某些社会历史的真理。"文化研究"的宗旨之一便是重新还原那些被意识形态遮蔽的因素,考察它们如何形成一个相对固定的场域,并如何相互作用——"文化研究的一个理论转折就是反对简单的经济决定论……"[②]80年代起南帆就喜欢效仿西方哲人,使用《存在与虚无》一类兼具深度、文采的书名:《理解与感悟》(浙江文艺出版社,1986)、《敞开与囚禁》(山东教育出版社,1999)、《优美与危险》(河南大学出版社,2009)、《关系与结构》(吉林出版集

---

① 南帆:《研究方法、过度阐释与二元对立》,《文学批评手册:观念与实践》,北京:北京师范大学出版社2011年,第245－246页。

② 南帆、刘小新、练暑生:《文学理论》,北京:北京大学出版社2008年,第329页。

团,2009)、《文本生产与意识形态》(暨南大学出版,2002)、《星空与植物》(河北人民出版社,1997)、《自由与享用》(百花文艺出版社,1999)、《现代性与符号角逐》(当代中国出版社,2005)……不只出于对大师经典的向往,更是因为"某种二元对立的设立可能是一个精彩的发现",①有可能建立一种新的联系,从而提供了思维飞扬的活力与张力。不过因为现实中的场域往往系"多元"博弈而成,故而南帆后来倡导"关系主义",认为无论当代严肃文学还是通俗文化,都应置于政治学、经济学、历史学、新闻、哲学、社会学等众多话语系统之间考察,在多元关系的交叉对峙中确认它们各自的参照坐标。后者力图通过对某些"关键性"概念的归纳提炼来把握社会现实演变的时代脉搏,研究灵感来自雷蒙·威廉斯的名著《关键词》。南帆在其主编的《20世纪中国文学批评99个词》(浙江文艺出版社,2003)中认为:"阐释这些概念也就是从某一个方面阐释一个时代。"②粗看近于哲学领域内的"观念史"研究,但南帆等人特别关注的是这些"关键词"在中国当代文化网络中的位置与影响,对勾勒其意义流变脉络的学术史研究的兴趣不浓。倒是后出的《五种形象》(复旦大学出版社,2007)只从20世纪中国文学与文化史中选出"典型""现代主义""底层""小资产阶级"和"无厘头"等五个各时期最具代表意义的"关键词"深入剖析、详加论述,寓意深远而鞭辟入里,俨然一部具体而微的百年中国文化思想史。当然,最理想的研究方案莫过于将一组"多元对立"的"关键词"置于适当文化场域中进行话语分析,《四重奏:文学、革命、知识分子与大众》(《文学评论》2003年第2期)、《现代主义、现代性与个人主义》(《南方文坛》2009年第4期)等颇具影响的理论长文由此而来。

然而,南帆虽然在"文化研究"领域成就斐然,但他当初之所以转型绝非认为文学既已丧失社会中心位置,进一步研究就失去意义;而是因为在通俗文化已成为当代最重要的文化现象时,要对社会现实发言,绝不能抱残守缺,对其视而不见。在他看来,文学研究与文化研究并不矛盾,"文学研究"

---

① 南帆:《研究方法、过度阐释与二元对立》,《文学批评手册:观念与实践》,北京:北京师范大学出版社2011年,第246页。

② 南帆:《前言》,《二十世纪中国文学批评99个词》,杭州:浙江文艺出版社2003年,第2页。

是以问题为中心的"文化研究"的一部分,只是把文学放到更广大的文化网络来分析。"文化研究并不拒绝以文学为中心,文化研究拒绝的是封闭的文学观念——文化研究必须穿透文本的内部与外部,揭示二者之间隐秘而复杂的互动关系。"①如他曾两度分别以文学与文化的不同视野审视《白鹿原》这篇小说时,基本观点虽然相差不远,但分析重点明显不同:前者是在文学话语所导致的叙事方向的角度,后者却是在全球化和现代性语境中审视其价值观、文化观。这种研究其实更接近文化批评。南帆当然也有不少真正完全以影视传媒等大众文化作品为研究对象的理论文章,有些评价相当精到,但偶尔也有略有隔膜、过于苛刻的时候。比如他分析《大话西游》时,对无厘头这类当代青年亚文化中的特有的叛逆形式评价明显偏低。对一个不管世事变迁、始终固守精英文化立场的学者而言,或许这是在所难免的。

一般来说,问题意识大小有无、敏锐程度,以及追问解答的韧性与深度,是引导决定学者最终治学方向与发展阈限的关键。南帆视文学艺术为探索思考自我与世界关系的中介,视学术研究为关注社会现实问题的途径,最终意欲寻找的,是个性自我在变动不居的时空内的精神定位与应对策略。

四方上下曰宇,往古来今曰宙。说白了,外在世界无非是个体赖以生存的具体时空。80年代时,南帆努力思考的主要是自我与社会空间现实的关系;90年代直至新世纪以后,迫切关注的主要是自我与时代变化思潮的关系。或许偶有瑕疵,但他对变动不居的中国文化现实与时代脉络的执着探究毕竟从未停止。某种程度上,可将其30年来的学术研究轨迹视为当代中国学术思想演进与嬗变的一个缩影。这让人想起康有为晚年时的一声叹息:"我的东西都是二十六岁以前写的。卓如(梁启超的字)以后继续有进步,我不如他。"②遗憾的是此类生命不息、思考不辍的学者实在少之又少。

---

① 南帆:《文化研究:打开了什么?》,《后革命的转移》,北京:北京大学出版社2005年,第267页。

② 胡颂平:《胡适之先生晚年谈话录》,北京:中国友谊出版公司1993年,第31页。

第六章　改革开放以来的文化嬗变

20世纪90年代初以来,中国政府全力推行改革开放。在官方倾力经济的舆论号召下,此次运动深刻改变了中国社会的方方面面,影响极其深远,客观上推动了中国当代文化的重大转折。[①]

本章旨在以知识分子群体为切入点,分析中国社会转型以来的文化舆论与精神面貌。中国知识分子自古即有热心以自身所学参与时事舆论的传统:古代文人的舆论立场,基本可用朝野之辨区分概括;当代知识分子则因制度剧变、行业有别,散落于官场、民间、学院等各个领域,以致陈思和认为中国知识分子应转变观念,从启蒙大众的"广场"撤离,回到民间建立以劳动为本的"岗位"意识[②]。现实状况也大抵如此,在政治体制、商业传媒的两面夹击收编之下,当代知识分子赖以生存的精神空间日趋狭窄,这一群体分化萎缩的趋势日见明朗——最要命的是政治体制有逐步延展深入之势,向来人称"象牙塔"的高校学院,已失去了昔日"精神家园"超然于世俗算计之外的文化地位;热衷媒体走穴名利双收、疏于传统人文关怀理想的专家型知识者日益增多,真正胸怀天下脚踏实地、默默为民族文化大业修桥铺路的知识分子日渐稀少。

既然政治体制大面积渗入学院,学术明星们又早已抛弃了人文学者的

---

① 第五章第二节已部分涉及相关问题,不过并未充分展开,而且主要以著名学者南帆为个案进行分析,侧重南帆80年代以来的思想转折,故而并不重复。

② 陈思和:《中国现当代文学作品十五讲》,北京:北京大学出版社2003年,第78页。

文化自觉,分析研究当代文化时,"民间""学院"等概念的内涵外延,也不该完全拘泥于传统范畴。易中天虽然出身学院,但其公众人物的身份得自电视媒体、精神取向偏于世故媚俗,退休后又无官方身份,是以归入"民间(体制内)"的范畴,与摩罗、王开岭等自觉置身于"民间(体制外)"的开明知识分子相映成趣。当然,固守"学院"的亦非全是人文知识分子。当代小说中专有"高校小说"一类,大多善写高校教师们道貌岸然之下的人生百态。倪学礼《六本书》以中篇的篇幅,犀利透彻地写出了高校教师内心灵魂堕落的种种因由情态,深度力度远胜许多同类的长篇小说。在如此混乱不堪的社会背景映衬下,王铁仙等人苦心孤诣地通过积极参与中小学教材改革而切实继承推进"五四"文化启蒙的努力,就很让人感慨了。与那些银幕上风光无限却硬伤不断的学术明星相比,这才是真正以自身所学服务民族文化事业的人文知识分子。

第一节　民间视野:体制内外的狂狷媚俗

肇始于20世纪90年代初的商业大潮,促进了中国各色文化传媒的大发展。传统出版业首先发力,推出了许多以往只能在自己书斋里默默笔耕、自娱自乐的自由思想者。比如当时曾在年轻读者中广为流传的"新青年文丛"中的几位作者,摩罗、王开岭等人。他们多数是起步于80年代的文艺青年,个人虽然思想新锐、才华横溢,按以往的社会常规发展,多半会以教师、文员等传统行业终老。有了适当商业空间之后,这种以往屡遭主流社会排斥的边缘性思想随笔,却能在出版商的积极运作宣传下,成为民间社会的商业热点。仅此一点,就不能说90年代的文化衰落。21世纪后,《百家讲坛》等电视传媒节目开播,更是使易中天等人一跃成为全国观众眼中的学术达人,影响面可谓惊人。可惜节目过于追求收视率,官方媒体的政治衡量也有一定制约,几年后便失去了最初的热度。

一、体制外的狂狷

王小波爱读英国维多利亚时期的地下小说,以为它们跟杜拉斯的小说一样,凸现了人性某些方面的真实。虽然那些小说中国读者大多无缘触及,但"地下写作"这几个字眼本身就给人以自由、真实、非主流的感觉,尽管它们有着这样那样的毛病,尽管它们经常一叶障目、不见泰山,但那毕竟是个性不羁的声音。与主流文化那种面面俱到、滴水不漏而沉稳有力的"铁锤作风"不同,它们更像一把把"匕首",攻其一点,不计其余,虽然逆耳却绝无私心,不免偏颇可实有所见,往往说得出更深层面上的真实。那是一群自由精灵无拘无束的心灵梵唱。他们的文字野火一样明朗热烈、来势凶猛,而且同样的咄咄逼人。但若真的用心灵去倾听、去感受,你就会像古时幽居空谷的隐士突然听到山外传来错落有致而清晰可辨的脚步声一样,惊喜地意识到:一个全新的世界向你走来了……

如今,在比较宽松的社会环境中自觉坚持民间立场或个人主义的作者不少,摩罗有着在黑暗中挣扎着搜索阳光的漫长而复杂的人生经验。这经验使他痛苦,同时丰富着他的心灵。《耻辱者手记》中写得最好的是那些在近乎绝境中等待、奢望某一缕阳光能演化成一个奇迹,从而改变其生存境况时的悲喜交集、涕泪交流的心灵笔记。她们如此真实,如此动人,透过书页,我们甚至可以触及那颗痛苦而又执着的心脏"嘭嘭"的跳动。因此,有人称他为"中国的别林斯基"。就摩罗论文中强烈的正义感、社会责任感来说,此言并不为过;但从文章的力度、深度和对某些作品的把握以及对广大读者灵魂的触动来看,摩罗暂时还戴不上这顶沉甸甸的桂冠。应该给的,时间和人心迟早会给,我们又何必着急呢?

客观说来,摩罗最深切动人的文章,还是那些对灰色往日的咀嚼和回味;而俄国的别林斯基,则是以其对国家命运、人类灵魂的焦灼与呐喊,热爱与献身才获得思想者的不朽英名的。如果说"民间"代表着非主流的价值取向,"思想者"应该包含超越世俗小节、着眼于国家和民族、人生与灵魂等形而上的思考的话,摩罗还刚刚迈出成功的第一步,暂时处于"民间思索者"的阶段。当然,这已相当难能可贵。

与沉郁愤懑的摩罗不同,王开岭讲究文笔的洗练优美、含蓄蕴藉。他的不少文章,如《如果,一朵花很美》中,都有对纯美无瑕的境界的抒写,那不会是对灰色小城的真实写照,只能是作者内心诗意的自然流露。王开岭更接近一个耽于浪漫的诗人,而不是什么自由主义思想者:身居闹市,却始终不肯、不愿、不想融入其中;他的灵魂始终拒绝着现实社会丑陋的一面,始终向往远方,始终生活在别处。远方,或者别处,于他,不是地图上黄黄绿绿的一点,而是一块梦想中的国度,是纯洁心灵的永恒乐园。理想与现实的反差使他寂寞、痛苦。这寂寞、痛苦在地下室生活的困顿中默默生长,沉甸甸地压在他的心头,使他艰于呼吸视听。然而,"打击我的力量就是我的力量"。王开岭到底没有在沉默中灭亡,他选择开口。沉默过久重新开口的人,往往有很强的倾诉欲。当许多事情淤积在心头无法对周围演说时,人们便开始写作了。《激动的舌头》如果是这样产生的,其中忧郁感伤的情感基调,某些孤芳自赏的痕迹便在所难免了。向往远方的人思虑悠远、酷爱幻想。王开岭的某些散文多少有刀砍斧削的痕迹,很可能就是他灵魂漂泊时精心打造的梦想,但依然美丽,依旧动人。

赫尔曼·黑塞在小说《德米安》中重点阐发了《圣经》中的一个故事:《圣经》原文中该隐打死了兄弟亚伯,结果他额头上被打上印记,被罚在人世间流浪。而在黑塞看来,这印记"或许更像是常人看不到、说不上来的一种不祥,超乎一般人习惯的灵性和大胆……人们往往习惯依循简单的道理做解释,让事情合乎自己的心意。因此人们惧怕该隐的后裔,他们拥有一个'记号',大家不予这个记号应有的解释,不以勋章视之,而是赋予完全相反的意义""具有勇气与个性的人总是让人心生恐惧"[1]。这三位作者身上似乎有着同样的精神"印记":他们都在大声疾呼、反抗呼吁;都有类似的向往追求、浓重的理想主义色彩;都心仪于俄罗斯冰天雪地里不屈的英灵和动人传说;都是熔岩喷发似的写作,会赢得广大青年读者的心,但肯定会让德高望重的主流人士拂然不悦。前文化部长王蒙曾在"季节"系列长篇里抱怨:"别以为我们……换了你们未必比我们干得更好……"事实也的确如此。但青年的可爱之处就在于他们直抵本质、不找借口,是非对错、真理谬误从来不容半点含糊;他们的不足之处在于:激昂处踌躇满志,以为天下事都像写文章那样倚马可就,受挫时自怜自叹,愤世嫉俗到不假思索对全世界开火。一句话,他们往往是精神贵族,想得太好,做得太少;往往以为自己明珠暗投,没

[1] [德]赫尔曼·黑塞:《德米安:彷徨少年时》,林佩苇译,陈玉慧审定,北京:中国法制出版社2015年,第33页。

得到应有的尊敬。其实,超人和民众只是价值上的论断,不该挪到生存质量的天平上。超人就该享受特权吗? 再说,焉知今天的庸众不是昔日的闯将退化而来? 倘果真思想深刻、境界高远,就不应在乎一时得失。纵观古今中外,在"光荣的荆棘路"上行走的,哪个不是坎坎坷坷? 克尔凯郭尔说,在困厄的境况中无需别人的理解和安慰而能最大限度地忍受苦难寂寞的人,离人类的童年最远。你能吗?

理想是美好的,对理想的歌颂是容易的,而实现理想是非常困难的。一千一万个不满都不能使人们更靠近理想一步,就像一千一万个影子的叠加不能离开地面一毫米一样。这几位作者面对现实的严厉批评是真诚、深刻的,可读者更期待能有真正解决问题的办法——哪怕仅仅是空想,是一些美丽而虚无的幻象,只要闪烁着理想主义的光芒,就能启发民智,给人安慰。谁能否认法国空想社会主义的伟大呢? 即使在现代、后现代的西方。

柏拉图在其《理想国》中,讲过一个著名的"穴居人"寓言。他设想有些人自小就头颈腿脚都绑着,背对洞口生活在光线暗淡的地穴里。他们日复一日,年复一年,看到的只是洞壁上模模糊糊的投影。只有极少数人有机会与能力转身走出洞穴,看到金色阳光下灿烂真实的万物,但原来根深蒂固的影像印象的改变,仍然需要一段无比艰难的灵魂适应期。① 这几位作者给人的感觉是刚刚走出地穴,太痴迷于自己心眼中的现实投影,尚未转过身来;其实,他们可以做得更好。拿他们都心心念念的"俄罗斯课本"来说,那里写满严酷处境中强者们无畏无悔的抗争和友谊,写满上至公爵夫人、贵族小姐,下至车夫奴隶们的仰慕和追随故事……似乎没有这些,便是中国"盐碱地上长不出参天大树"的主要原因,却忽略了现象背后的深层原因——中国远为恶劣的社会生存境况和渊源已久的告密连坐传统,使得中国知识分子勇当烈士的代价异常惨重。而且"巨人之所以为巨人",更不是因为这些,而是出于对真理呼唤的热切回应。他们万年寒冰似的意志,神圣的使命感和自我牺牲精神,对美好心灵的尊重和珍视,才是他们伟大的真正原因。有了这些,才有了一代代民众衷心的爱戴和追随。"盐碱地"云云作为愤激之词说说可以,作为"铁的定律"来制造赖以攻守的矛盾,未免以偏概全。在中

---

① ［古希腊］柏拉图:《理想国》,郭斌和、张竹明译,北京:商务印书馆1986年,第272页。

国,谁能说自己的处境比鲁迅这棵"野草"的生存更为艰难? 谁又能说自己比鲁迅更对得起那些苦难? 必须认识到自己绝不是振臂一呼应者云集的英雄,才能更好地努力;必须明白自己不过是文明薪火相传中的一把火炬,只能照淡身边的些许黑暗,照不彻几千年来的重重黑幕;必须看到在中国也有沟壑与山峦,世界上也不只俄罗斯有悲壮慷慨的英雄传奇;必须停止用鲁迅当年对付敌人的刀笔去党同伐异,几千年来,清流们相互攻讦反被小人宦官所乘的教训难道还不够多,不够惨痛吗? 必须拥有海纳百川的宽阔胸怀,无论哪个阵营,只要本质不坏而且向往崇高,都是朋友;无论什么思想,只要于人于己,于国家民族有利,一律"拿来",才是成就一代"巨人"的康庄大道。

一般说来,对青年作家不宜妄下断语,因为他们处境不同而且来日方长。但就《火与冰》《耻辱者手记》和《激动的舌头》而论,成就最高的是摩罗,其次是王开岭、余杰。另外,余杰总给人"少年得志"之感——具备青年特有的慷慨悲壮情怀,却缺乏深厚的人生积淀、博大的胸怀和开阔的视野。年少成名往往导致作品流于轻率浮泛;从苦难中走出的人有时会沉浸于往日经验无法超越。"江郎才尽"不只是古代的典故。当漫天好评如潮涌至、主流认可如期而至,作者们还能坚守理想化的精神立场吗? 当锐气变成暮气、呐喊流于空洞、高尚退化为标签姿态、明天只是今天的重复,意义便会趋于淡化。所以过多的赞誉质疑都是多余的,一切最好留待时间去大浪淘沙披沙沥金。

二、教授的媚俗

民国时期,中国高校效法英美大学"教授治校"等自由主义学术理念而建,独立性较强。这是民国学潮影响巨大的根源之一。中华人民共和国成立后,高校统一被作为事业单位收编于政府体制,在上下一心、工作高效的同时,政治依附性明显增强。这使得绝大部分中国学者的社会身份,由自由知识分子而摇身一变,客观上具有了政府人员的部分属性。因此当代高校知识分子只是貌似超然,骨子里有相当大一部分,就此回到中国古代文人"食君之禄,忠君之事"的传统思维模式中。也只有"民间体制内"这看似矛盾的说法,才能概括他们表里不一的精神立场。21世纪之后(2006年),首位以严肃学者的身份登上央视"百家讲坛"讲解中国历史的易中天,便是其中的典型代表。

中国文化背景下的历史阐释,绕不开"文史合一"这一传统。中国是世界上史学最早熟、发展最完备的国家之一,然而吊诡的是,中国史学的繁盛不仅没能使前朝往事清清朗朗、大白于天下,反倒形成重重烟雾,使历史真相幽暗难辨。文学重虚构、重修饰,强调主观情感与理念的表达;史学的本分则是秉笔直书,忠于事实本身。这两种迥然不同的叙事文体纠缠不清的直接后果是:最需要自由挥洒想象力的小说往往煞有介事、一本正经得活像人物传记;最讲究真实可靠、叙述严谨周详的史书每每写成一波三折、跌宕起伏的传奇故事。这种现象何以在中国成了源远流长、垂范至今的学术传统?

"历史"在中国文化中具有极为重要的特殊地位。中国传统史书根据价值取向大致可分为"庙堂史""文人史"和"民间史"三类。"庙堂史"乃是代表官方意志、供于庙堂之上的"公器",在数千年来中央集权制度一以贯之的中国,自然地位最高、影响最大。中国古代战乱频仍、朝代更替频繁,几乎每个朝代建立伊始都要组织人力,为前朝修史,名义上冠冕堂皇,说是总结前朝施政得失的经验教训以资借鉴,其实更重要的政治意图是一方面丑化前朝,肃清前朝的"思想遗毒",以绝天下人怀旧恋故之念;一方面强调"我朝"英明神武、奉天承运、合理合法,并且拯救黎民于水火之中。它们是建构新的国家意识形态工程中最初也是最重要的一块基石。政治任务如此,"庙堂史"无法秉笔直书,所以只好借用"文"气十足、"微言大义"的"春秋笔法"。始作俑者应该是当年整理《春秋》的孔子。"文"者,"纹"也,在古代是"修饰、美化"之意。据说《春秋》是直笔写就而且书成之后"乱臣贼子惧"。事实却是"为尊者讳、为贤者讳、为亲者讳",并没有真正实话实说。孔子事后感慨道,"知我者,其《春秋》欤;罪我者,其《春秋》欤",其实就是间接承认自己因为捍卫政治信仰而不惜曲笔写史,甘愿背后世骂名而不悔的表白之辞。一套"二十四史",摆出来洋洋大观,其实绝大部分都是如此"国家本位"的"庙堂史"。梁启超批判中国历史为"帝王家谱",可谓入骨三分、一语中的。

政治高压所限,"庙堂史"即便材料再翔实、体例再完善,也必然言语乏味、吞吞吐吐。真正史识过人、文采斐然的,还是出自胸有丘壑而且博闻强识的学者之手的"文人史"。"文人史"的杰出代表《史记》,同时也是"文史合一"的学术传统下史学著作的代表之作。司马迁发愤著书,一腔热血、满腹悲愤,将自己前半生的游历学识、生命体验熔为一炉。《史记》既有"庙堂史"的严谨周至,又有饱满鲜明的个人性情和对人生、世界深邃的洞察和形上思考,不仅成为"藏之名山,传诸后世"的史学名著,而且成为后世文学家竞相学习的典范。文人修史既属个人行为,自然政治色彩较少,见解每每独到,言辞相对大胆,但也往往因此遭嫉,甚至酿成大祸,如"明史"一案,因此数量有限。坊间流传最多,对百姓影响也最大的,其实是较为通俗甚至流俗的"民间史"。"历史"也并非全是庄重严肃的内容,高雅脱俗、忧国忧民在日常生活中到底能占多大比例?野史稗史也好,秘史艳史也罢,同样是生活历史中不可或缺的部分,机缘巧合的话同样可能左右历史流向。街谈巷议、民歌谣传,甚至宫闱秘闻、勾栏艳话……"民间史"无不兴致勃勃、照单全收。在这些为"庙堂史""文人史"顾忌重重或不屑一顾而大量丢弃的材料中,其实蕴涵着许多可以洞见人性真实与历史真相的历史边角料,只是阅读时需要有一双披沙沥金的慧眼罢了。鲁迅等学者极力主张多读野史,原因大抵在此。几千年的中国史就这样在"庙堂史""文人史""民间史"的重重叠叠与众声喧哗中流传至今,依然影影绰绰、真伪难辨。几千年来浩如烟海的这许多史料,却始终缺乏形而上的理性思辨,始终没能形成一个属于自己的历史哲学。

时至今日,"庙堂"土崩瓦解,多少承"民间"精神余绪的种种"戏说"大行其道。当然,这种"历史娱乐化"也没什么不可以,大量的戏说历史剧、古装肥皂剧把以往高高在上的帝王将相塑造为有血有肉甚至傻傻笨笨的喜剧形象,对肃清国人的封建奴性意识多少有些好处。然而,此种"民间"变体毕竟相对低俗粗鄙、难堪重任。如果中国文史合一的历史阐释传统,其现代转变,仅仅是由原本层次分明、相辅相成的"三位一体"演变为"民间"的畸形膨胀,那么中国文化中的精致高雅将要寄身何处呢?当下如日中天的易中天和他的《品三国》就是最好的例子。

平心而论,易中天解"三国",还是很有时代特色的,比如他用的心理分析的方法,生动活泼的讲述方式,很多有时代特色的词汇,他甚至可能是"三国"接受史上迄今为止最有影响力的一个解读者和传播者。意大利史学家克罗齐有句名言："一切历史都是当代史。"他认为史学家应该用具有时代精神的思维去理解和把握过去的文献。易中天未必有如此明确的史学意识，但他成功的最大原因的确是史学思维的"现代化"——按需生产的准确史学市场定位——而不是什么"现代视角"。这是一个市场经济、极端功利的时代，一部分人想看尔虞我诈、操弄权术的故事，想听别人对此的分析和指教，易中天就很好地满足了他们。《品三国》满篇权术、地位之争和功利计算是他的分析目标：人与人之间的钩心斗角，君臣之间的背叛，兄弟之间的杀戮，国与国之间的血腥争夺……表面上自称"平民立场，现代视角"，骨子里是"帝王立场，小人视角"。

真正的"平民立场"应该是替百姓着想、为百姓说话，可易中天虽屡出惊人之语，却并无一处谈及百姓苦难，反倒特别喜欢给曹操、严嵩、秦桧等大奸大恶、祸国殃民之辈平反，而且理由似是而非，无法令人信服。曹操的行事还勉强说得过去，因为他虽然杀戮过重，但慷慨豁达确有英雄气象。但易中天以陈宫反曹被擒而受优待为例来证明他的宽宏大量，"甚至对于背叛了自己的朋友，曹操也很看重当年的情谊"（下文所引易中天言论，均出自《品三国》）①云云，就是明显的春秋笔法、皮里阳秋了。陈宫何人？"捉放曹"的主角。当年曹操刺杀董卓失败，逃出洛阳、亡命天涯；陈宫时任县令，手下衙役已经捉住曹操，明明可以押送京城请功受赏，但他觉得曹操是位志向远大的义士，于是弃官追随曹操一同出逃。但曹操先是疑心过重误杀吕伯奢的家人，后来明知犯错仍然杀死吕伯奢以斩草除根。陈宫为之心寒，觉得放而又杀固然不妥，继续追随则是为虎作伥，才弃曹操而去。这种正义之举也算"背叛"？易中天大概也觉说不过去，所以只谈曹操抓住陈宫之后如何不愿加害，陈宫不屑一顾、毅然赴死之后如何替他赡养老母、照顾家小。其实陈宫对曹操有活命之恩，曹操杀之有愧。他贵为丞相权倾朝野、富有四海，照顾几个没有任何后患的老弱，既能摆脱忘恩负义的骂名，又可收买人心，何乐而不为？这与宽宏大量何干？

还有严嵩、秦桧。易中天觉得"仅凭此案（指吕伯奢一门血案）就说曹操

---

①　易中天：《品三国》（上），上海：上海文艺出版社 2006 年，第 19 页。

奸险歹毒,是有疑问的"①,可见慎重;却单凭严嵩"一个七八十的老人,心甘情愿地充当皇帝实验室的小白鼠"一事,就可以发出"你还说他是奸臣"的质问,甚至说他是个"大大的忠臣",就让人不太明白了。幸好上文有"就连说严嵩父子是'奸党',也是冤枉的。他们两个恶贯满盈不假,对皇帝却是忠心耿耿……"之语——原来易中天所谓的"忠臣",就是忠于皇帝的意思;百姓死活,与"忠臣"何干?(这不是"帝王立场"是什么?)严嵩不仅不是"奸臣",而且十分委屈,因为他"原本也是'正人君子'……自从嘉靖皇帝发过一次'雷霆之怒'后……踏上了媚上、邀宠、弄权、谋私的不归之路。"②易中天认为:严嵩这个"奸臣",其实是嘉靖"培养"出来的,而嘉靖这个混账皇帝,又是帝国制度培养出来的。因此以"莫须有"之名冤杀岳飞的秦桧和赵构也不坏——"混账和丑恶的就不是嘉靖和赵构,而是皇帝制度"③。这个意思史学家们早就说过无数遍了,自然极有道理。但易中天的讲法与众不同,他对历史罪人们有着极为深厚的"历史之同情":把奸臣之罪推给皇帝,皇帝之罪推给抽象的制度,好像只有"万恶的皇权制度"应该对历史负责。于是人人清白,乾坤晴朗了。其实罪就是罪,无论理由千条万条,犯罪就要承担责任接受惩罚。奸臣们生前荣耀无比,死后才被万人唾骂,这已经是最轻的惩罚、迟到的正义了。如果连百姓这点可怜的舆论监督权的合理性都要被嘲弄取消,"百姓立场"何在?再者,谁说趋炎附势、为虎作伥就不混账丑恶?严嵩对嘉靖如此"无微不至",为的还不是换取皇帝的偏袒纵容?严嵩的"实验报告"不过是邀功请赏的奏章,嘉靖自然也心知肚明,否则为什么偏偏让如此"忠臣"充当"小白鼠"呢?这哪是什么"忠心"?一个愿打,一个愿挨,不过一场丑恶的交易罢了,毫无人格操守、道德底线,皇帝雷霆一发,"正义感"就荡然无存,这种"正人君子"有何价值可言?"制度才是问题所在,皇权才是万恶之首。"④这话当然不无道理,可如果把它绝对化,把一切好恶都说成是"人在江湖(庙堂),身不由己",把个人视为等级制度下上司摆布的提线玩

---

① 易中天:《品三国(上)》,上海:上海文艺出版社 2006 年,第 15 页。
② 易中天:《品三国(上)》,上海:上海文艺出版社 2006 年,第 242 页。
③ 易中天:《品三国(上)》,上海:上海文艺出版社 2006 年,第 243 页。
④ 易中天:《品三国(上)》,上海:上海文艺出版社 2006 年,第 243 页。

偶,完全抹杀个人坚守的有效性和可能性,那就大错特错了。面对非人的奴役制度,是严嵩这般奴颜婢膝换峨冠博带、贾诩那样危言危行而明哲保身,还是祢衡一般耿介刚直成玉石之慨、曹操一样揭竿而起以取而代之? 如果易中天从自己的情感倾向中跳出来,以曹操等人为例讲中国古代士人普遍面临的人生困境,即便对当今社会也是极有意义的。遗憾的是他的情感立场完全在"帝王将相"那边,只看到他们在玉带蟒袍中被权力扭曲的无奈,无法体会集权制度下黎民百姓食不果腹、生如草芥的痛苦。

更令人无法接受的是他的"小人视角"——那就是易中天自己都有所察觉的"以小人之心度君子之腹"①。具体表现在:他几乎把"三国"英杰们一切行动的出发点或心理动机都归结为对权力、欲望和利益的无餍追求。

1. "权力"。诸葛亮隐居时淡泊名利、清静自守,出山后鞠躬尽瘁、死而后已,乃是令人敬仰的一代名相。在易中天眼里,他却不过是个精于算计、故作姿态的高级白领,待价而沽、一心大权独揽的政治 CEO;义娶丑妻,是为了获得岳父家的政治资源,与大军阀刘表攀亲——即便从未到刘表那里当官也摆脱不了这种嫌疑;辅佐刘备,是因为在那边可以专权,而且"在大家都以为刘备是垃圾股时,诸葛亮却把他看作绩优股"②,可以傍政治大款、捞政治资本;鞠躬尽瘁,是因为"刘备是诸葛亮再三考虑精心挑选的老板。既然如此,他就决不会轻易跳槽。"③一个学者如果只是这样讲"三国",那就真的把"三国"讲得"下"了。说穿了,"三国"中的人物,如果只这样讲,就是没有政治信念,没有道德底线,没有人格操守,没有超越性信仰的粪土之徒。这样讲,就把"三国"讲庸俗了。讲"三国",要讲人的事儿,也要讲天、地、神的事儿。真正重要的,其实品"三国",应该是品一点中国人的国家观念,中国人的忠义观念,应该品出一点天、地、人、神的大义来,应该有反思,有批判,有褒扬。否则品的只不过是那个钩心斗角的智慧,那个对人的角力的崇拜……这样的"三国",能给读者什么呢? 只能是把中国人庸俗化,把政治庸俗化,把中国人的人生哲学庸俗化。

---

① 易中天:《品三国(上)》,上海:上海文艺出版社 2006 年,第 155 页。
② 易中天:《品三国(上)》,上海:上海文艺出版社 2006 年,第 142 页。
③ 易中天:《品三国(上)》,上海:上海文艺出版社 2006 年,第 143 页。

2."欲望"。讲课并非不可调侃,但在文化栏目中屡屡拿男女之事开涮总是不妥。"曹操虽然抢走了关羽的老婆,却也被别人抢走了'空城计'的发明权"①,"按照《三国志》的说法,刘备和关羽、张飞,是'寝则同床,恩若兄弟'的……只不过我们不知道,这三个人'寝则同床'时,他们的太太在哪里?"②老婆丑点对诸葛亮来说算不了什么,"娶妻娶德,纳妾纳色,是当时的常规观念"③。这些说法实际上暗含的意味和趣向不言而喻。对"床"这个字的爱好,对"寝"这个字的入迷,也许无可厚非,知识分子也可以有,如果拿到学术殿堂讲"房内考"什么的,还可以显示知识和文化,但是,讲"三国"用这些,就只能暴露自己的趣味和态度了。

3."利益"。张口闭口职场术语:诸葛亮要想实现自己的政治理想"就必须像郭嘉说的那样,为自己选一个好老板……"④,"刘备集团好比一家很有前途的民营企业……诸葛亮则好比一位超一流的职业经理人……"⑤"三顾茅庐"无非是诸葛亮自高身价的炒作手段,"什么会唱歌的农民,不懂事的童子,满腹经纶的朋友,道貌岸然的丈人,都是诸葛亮的'托儿'。其目的,都是要把买方市场变成卖方市场,让刘备出大价钱把自己买断。"⑥这样的说法在易中天的书中比比皆是,很容易误导读者,把庸俗当有趣,把俗解当真知。刘备之于诸葛亮,不是老板和雇工的关系,把他们等同于当今的老板和雇工关系,是对政治的庸俗化理解。本来,学术的东西、思想的东西,语言活泼一点没什么,但是,要贴切,易中天的这种说辞,不仅不贴切,还把历史庸俗化了。职场竞争崇尚利益至上不计其余,而《三国演义》是一本政治信仰、道德信念极强的理想之书,两者价值观念完全不同,甚至可以说是背道而驰的。易中天反反复复把它们混为一谈,到底只是讲课的一种方式,还是根本就不理解"三国"人物所代表的人文价值观?诸葛亮高风亮节、从容进退,代表了中国古代士人的精神取向与最高境界;关羽威武不屈、富贵不淫,是广大民

---

① 易中天:《品三国(上)》,上海:上海文艺出版社2006年,第222页。

② 易中天:《品三国(上)》,上海:上海文艺出版社2006年,第128页。

③ 易中天:《品三国(上)》,上海:上海文艺出版社2006年,第141页。

④ 易中天:《品三国(上)》,上海:上海文艺出版社2006年,第142页。

⑤ 易中天:《品三国(上)》,上海:上海文艺出版社2006年,第146页。

⑥ 易中天:《品三国》(上),上海:上海文艺出版社2006年,第155页。

众心目中忠义两全、尊之为神的人格典范。他们早就不再是小说人物、历史人物,而是已经深深地融入中华民族的文化传统与日常生活当中,成为中华文化的文化象征和人格符号了。

这当然不是说"偶像不准破坏",问题是文化遗产和真正的古董文物一样难成易毁,对待它们一定要慎之又慎,不可轻言废弃。破坏之前就要考虑清楚要拿什么来填补它们的空白。否则像易中天这样,为讲课通俗而不惜粗俗、低俗以媚俗;为语出惊人而随便翻案,替曹操、严嵩平反,拉诸葛亮、关羽下水,大家全不是东西,永恒轮回的只有权力、欲望和利益,让人觉得那些世代传颂的"三国英杰"虽然看上去道貌岸然、自命清高,骨子里其实更加醒龌龊贪婪,为自身权力、地位和利益而蝇营狗苟、斤斤计较,反不如曹操那样胆大直言的"真小人"来得爽快……这究竟是"品"还是"毁"?"品"的是《三国志》还是《三国演义》?中国历来文史不分,《三国志》和《三国演义》的区别对普通读者而言意义不大。但是易中天的解读,恰恰是在这个上面做足了文章。这个时候,就一定要坚持"微言"和"大义"的统一,如果把历史都说成了胜者王侯败者贼,而胜败又都解释成是权术使然,人的智慧(甚至个别人的智慧)使然,那就会让读者以为权术是胜败的关键,只要玩转权术就可以战胜历史,把人的智慧看得比天、地的常数更重要,没有对大历史规则的敬畏,没有对大信仰大品格的敬畏,那读"三国"就会走向反面,以历史的名义反历史。说白了,没有历史观的历史、没有人文理想的历史、没有大敬畏的历史,只是一堆杂乱无章的事件,一堆由个人智慧决定的偶然。

易中天打着"精英文化(文人史)"的旗号,骨子里贩卖的是"大众文化(民间史)"中最恶俗、最粗鄙的私货;名义上是正说历史、正本清源,传播知识和真理,实际上没有任何针对知识的科学态度、针对历史的观念信仰;不是教育大众,而是娱乐大众。他自称讲述历史真相,其实不过是历史的一种可能性,而且是最没有文化含量的一种可能性。因为他自己也承认,即便是他用来批评《三国演义》的正史,也有靠不住的地方、靠不住的时候——"《三国志》《后汉书》等等记载未必可靠"①,那么在诸多可能性中,他判断真伪的标准是什么呢?从《品三国》书后的"附录二:我的历史观"一文可见端倪:文

①　易中天:《品三国》(上),上海:上海文艺出版社2006年,第5页。

章开头虽然说"人性本善还是人性本恶,这样一个问题其实是没有答案的",但后面紧接着就说"善,是人类共同追求的价值。但我们不要忘记,恶可能也是一种本性,一种真实的存在。其实'追求'二字,本身就意味着'善'这个东西,或者本来没有,或者容易丧失……"①很明显,文章强调的实际上是人性恶的部分,这其实就是作者贯穿全书,用以明辨历史的"历史观",也就是他为什么不惮用最普遍的恶意揣度"三国"人物,待奸贼如此之厚、待贤士如此之薄的根本原因。这自然也是一家之言,易中天有个人的学术自由,他人无权干涉。奇怪的是易中天偏偏要去干涉罗贯中的创作自由,频频指责《三国演义》不够真实。

明明是文学教授,却"崇史抑文"如此,在"文史合一"的圈子里团团打转(用文学的标准来要求历史——他的《品三国》充满了文学性讲述;用历史的标准来要求文学——用三国史的真实标准来衡量《三国演义》这部文学作品),根本体会不到《三国演义》这部伟大小说的真正意义与价值:三国时期是一个豪杰并起、个性张扬的英雄时代,《三国演义》讲的是一个杀戮遍地的乱世故事,却让人觉得穷兵黩武可鄙、杀戮叛逆可耻,可谓自有高格。小说中塑造了各种各样的英雄俊杰:诸侯武将英武骁勇、纵横决荡,文人雅士羽扇纶巾、挥斥方遒,可谓各擅胜场。大小诸侯对身边的文人谋士口口声声以"先生"相称、恭恭敬敬以平等之礼相待,丝毫没有强权在手、盛气凌人之态,可谓志趣高远。而易中天的典型评述往往是:"道就是人性,就是人心。曹操用人之道的核心,就是八个字——洞察人性,洞悉人心","我们已经不难看出郭嘉为什么能料事如神了。原因很简单,那就是他把人琢磨透了……其实时事也好,兵事也好,说穿了都是人事。只有精于人事,才能明于时事和兵事啊","鲁肃这样说,是因为他看透了孙权的心思;而他能够看穿孙权,又因为他和孙权有同样的想法。"②

诸葛亮与刘备、郭嘉之于曹操,都可谓志同道合、亦师亦友,绝不像易中天说的那样,是简单的雇佣或者主仆关系。《三国演义》中诸葛亮、曹操等英雄智士之所以鹤立鸡群、笑到最后,绝对不是因为武力最强或者"精于人事"

① 易中天:《品三国》(上),上海:上海文艺出版社2006年,第231页。
② 易中天:《品三国》(上),上海:上海文艺出版社2006年,第15、137、137页。

那样浅薄鄙俗，而是因为他们志趣高远，首先关注的是天下大势与历史未来，而不是什么权力地位、欲望利益，正如易中天偶然福至心田、灵光一现时说的那样，诸葛亮的"抱膝长啸"和"好为《梁父吟》""寄托了他对世事人生的深度关切和悲悯情怀"①，而曹操的《观沧海》《蒿里行》则蕴含着曹操对宇宙运行的体悟、对天下苍生苦难的深切同情。他们的精神境界远在同时代人之上，从这个高度俯瞰世事纷争，所以从容应对、罕有敌手，这才是《三国演义》中大智慧的真义。

一部《红楼梦》，道学家看到淫，革命家看到排满。学术研究不必定于一尊，易中天当然可以对《三国演义》保留自己的观点，在这样功利实际的民情，在当今如此喧嚣无序的时代，这也确实代表了相当一部分人最为真实的思想境界与价值取向。作为普通人这无可厚非，然而"易中天品三国"一旦成为炙手可热的文化现象，并且出现大量对不同意见破口大骂的"乙醚"，情况就完全不同了。中国古代士人梦寐以求的荣誉，是"帝王师"，几乎与"学问人品天下第一"同义，职责当然是造就一代明君，以造福百姓、免得国家遭难、社稷蒙羞。中国虽然号称文明古国、礼仪之邦，实际上千百年来一直盛行"愚民政策"，民众文化知识水平普遍不高，而且知识多从小说、戏曲等通俗文艺中得来。如今是影视、媒体唱主角的时代，由国家电视台"百家讲坛"强档播出，以易中天精英知识分子的身份开讲，据说他还是人气最高的讲述者之一，无形中成了"百姓师"，这个影响还了得？不客气地说，到底要把广大观众、读者引向何方呢？对于普通读者来说，《三国演义》的价值远远高于《三国志》等史书，因为前者包含了比"历史真实"更高的"审美理想"，事关民族信仰、民族性格、民族精神。而易中天恰恰是解构了这个理想。实际上评书《三国》是很好的资源，单田芳、袁阔成等传统评书大师，几乎也是深谙传统精髓的文化大师，他们在说书的时候，对人物、事件也会不断地加进去自己的见解，他们的那个方法可以借鉴、学习。大众化不等于娱乐化，把历史、文化娱乐化不是普及文化的好思路。

这就引出了两个问题：

1. 如何正确地对待历史？简单地说，就是需要一个真正高屋建瓴、具有

---

① 易中天：《品三国》（上），上海：上海文艺出版社 2006 年，第 140 页。

超越性视角的历史观———一种历史哲学。

中国史学始终发展缓慢,无法走出传统史学的考据套路,这就是历史理论欠缺,没有形成真正的历史哲学的缘故。这一点应该向西方现代史学思想取经。科林伍德认为,"历史的本质不在于构成它的个别事实,不论这事实有多大的价值,而在于它是一个过程,一种由此及彼的发展。"历史事件是人类过去思想所表现的行动,只有了解了事件后的思想,才算真正了解了历史。一切历史都是思想史(科林伍德语),"对史学来说,所要发现的对象并不是单纯的事件,而是其中所要表现的思想……"①从这个意义上讲,一味苦苦纠缠于某个史实的真伪其实意义不大;要紧的是建立真正的大历史观,应该意识到历史不仅仅是简单的民族史、国别史,在更大的范围内属于人类史和世界史的一部分;认识到在漫长而宏大的历史长河里,整个人类史都不过是短短的一瞬,作为个体存在的人更如微风过耳,斤斤计较于个人、民族甚至国家的得失荣辱未免可笑,才能建立人类总体史视角的历史观,习惯于在人类史大视野中考察历史细节。如此一来,简单的历史关怀方可转化成彼岸意识、超越情怀,而不是像易中天那样仅仅解释成是人的权术斗争史和国族兴衰史。

2. 如何超越"文史合一"的中国学术传统?"文史合一"传统自有其存在的历史合理性,但也造成了中国文化中的许多难以解决的疑案和混乱,比如中国历史的真正起点、三皇五帝存在的真实性等等。对文学的伤害则是使得中国叙事文学"起了个大早,赶了个晚集",萌芽虽早,却在千百年的漫长发展过程中始终难以获得独立的地位与成熟的可能。易中天还是在这个传统内,所以名为"品三国",实际不是品,是嚼,而且是混嚼。把《三国演义》和《三国志》混起来,正着混、反着混,混成一锅糨糊,恐怕他自己也说不清自己到底"品"的是小说还是历史,所以书名也只能含含糊糊了。

其实,在"文史合一"的大背景下,《三国志》和《三国演义》都是叙述态的"作品",都不是原生态历史,不过五十步和一百步的区别罢了。现在是要严格区分,不能用文学的要求要求历史,也不能用历史的要求要求文学。具体

---

① [英]R.G.科林伍德:《历史的观念》,何兆武、张文杰译,北京:中国社会科学出版社1989年,第242页。

做法是两个面向：往者不可谏，已有的中国史研究要谨慎，史学家们应该设身处地去重新思想古人的思想，"在他自己的心灵中重演思想它们"①，要形成自己的史学价值判断，不仅仅是了解过去事件前后相继的过程，而是渗入自己的价值观念并做出前人对与不对的判断；来者犹可追，日后的历史撰写者要有所担当，忠于职责。否则未来的中国历史也只能周而复始，在事实与神话之间摇曳不定了。

第二节 学院立场：知识分子的流变守常

当然，凡事不可一概而论。高校毕竟是国内仅存的净土之一，整体上超然脱俗的价值取向仍在。当代中国高校的知识分子群体，虽然穷形尽相应有尽有，但其中能够坚持传统学院的独立精神立场的亦不乏其人。士不可以不弘毅，任重而道远。中国历史上，关于书生清谈误国的指摘不绝于缕。单凭"两耳不闻天下事，一心只读圣贤书"的书呆子，决计担不起中国文化的未来。从这个意义上说，时下这种类似混沌初开的精神气候，何尝不是对真正的人文知识分子的一种考验磨砺？当代学院知识分子，只有在荆棘遍地的社会中摸爬滚打，沧桑历尽仍初心不改之后，才有能力有资格取得真经、度己度人。

一、学院精神的流变

> 你背上的血是别人打出来的，
> 你手上的血是打别人打出来的，
> 你脸上的血是上帝打出来的。
>
> ——倪学礼《六本书》②

大学在中国向有"象牙塔"的美誉，教授据说是人品与学问的双料楷模。

---

① ［英］R.G.科林伍德：《历史的观念》，何兆武，张文杰译，北京：中国社会科学出版社1989年，第281页。

② 倪学礼：《六本书》，《十月》2008年第3期。

其实表面静水无波,底下暗流涌动,只是人人肚里有乾坤,圈内是非一般讳莫如深而已。例外自然还是有的:沈从文这"乡下人"有知无畏,弗洛伊德病例报告式的《八骏图》披露道貌岸然的教授们内心暧昧混乱的性心理,称得上是第一个吃螃蟹的勇敢者;钱钟书眼高于顶,犀利尖刻的《围城》暗承《儒林外史》之精神余绪。

随后数十年内一直后继乏人——前几年张者《桃李》、史生荣《所谓教授》称得上难得的佳作,不过总是"隔"着一层:大学到底是相对封闭独立的知识群落,与商界官场牵涉过多的毕竟还是少数。倪学礼的新作《六本书》不过是部中篇,然而龙虫并雕入骨三分,单就全方位高密度地深入剖析当代大学高知群落的职业性精神病症而言,实较一般长篇为佳。

"六本书"喻指一群教授学者,这与《八骏图》的构思相近。然而沈从文把"八骏"视为症状不同的性心理扭曲者,故而只将其丑态"甲乙丙丁……"逐一胪列于前,采取的是故事集锦式的叙事结构。《六本书》意在发掘当代大学内部盘根错节的人际关系、利益纠纷对知识者的心理异化,小说情节在人物相互攻防的前提下依次展开,因果链穿就的整体感极强。

大学钩心斗角的事其实不少,但知识者外表习惯性的超然姿态使其隐蔽异常。《六本书》讲述的是一个评聘博导的故事。"谁当了博导谁就是学术权威,谁就可以卡住要评职称的人的脖子,谁就可以得到数目很大的科研经费……"以中文系为代表的内蒙古 E 大学的文人们都是人精,稍有指望的人早就铆足了劲儿,准备拼个你死我活。林若地、徐尘埃、郁君子、金河、李冰河和马飞飞等人逐一粉墨登场、各显其能。作者笔锋犀利如刀,一层层剥下这些教授学者外表高风雅致的矫饰,直抵他们龌龊卑微、庸俗苟且的内心阴暗:鸡拉屎一样拼命攒书、按时定点帮领导清理马桶、相互严密监视、假同事之名写信告竞争对手的黑状、潜规则与权色交易……

类似龌龊事其他行业肯定也有,《六本书》之所以摹写教授学者如见肝胆,就在于不像《桃李》与《所谓教授》那样停留在知识者人格异化的现实层面,把知识者写成在大学厮混的官僚商痞;而是更进一层,深刻写出了他们夹在学术追求与生活实利之间委曲求全的精神痛苦。人文知识者并非不食人间烟火,但大半辈子浸淫于崇高辽远的学术世界,与一般社会人毕竟有所不同:他们的价值评判标准除了以名利权势为主导的世俗维度,还有终极超越的精神维度。学术研究无法脱离社会认可与生活保障,当纯粹的学术水平根本无从得到认可与保障,而权势、利益大行其道时,在世俗利益与精神追求分道扬镳的交叉路口究竟何去何从,就成了一道相当严酷的人生选择题。《六本书》中相映成趣的三对人物("六本书"),其实喻指了当代知识者几种取舍不同的精神取向:

1. 林若地——徐尘埃(学问)

同样追求学术,林若地与其对门"芳邻"徐尘埃完全背道而驰。林若地虽然体态白胖,"像一麻袋粮食"滚来滚去,头脑却灵活异常,懂得"仕而优则学"的道理:一方面相当勤奋,"几乎以每年写 3 本书的速度向前推进"(可"那是在制造垃圾,在勤奋地制造垃圾");另一方面"功夫在诗外",走上层路线,主动去按时定点为党委书记擦屁"舔腚"……于是得到党委书记赏识,"全国名师"的荣誉几乎唾手可得。徐尘埃虽然治学严谨甘守寂寞,却小气吝啬死要面子(他称之为"尊严")——"徐尘埃的刻薄和苛刻在 E 大是有名的":把林若地的书加工成手纸以示鄙夷;常来下棋的系主任金河须自备茶叶;学报的朱小波嘲笑他穿打补丁的裤头,是个光着腚的知识分子,被追着打了一年官司……

鄙俗下作如林若地这类"浊物",在《围城》中的李梅亭身上已见端倪;徐尘埃这可敬可厌的"清流"则是倪学礼独到的艺术创造,活画出许多孤芳自赏的知识者的乖戾怪癖。

2. 金河——李冰河(权势)

中文系正副主任围绕权势地位明争暗斗。金河人品正派,并非一般官场人物,在家庭、学校、社会等多方压力下仍能坚守道德底线;然而也不过是个长袖善舞、思大于行的犬儒主义者:事业上,"念书就是为了这辈子彻底离开农村……大半辈子都在攒书,而这些书这辈子我自己都不会看第二遍的……现在陷入了一摊名利的烂泥当中";生活中,惧内负恩,只要市长女儿出身的老婆反对,含辛茹苦供他上学的老娘就算身患绝症也不能接到家享几天清福。副主任李冰河学问、能力都不差,只是过于看重个人荣辱得失,任何付出都必须得到相应回报:"见到好处了,哪怕它在阴沟里,我都弯腰去捡;否则,不管什么东西掉进阴沟里,我都会闭着眼睛迈过去,直奔我想去的地方。"

这两人的最大差异在于能否自守本心：金河身为中文系主任，为形势所迫有时不得不委曲求全，但从未真正收钱受贿，道德底线甚明；李冰河却为与金河争权夺势而有不少辱没斯文的短视行为。小说结尾安排李冰河迷途知返、两人重归于好，可谓用心良苦。

3. 郁君子——马飞飞（利益）

唯利是图、不择手段，郁君子与马飞飞是一丘之貉。郁君子喜欢浑水摸鱼捞好处，小说开篇就是他的精彩表演——林若地与徐尘埃的"小字报"事件不过是寻常邻里的意气之争，他却将其拍照上网，硬是与学校评聘博导的事挂钩，炒成了"为争博导，内蒙古E大学的一个教授咬掉了另一个教授的舌头"的网络热点，可谓一石二鸟；后来又在金河和李冰河之间煽风点火、假徐尘埃之名给纪委写告状信打击所有竞争对手……若非他自己乱搞男女关系的事曝光，博导资格鹿死谁手还是未知之数。郁君子惯用背后黑手打击别人，马飞飞则善以姿色示人抬高自己：在代表全系老师感谢系主任金河时"当众抱住他使劲儿啃了3口"；明知"在林若地眼里，女人只分两类：一类是能跟他上床的，一类是不能跟他上床的"，但为了两本书的指标，照样跟"那个畜生"上床……

利益面前无分男女，然而常走夜路没有不遇到鬼的。郁君子东窗事发身败名裂，马飞飞却平稳过关安然无恙，这也符合事实——脱下衣服的巾帼英雄确实比拉下脸来的男人更有人缘更容易成功。

倪学礼不愧是科班出身的名编剧，叙事节奏张弛有度，人物对话活灵活现，而且不避乡野村话，极具生活气息。短短一部中篇，能够容纳如此众多性格鲜活的人物在其中自由行走：以工笔刻画林若地、徐尘埃、金河等主角丰富的内心世界，以漫画式的简洁笔触勾勒郁君子、李冰河、马飞飞等配角的日常行径……《六本书》以一系列生活琐事环环相扣地连缀起来，流水一般自然欢畅，完全可以拍成一部相当不错的电影。不过戏剧性过强多少削弱了小说本身的可信性，有些闹剧式的情节过于荒诞恶谑，让人摸不清作者到底是极度写实还是狂欢式的浪漫夸张。

据说现实比虚构更荒诞，可十几年如一日往屋门口扔垃圾的林若地教授，真的能与钟灵这样有洁癖的夫人共同生活吗？钟灵从名字到性情都具有一种诗意的圣洁与隐喻的色彩：她的洁癖不只是在医院工作养成的职业习惯,而且有相当的气节诉求——林若地把何光大当成再生父母,为了溜舔何光大主动去帮他擦屎冲马桶,钟灵"认为他把知识分子的脸丢尽了,把他狠狠地鞭抽了一通",而且"边抽边骂:'……舔厕所,你给人家当官的舔腔去算了!'"与其说她是林若地的妻子,不如说是教授自己的本色灵魂。皮鞭抽打的情节是否真的存在,很令人怀疑。但这个 SM 意味极浓的情节设计象征意义极浓,对当下知识分子心理症候的表现力极强。纳博科夫说过:好小说就是好神话。《六本书》营造了一个极为真实的艺术世界,让读者看到"文化精英"的光环下教授学者们人格分裂、言行乖离的灵魂痛苦。对一部小说而言,我们还能要求它什么呢?

二、人间情怀的守常

与民国时期朱自清第一个在大学讲堂开设新文学课程的冷清寂寥相比,今天的"中国现代文学"业已成为中文系最具影响的传统学科之一。然而繁华背后阴影常存,学科壮大之际早有许多口谈"学术"而心存高官、志在巨富的伪学者混迹其间:朋求进取、曲学阿世之徒日众,洁身自好、潜心学术的学者渐少,学界几与商界官场无异。在一片名利纷扰的喧嚣声中,王铁仙倾十余载研究心得而成的《中国现代文学精神》,无疑是个"逆时而动"的异数。酒香不怕巷子深:这本书不仅纯正大气、立论严谨,毫无当下学界的浮躁之气,而且精挑细选、剪裁得当,"个性主义的潮流""'五四'文学的传统""左翼文论的得失""鲁迅精神的光耀"四辑,基本荟萃了作者十余年来最具代表性的文章,不仅文笔见识俱佳,而且细品之下可见前辈方家一以贯之的治学风格与研究思路,实为几年来难得一见的学术佳作。

1. 乾嘉风范

王铁仙此书文风质朴浑厚、立论严谨绵密,颇有清代乾嘉学者博求实证的治学风范。书中不乏数十页的长文,但篇篇言必有据、据必可信,绝无旧式文人炫才使气的虚文。本书附录《中国左翼文论大事记》纯系聚沙成塔而来:它本是作者酝酿写作《中国左翼文论的当代反思》前的资料准备。王铁仙为还原当时的历史语境,整理中国左翼文论年表时,不仅将世界左翼文论的演进详细列举作为参照,而且时有简短评析,因此内容翔实具体、丰赡异常,最终篇幅竟达五万余言!

其他论文的写作情形大致相仿,尤为难得的是彼此之间逻辑关联相当密切。不是专著却胜似专著,钱谷融称此书"积贮有素,含蕴甚久,绝非率尔之作"①,实非虚言。"辑一"所收四篇文章意在论述中国文学中的"个性主义潮流",自当以"五四"文学现象为主。但作者并不急于入题,而是采用福柯等西方理论大师常用的系谱学方法破题:《中国文学中的个性主义潮流》梳理中国古典个性主义作家作品的精神谱系,从晚明清初的李贽、冯梦龙、汤显祖、公安三袁,清代前叶的黄宗羲、吴敬梓、曹雪芹、袁枚,到清代后期的天才思想家诗人龚自珍,认为中国个性主义文学自晚明光华初放以来,尽管在"封建主义思想政治和复古主义的高压"②下,整体潮流走向始终处于低落状态,但少数天才的灵光闪现得以薪火相传,种下了"'五四'个性主义思潮的'内因',是我国近现代文学很宝贵的思想资源"③;继而指出"五四"时期个性主义文学的勃兴,源自"高涨的民族自救的群体和强烈的个性观念在'五四'及以后一段时间并存合流","群体意识与个性表现的结合达到了一种理想的状态"。④ 如此高屋建瓴,综合了思想史、文学史与社会文化史等多重理论视野的分析考察,自然格外令人信服。

然而这不过是王铁仙宏大理论巡礼的开始,随后两篇继续深入推进。《鲁迅与中国近代的个性主义》明确指出:鲁迅对个体自由意志的重视在中国前所未有,他认为"以反叛旧传统尤其是反抗压迫者为主要内容的自由意志,是人的主观精神中最宝贵的东西,最能显示个人的价值和尊严"⑤。鲁迅这一思想洞察突破了近代中国个性主义思潮的最大局限——"坚决反对封建的群体本位主义,却并不径直趋向于个人本位主义"⑥。《周作人的人性观与个性主义思想的嬗变》则知人论世,由思想渊源探究其人生轨迹,极具启发性地指出:周作人当时无二的"人性观",基本"来源于欧洲文艺复兴

---

① 王铁仙:《中国现代文学精神》,北京:人民出版社 2008 年,"序"第 4 页。
② 王铁仙:《中国现代文学精神》,北京:人民出版社 2008 年,第 17 页。
③ 王铁仙:《中国现代文学精神》,北京:人民出版社 2008 年,第 1 页。
④ 王铁仙:《中国现代文学精神》,北京:人民出版社 2008 年,第 21 页。
⑤ 王铁仙:《中国现代文学精神》,北京:人民出版社 2008 年,第 25 页。
⑥ 王铁仙:《中国现代文学精神》,北京:人民出版社 2008 年,第 26 页。

以来的人性观念,同时又将中国近代以来流行的生物进化论作为依据之一"[1],存在"始终不触及社会关系对人性的影响和制约"的致命缺憾。所以周作人"一直把人看作是孤立于社会的人,一直由此出发来谈论人性,对待人生"[2],以致"五四"退潮后一味悲观弃世,竭力保持绝对超然的理想自我而不得,竟由原本积极进取的个性主义沦为只顾私利的狭隘个人主义。

　　周氏兄弟是"五四"时期影响深远的精神领袖,将其理论主张作为个案重点分析,就是纲举目张地把握住了当时个性思潮与文学发展最重要的两个路向。不过,王铁仙显然并未就此满足,《关注非理性的自我》从形而上的哲学高度剖析20世纪80年代以来的创作倾向,认为张贤亮、莫言、张洁、王朔等作家沉溺于性与无意识的文学书写,当然是吸纳现代西方人本主义哲学、心理学等文化思潮之后,张扬自我与个性解放的进步表现;但若就此"把自我看成为绝对的精神个体",则走向了非此即彼的认识偏差,因为"再独特的自我也是在与错综复杂的社会关系和整个社会现实的交往、融合或者冲撞、磨砺中形成的"[3]。

　　从近代到"五四"、新时期,王铁仙此作视野宏阔异常,不仅涉及中国几百年间个性主义文学创作的源流与特点,而且点面结合、亦史亦论,含量之大、密度之高、思辨之精,实不下于一般学者洋洋数十万言的文学史专著。

　　2. 现代传统

　　动辄数万言的理论长文,王铁仙写来挥洒自如、"元气淋漓"。[4] 这固然是才力充沛举重若轻使然,也跟他关注的多是本学科中关键性的宏大命题,非相当篇幅无以阐释清楚有关。

　　在这方面,王铁仙与同样注重实证、力戒空谈,然而刻意躲在故纸堆里规避现实的乾嘉学者迥然不同。他的研究始终热切地朝向当下社会现实,明显承继了鲁迅等现代大家感时忧国的精神传统。《中国现代文学精神》诸

---

① 王铁仙:《中国现代文学精神》,北京:人民出版社 2008 年,第 39 页。
② 王铁仙:《中国现代文学精神》,北京:人民出版社 2008 年,第 40 页。
③ 王铁仙:《中国现代文学精神》,北京:人民出版社 2008 年,第 67 页。
④ 王铁仙:《中国现代文学精神》,北京:人民出版社 2008 年,"序"第 4 页。

篇论文之所以遥相呼应,是因为它们共有"现代""文学""人学"这三个关键词。

在王铁仙笔下,它们是密切关联乃至声息相通的。"现代"与"现代性"是"五四"文学研究聚讼纷纭然而无法绕过的理论难题。"辑二"探讨"'五四'文学的传统",开宗明义第一篇《中国文学的现代转型及其意义》,王铁仙在学界新说林立之际坚持主张 1918 年是中国文学现代转型的开始——因为从世界范围内看,"现代"作为价值尺度,指区别于中世纪的新时代精神;从中国实际看,"文艺复兴及之后的世界范围现代性文学潮流确实从'五四'开始对中国文学产生了有力的影响"。[①] 换句话说,作者认为,"现代"或"现代性"最初就是对专制的封建文化传统的反叛与抗争。他之所以格外推崇鲁迅,部分原因就是欣赏鲁迅在这方面犀利深刻的思想穿透力。从"辑一"《鲁迅与中国近代的个性主义》、"辑三"《鲁迅的现代性思想与现代文学精神》中的相关论述来看,王铁仙不仅将鲁迅此类论述视为对近代中国思想成规的突破,而且认为它是整个中国文化现代性思想的根基[②];而"文学"的意义与价值,正如《文学:对现实生存的精神超越》这一题目所示,乃是人类借以传播自由进步思想、超越现实生存的重要途径。王铁仙不仅引述了黑格尔的名言强调"审美带有令人解放的性质"[③],而且有自己别具慧心的灵性闪现:"超越,也就是'不满',……有两种超越,两种'不满'。一种是对现实的批判和否定。……另一种不满,是'不满足',要把现实生存向上提升;"[④]至于文学应当根据什么批判现实,又向何种境界提升,在他看来,"人学"思虑至关重要:"现代人学思想是现代文学观念的核心,……决定了具体的文学观念和实际创作,甚至会直接决定文学创作的面貌。"[⑤]《从回归走向辉煌》一文有力指出:当代文学最初的跌宕起伏、新时期文学短短二十年内有所深入,归根结底都与人们对"人的文学"这一文学目标的理解与贯彻程度密切相关。《文学的社会性与写作的个性化》一针见血地直击新世纪以来的

---

① 王铁仙:《中国现代文学精神》,北京:人民出版社 2008 年,第 75 页。
② 王铁仙:《中国现代文学精神》,北京:人民出版社 2008 年,第 227 页。
③ [德]黑格尔:《美学》(第一卷),朱光潜译,北京:商务印书馆 1979 年第二版,第 147 页。
④ 王铁仙:《中国现代文学精神》,北京:人民出版社 2008 年,第 126 页。
⑤ 王铁仙:《中国现代文学精神》,北京:人民出版社 2008 年,第 75 页。

"文化研究热":许多文学评论界人士转向文化研究,学术考虑之外另有重要原因,那就是普遍"失望于文学现状……难以在文学批评里寄托自己社会批判的热情"。① 而文学批评无力介入社会问题的根源,在于时下文学创作"个人化"写作倾向过于严重,"故意忽略实际存在的社会关系及其对个人的制约和影响"。② 如果没有纯正深厚的"人学"底蕴,无论文学创作还是艺术批评,即便借流行理论一时侥幸得势,也只能是无根之木无源之水,注定无法深入长久。

无论在文学史研究还是在文学批评之中,"现代(传统)""文学(观念)"与"人学(精神)"这神圣的三位一体在《中国现代文学精神》中处处可见,这本书由当年以"文学是人学"的宏大呼声振聋发聩的钱谷融作序,应该不是偶然。

3. 当代视野

中国自古就有"学而优则仕"的传统陋习,大多数文人之所以耐得"十年寒窗苦",醉翁之意不在学问本身,"一朝天下闻"后即废弃诗书的不知多少。王铁仙是极少数例外之一:他成名甚早,在学界地位崇高,兼之人品能力俱佳,是以屡受重用,副教务长、副校长、终身教授、出版社学术总编等职务称号足以成为一般学者就此隐退颐养天年的理由,却成了他不能专心治学的遗憾。他在"后记"中写道:"这里的大部分文章,是我 2001 年从行政职务中解脱出来以后写的。"③再作冯妇后的无限喜悦在字里行间表露无遗。

唯因真心挚爱,是以无比虔诚。王铁仙治学讲求自出机杼,有时近于苛求。一般来讲当代学者治学风格的代际分化现象十分明显:前辈学人阅历丰富、思想深邃,胜在人生感悟与艺术思辨的结合;青年学者知识完善、理论精深,长处在逻辑推演与抽象思辨能力。王铁仙成名甚早,不少门人弟子都已成为独当一面的教授博导。但他文章中的代际烙印极淡,同龄学者论文中常见的以厚重的人生阅历感悟代替理论思辨的痕迹,在他那里是根本见不到的。这与他既不故步自封、时刻关注当代学界最新理论成果,又不盲从

---

① 王铁仙:《中国现代文学精神》,北京:人民出版社 2008 年,第 119 页。
② 王铁仙:《中国现代文学精神》,北京:人民出版社 2008 年,第 119 页。
③ 王铁仙:《中国现代文学精神》,北京:人民出版社 2008 年,第 365 页。

跟风,无论何种传统、哪种理论,都必须经由自己理性审视检验的治学风格有关。

王铁仙由此形成的治学思路,或可用"抱朴守真,不滞不流"八字概括。前者言其自觉承继鲁迅等现代大家铁肩担道义的精神传统,后者指其审慎而不乏当代意识的理论视野。他的学术道路从瞿秋白、左翼文论研究起步。在当代中国的特殊语境下,此类研究可以说既意义重大,又左右为难。王铁仙之所以能够在 80 年代初以此得到学界、社会的普遍尊重与认可,成为当代左翼研究无法绕过的巨大存在,与其始终坚持以客观公允的当代理论视野审视当年中国红色文艺的学理得失的治学方式是分不开的。"辑三"收录了他在这方面的最新研究成果。这些论文不仅理论精深、灵性闪烁,而且时代气息之浓不下于满口西方术语的青年学者:纵览全局、恢宏大气的《中国左翼文论的当代反思》高屋建瓴地超越了以往妨碍研究深入的党派意气与个人恩怨,从形而上的哲学层面反思左翼文论,将其定位为"一种政治文化理论",认为其特点是着重思考"文学对社会现实的反映和文学的一般的意识形态性"①,纠正"五四"一味重视"个人"的学理缺憾,"从人的群体性方面加深了对人性的认识"②的历史功绩值得肯定。而且至今并未完全过时:如能排除当年为斗争需要完全忽视文学艺术的审美特质,左翼文论"对文学与社会现实的紧密联系的强调,对人民大众的热切关注,对促进社会改革的真诚愿望"③,对于纠正当下盛行的纯粹"私人化"写作和极端媚俗的"文化工业"等时弊,具有相当积极的理论价值。另外三篇聚焦于左翼文论大家瞿秋白的个案研究,称得上是以公正严谨的治学风范驾驭精深现代的西马理论的学术典范。王铁仙是性情中人,然而学术乃天下之公器,面对瞿秋白这位兼具革命领陆、至亲长辈、文学大家等多重身份的研究对象时,他绝无"为尊者讳,为亲者讳,为贤者讳"之意,采取的完全是一种不溢美、不扬恶的当代史家笔触。《瞿秋白左翼时期的文学理论》一方面积极肯定了瞿秋白理论在文学大众化、中国现代普通话等方面的诸多建树,另一方面直言不讳地指出

---

① 王铁仙:《中国现代文学精神》,北京:人民出版社 2008 年,第 145 页。
② 王铁仙:《中国现代文学精神》,北京:人民出版社 2008 年,第 141 页。
③ 王铁仙:《中国现代文学精神》,北京:人民出版社 2008 年,第 157 页。

这些理论在某种程度上也是导致他对新文化运动评价过低、过多不满于"五四"时期形成的白话、在文学阶级性问题上存在绝对化倾向等问题的原因。《瞿秋白的大众文艺论与葛兰西的文化霸权思想》《瞿秋白：在政治与文学之间》在运用西方现代理论方面娴熟从容、游刃有余：前者以西马学者葛兰西的"文化霸权"理论解读瞿秋白30年代时主张建立浅易通俗的革命大众文艺来吸引大众的思路，认为二者在"一般群众的世界观是受大众文化潜移默化的影响和控制的观点"①上有共同之处，有助于帮助今天的人们保持清醒，不为那些只顾形式花样翻新，思想意识上却不免有宗法主义、奴隶主义等意识形态遗毒的大众文化所惑；后者抓住了安东尼·吉登斯等社会学家常用的"自我认同"这个关键词来知人论世，阐释瞿秋白文艺理论演变的深层心理动因。王铁仙深刻指出，瞿秋白文艺修养极深，而且长期从事革命政治活动，故而兼具文学家、政治家两种身份，时时"摇摆于两种身份的自我认同之间"②。"五四"时期他之所以认为"文学只是社会的反映""文学家的笔就是人类情感所寄之处"③，左联时期却以"工具论"和"阶级论"等极端文学观念的倡导者著名，即是为此。从康德的启蒙思想到哈贝马斯、卡林内斯库的"现代性"、竹内好的"近代的超克"等其他理论，散落于诸篇论文之间，而且运用贴切，作者在现代理论方面学养之新锐深厚，在同辈学者中实不多见。

4. 人间情怀

中国传统士大夫多数有修齐治平的政治理想。一有参政时机便将文学创作、学术研究抛诸脑后者不知凡几。王铁仙不乏此类机遇，却始终固守着学者的清醒与自觉。陈平原在20世纪90年代初曾撰文谈论学者"述学""议政"的社会责任感，以为未必定要直接介入现实政治，"既保持其人间情怀，又发挥其专业特长"④才是学术人的理想状态。王铁仙庶几近之。他始终热切地关注当下的文学现象与社会现实，在进行现代文学史研究的同时，

---

① 王铁仙：《中国现代文学精神》，北京：人民出版社2008年，第196页。
② 王铁仙：《中国现代文学精神》，北京：人民出版社2008年，第206页。
③ 王铁仙：《中国现代文学精神》，北京：人民出版社2008年，第248、249页。
④ 陈平原：《学者的人间情怀》，北京：生活·读书·新知三联书店2007年，第19页。

时刻不忘与当代文学热点现象的对比映衬，是以文风既有文学史家的深邃厚重，又时有批评家犀利精警的灵光闪现，坚持以切中肯綮的学术论文与脚踏实地的文化实践潜移默化地影响社会。

换句话说，王铁仙立意于冷静踏实的文化建构，而非情绪宣泄居多的解构批判。这在他独具特色的鲁迅研究中表现得最为充分明显。毋庸讳言，新时期以来的鲁迅研究，以"去神化"乃至不遗余力地挖掘心理阴暗面为主。"国学热"兴起之后，批评鲁迅一味"拿来"西方思维，"解构"民族文化、思想作品都已过时的文化民族主义甚嚣尘上。维护鲁迅的有识之士多数强调当时历史语境特殊，处于替鲁迅"辩诬"的尴尬境地；唯王铁仙慧眼独具，极力主张鲁迅思想不仅并不过时，而且对于今日社会极具"建构"意义。"辑四"收录的鲁迅研究文章有两类：第一类写给学界同仁。《鲁迅的现代性思想与现代文学精神》认为鲁迅的思想核心是一种"根源于否定专制主义的、以个人主体自由为主要内容的现代性思想"[①]。这种个人主体性思想观念，其实主要"植根于中国本土，具有内源性"，之所以大量表现为"对封建传统社会的反抗与抵制"[②]等等，不过是鲁迅深感不破不立，为解放正常人性而倡导的方式途径。"鲁迅的文学写作……有着对精神自由的广远追求，有着更高层次的对美（较多倾向于壮美）的向往。……之所以对当代具有吸引力，……还因为它们这种精神上的超越性。"[③]一叶障目的新锐学者们，没能意识到鲁迅思想的终极指向在于"建构"而非"解构"。第二类文章写给中学生与一般文学爱好者，可视为第一类文章的注脚或补充。多数以轻松灵动的笔触正面阐发鲁迅作品独特的美与深刻的哲理。《鲁迅的魅力》的副标题是"与高中学生谈鲁迅"，文章指出即便在充满荒寒沉郁之气的《野草》中，也洋溢着"鲁迅对活泼的生命、对一切美的事物的眷恋，和对人的内心情感的珍惜和人道主义的祝愿"；《我们还要鲁迅》强调鲁迅作品之所以具有超越时代的伟大品格，在于"他与许多伟大的作家、思想家一样，具有永恒的人文价

---

① 王铁仙：《中国现代文学精神》，北京：人民出版社 2008 年，第 227 页。
② 王铁仙：《中国现代文学精神》，北京：人民出版社 2008 年，第 220、224 页。
③ 王铁仙：《中国现代文学精神》，北京：人民出版社 2008 年，第 248－249 页。

值"①;《鲁迅与瞿秋白：相通相契的心灵》抒写两位文化大家如何因精神气质、人格魅力、学问修养而相互吸引欣赏，虽白色恐怖与阴阳相隔而不减分毫的传奇友情，鲁迅温暖而充满人性的性情跃然纸上，何尝有一丝半毫"教主""打手"的阴冷生硬？王铁仙以著名学者的身份来写这种略带普及性质的文章，多少有点出人意料。他自己却绝不抱怨，而且态度极其认真——这是他长期以来一贯坚持的文化普及事业的重要部分。作为真正的现代文学研究者，王铁仙无法容忍"启蒙"长期停留在浮泛的口号呐喊层面上。为此，他不惜将身量放得更低，亲自花费大量时间主编上海市中学语文教材。前几年，北大教授钱理群退休后主编供中小学生课外阅读的《新语文读本》，一度传为佳话。其实，王铁仙以华东师大副校长、华东师大出版社学术总编的身份主编的语文教材，早在上海地区的所有中学推广多年了。细想之下，民国时期朱自清、吕思勉、叶圣陶、夏丏尊等著名学者都曾致力于中学语文教育，这正是地地道道的现代文学精神传统，只是时至今日名利为先，这类既有学养能力又只顾耕耘不计得失的学者已经太少太少了。

　　王铁仙十余年沉甸甸的学术研究与文化探索，就这样浓缩在一本《中国现代文学精神》里，如作者一般厚重深邃而低调从容。然而静水虽然无声，岁月未必无痕。急急流年滔滔逝水终将带走那些轻佻浮躁的瓦砾碎石，却给真正的心血结晶镀上一层岁月的光晕。

---

① 　王铁仙：《中国现代文学精神》，北京：人民出版社 2008 年，第 253、259 页

第七章　实利为先:金庸小说与新意识形态

　　最后两章,意在讨论港台、海外华文文学的大致情形。它们同是中国传统文化的分支,但是接受西方现代文化的角度方式与情势语境不同,注定了其具体发展路向不尽相同。海外华文界的情况特殊,姑且存而不论,等到后面第九章集中讨论。港台文化是中国当代文化的重要组成部分。学界一般认为台湾继承保存中华传统文化较好,但其实香港文化因其"自由港"的角色定位,较少人为干预,发展更为自由多元,也更具研究价值。本书第七、八两章主要研究香港的文化演变与小说叙事。作为中西文化交汇碰撞的最前沿,香港不仅文化复杂多元,而且衍变曲折有致:同一时期小说有雅俗之分,不同时期传统、现代的志趣流变亦清晰可辨。

　　香港通俗小说中受众最广的金庸小说,前后期价值取向泾渭有别:前期与梁羽生一样弘扬坚贞自守、英勇不屈的中华文化;后期则公然质疑所谓的民族大义,明确宣扬"实利为先"的世俗文化。这种论调出现在数十年后百姓安居乐业的香港,并不奇怪。有意味的是,这种粗鄙直率,当时虽被鄙视批评,后来却日益成为香港社会的主流风尚;甚至在 10 余年后的内地,也得到了不少共鸣。香港文化,无意中成了中国文化现代性的试验田。市民化最为彻底的金庸小说,到底是其中的催化剂还是晴雨表?

　　毋庸讳言,金庸及其小说在众多文人媒体一片响遏行云的颂扬声中,已经取得"农村包围城市"般的巨大成功。虽然争议犹存,但金庸小说作为一个超越雅俗之辨的文学神话载入当下文学史的大势已定。以往内地金庸研究基本上是"画地为牢",局限于文学范畴内就事论事,故而无论立意褒贬,始终未能触及金庸小说的核心意蕴。而在其最初"龙祥"之地的香港,早有研究者以"文化工业""文化政治"等题目发表论文专著了。① 事实也的确如此——金庸小说绝不只是雅俗共赏的文学作品,更是意义复杂、影响深远的文化现象。路易·阿尔都塞:"在无阶级社会中,意识形态是所有人根据自己的利益体验人类对其生存条件的依赖关系所必需的接力棒和跑道。"②要想充分解读金庸小说的精神内核,"文化政治"的说法仍然较为含混,不若"意识形态"一词精微贴切。

第一节 问题框架:意识形态与香港文化

时至今日,随着对西方学术思想逐渐深入了解,中国文化界已经认识到"意识形态"理论并非马克思主义的专利。"这个术语及其含义比马克思主义的历史更悠久,而且自马克思主义产生以来,这个词的新含义层出不穷,这些新含义的形成都与马克思主义无关。"③美国伯明翰学派从威廉斯起,便摈弃了过去视意识形态为统治阶级骗局的简单化说法,将其看作"意义和观念的一般生产过程"④。从葛兰西、阿尔都塞到德国法兰克福学派,晚近西方文学文化研究中的意识形态批评,已经日益溢出政治利益的框架,渗透

---

① 马国明是首位以文化研究的理论探讨金庸小说的学者,有《金庸的武侠小说与香港》(梁秉均编《香港的流行文化》,香港:三联书店 1992 年)、《金庸与金融》(收入《路边政治经济学》,香港:曙光图书公司 1998 年),与硕士论文"Hong Kong Martial Arts Novels:The Case of Louis Cha"(香港大学,1994)。后来,香港科技大学研究生林凌翰有《文化工业与文化认同——论金庸武侠小说呈现的殖民处境》一文(收入陈清侨编《文化想象与意识形态:当代香港文化政治论评》,香港:牛津大学出版社 1997 年)。岭南大学文化研究哲学硕士陈硕有硕士论文《经典制造——金庸小说的文化政治》(桂林:广西师范大学出版社 2004 年),均为这一类型的代表论著。

② [法]路易·阿尔都塞:《马克思主义和人道主义》,《保卫马克思》,顾良译,北京:商务印书馆 2006 年,第 233 页。

③ [德]卡尔·曼海姆:《意识形态与乌托邦》,北京:商务印书馆 2000 年,第 56 页。

④ Raymond Williams, *Marxism and Literature*, Oxford: Oxford University Press, 1997, p. 55.

到社会心理、性别、种族、国家及身份认同等领域。①

当代学者将意识形态视为一种思想意识控制机制,认为其运行目标与社会功能是隐藏在现行社会制度下的阶级结构和社会关系的真正实质——"意识形态并不仅仅是向人们提供指导世界观的信仰体系,……还能掩盖或转化存在于行为者体验的社会现实和不同的社会群体互相竞争的既得利益之间的矛盾,由此形成社会现实中的集体意识。"②意识形态批评则是负责将"意识形态"反向还原去神秘化的解蔽者。具体到文学范畴,主要是剖析作家作品中的思想倾向与社会主流意识形态之间的关系。作家是必然进入到现实意识形态符号秩序的社会人,所以无法避免意识形态的潜在影响;但文学属于"更高地悬浮于空中的意识形态的领域",③写作本身具备反作用于"意识形态的生产"(伊格尔顿语)的潜力。作家之于现存意识形态的态度,共谋还是反抗,毫厘之间可能谬以千里。故而判断某种写作背后的思想本质是否维护现存意识形态,应该深入审视文章的内在整体性和思想的内在本质,用阿尔都塞的话说,就是"把问题框架从思想深处挖掘出来"④,"为了认识一种思想的发展,必须在思想上同时了解这一思想产生和发展时所处的意识形态环境,必须揭示出这一思想的内在整体,即它的问题框架。"⑤具体做法便需将所考察思想的问题框架与该意识形态环境的各种思想的问题框架联系起来,审视所考察的思想有何特殊的差异,即是否有新意义产生。如果在某一特定的意识形态环境中产生出来的某一思想所内含的问题框架与该意识形态所内含的问题框架一致,就表明这一思想完全从属于该意识形态;如果产生了阿尔都塞所谓的"认识论的断裂",则否。

金庸小说诞生的历史语境,是1950 1960年的香港,一个古今中外、新

① 参见汪正龙:《谈文学与文化研究中的意识形态批评》,《文艺理论研究》,2003年第5期。

② [斯]齐泽克:《图绘意识形态》,南京:南京大学出版社2006年,第10页。

③ [英]大卫·麦克里兰:《意识形态(第二版)》,孔兆政等译,长春:吉林人民出版社2005年,第29页。

④ [法]路易·阿尔都塞:《保卫马克思》,顾良译,北京:商务印书馆2006年,第56页。"问题框架"是阿尔都塞的重要概念,另译为"总问题",本文采用前者。见俞吾金《意识形态论》(上海:上海人民出版社1991年)一书。

⑤ [法]路易·阿尔都塞:《保卫马克思》,顾良译,北京:商务印书馆2006年,第57页。

旧雅俗并行不悖的文化道场。① 在这个中西文化交汇的前沿"自由港"，英国殖民者片面追求利益最大化的商业思维与中国传统以权术伎俩为主的政治意识交错在一起。由于港英当局更注重在经济、技术上培养港人对殖民者大都会的依赖情结，在文化上采取的是一种放任多于羁縻的政策②，因此香港社会逐渐形成了一种以中国传统与追求商业利益交错的"新型意识形态"，一度被包括香港本地文化人在内的知识者蔑称为"文化沙漠"。③ 可悲的是这在很大程度上预示了现代中国社会的发展方向。陈墨很早就意识到香港文化的这种前瞻代表性："30 年代的上海和 60 年代以后的香港的现代商业文化形态……不仅是近代中国中西文化冲突的最有代表性的，同时也是中国文化传统与现代化之冲突的最有代表性的形态。香港不仅不是一般人所认为的那种'文化沙漠'，而且是一种代表着未来文化发展方向的生机勃勃的文化绿洲。"④遗憾的是陈墨的精辟点评，没有具体到香港西式商业文化与中国传统文化紧密相契的结合点——政治（权术）意识。商业利益追求与政治权术思维的共同点是"唯利是图、不择手段"，它们组成了香港社会"新型意识形态"的阴阳两极，忽略任何一极都无法充分理解香港"新型意识形态"的特殊性。而这便是孕育金庸小说的意识形态环境。阿尔都塞论及马克思与德意志意识形态的关系时有句名言："马克思的开端的偶然性在于，他诞生时被包裹在一块巨大的意识形态的襁褓之中，而他成功地从这块

---

① 香港在古代中国，只是文化落后的边陲；近代鸦片战争后，也不过是英殖民者"对东方贸易的跳板，他们没想过将这个遥远的小岛发展成为英语文化的一部分"（赵稀方：《小说香港》，北京：生活·读书·新知三联书店 2003 年，第 67 页。）香港国际工商业中心地位确立之后，港英当局大力发展英文为官方语言的精英教育，而"三四十年代，内地文化人两次大规模地逃至香港，一次避'外战'（日本侵略），一次是避'内战'（国共战争）。这两次流亡香港的文人层次之高、人数之众是前所未有的"。（赵稀方：《小说香港》，北京：生活·读书·新知三联书店 2003 年，第 77 页）他们带去了中国精致的雅文化。

② 参见郑树森：《谈四十年来香港文学的生存状态——殖民主义、冷战年代与边缘空间》，张宝琴等编：《四十年来中国文学》，台北：联合文学 1995 年，第 50—51 页。

③ "文化沙漠"之说一度极盛，在当时的历史语境中也是有道理的。后来"仓廪实而知礼节"，文化上精致典雅的成分增多，甚至具有文化中心的气象，是后来的事了。

④ 陈墨：《孤独之侠·自序》，上海：上海三联书店 1994 年，第 5 页。

沉重的襁褓中解脱了出来。"①遗憾的是,金庸没有那样伟大的精神品格,其小说中的"问题框架"同样由商业利益与政治(权术)意识两轴纵横编织而成,字里行间处处打着当时香港这种"新型意识形态"的烙印。

第二节　文学特征:商业利益与类型衍化

　　最明显的当然是商业利益。这不仅是就其创作动机而言,②更重要的是金庸小说从形式到内容,几乎每个环节都是经过审慎的商业估算而后成形的。众所周知,港台"新派武侠小说"始自梁羽生。梁氏复活了民国武侠小说的章回体样式、近乎浅易文言的古代白话叙事风格。香港因为没有政治剧变带来的文化断裂,保持了民国以来的阅读习惯与审美趣味。因此梁羽生的古朴中国风取得了极大成功。金庸小说的叙事模式与语言,不过沿袭梁羽生开辟的成功范例而已。李陀、刘再复等人所谓"一个久已中断的伟大写作传统的继承者"③,只是粗心所致的张冠李戴罢了。这当然不是否定金庸小说的原创性;恰恰相反,金庸原创能力极强,打出自有品牌、拥有自己稳定庞大读者群后,就逐渐开始改变直至完全扬弃梁羽生"书剑飘零"式的叙事套路与人物设置,唯一保留到最后的,便是梁羽生这旧式文人所深爱的章回体与古代白话的叙事形式。④ 其实正如梁羽生、戈革等通人所言,金庸这"洋才子"旧学功底平平,撰写联句回目绝非所长。⑤ 精明世故如金庸,之所以始终不肯藏拙,像古龙那样彻底放弃章回体,很大程度上是基于读者阅

---

　　① 〔法〕路易·阿尔都塞《论青年马克思》,《保卫马克思》,顾良译,北京:商务印书馆2006年,第63页。

　　② 众所周知,金庸之所以创作"武侠"小说,而且一发不可收,最初源于"新派武侠小说"的开山鼻祖梁羽生名利双收的巨大诱惑,后来则是为《明报》招揽读者的手段(倪匡甚至认为:《明报》没倒闭,完全靠金庸的小说)。至于集诸家之大成,成为一代武侠小说宗师,则不过是商业刺激的"无心插柳"。

　　③ 李陀:《一个伟大写作传统的复活》,(香港)《明报月刊》1998年8月号。

　　④ 《笑傲江湖》等少数不设回目之作例外,不足以改变整体的叙事模式。

　　⑤ 参见佟硕之(梁羽生)《金庸梁羽生合论》(三毛等:《诸子百家看金庸》(肆)香港:明窗出版社1997年)、戈革《挑灯看剑话金庸》(中华书局2008年)中的有关论述。

读偏好的商业思虑。金庸有言："我认为武侠小说流行的原因,最主要的是'民族形式',中国人对中国传统的东西自然不知不觉会较易接受。"①这种商业思虑对金庸小说影响之大,远远超出人们的寻常估计,甚至可以说直接左右了金庸小说从叙事形式到基本价值取向的方方面面——"武侠小说,一方面形式上跟中国的古典章回小说类似,另一方面写的是中国社会,更重要的是,它的价值观念,在传统上能让中国人接受;是非善恶的观念,中国人几千年来基本想法没有很大改变,因此,如果武侠小说的情节离谱,一般人就很难接受。"②

金庸的"择善固执"的确相当成功。据美国学者林以亮观察:在美国,有很多地方,都成立了"金庸学会",而他归纳的主要原因之一,就是"里面也经常讲到中国文化的传统道德标准:忠、孝、仁、义"③。金庸的精明在于,他始终只是大体笼统地肯定这些基本固定而又抽象空泛的传统道德,从不像梁羽生等人那样始终一贯地强调更具体的民族大义等等(金庸小说之"义",基本局限于江湖义气)。因为传统道德云云不过是其策略卖点,而非出自个人的道德信仰与坚守。④"新派武侠小说"大多秉承了近代武侠将主人公塑造成民族英雄的精神传统,梁羽生即是最著名的例子。金庸《书剑恩仇录》《碧血剑》《射雕英雄传》等早期作品貌似继踵先贤,实则阳奉阴违——表面继承这一传统,却同时不动声色地刻画异族征服者如何英明神武,远胜汉人。征

---

①　卢玉莹:《访问金庸》,杜南发等:《诸子百家看金庸》(伍),香港:明窗出版社1997年,第6页。

②　刘晓梅:《文人论武》,杜南发等:《诸子百家看金庸》(伍),香港:明窗出版社1997年,第96页。

③　林以亮:《金庸访问记》,杜南发等:《诸子百家看金庸》(伍),香港:明窗出版社1997年,第30页。

④　参见林凌翰在《文化工业与文化认同——论金庸武侠小说呈现的殖民处境》(陈清侨编《文化想象与意识形态:当代香港文化政治论评》,香港:牛津大学出版社1997年)一文中的精彩论述。

服无罪,反抗无理,故而袁承志放弃刺杀远遁海外。① 不明就里的内地学者一度誉之为"承认并写出中国少数民族及其领袖的地位和作用,用平等开放的态度处理各民族间的关系的'现代意识'";②香港本地学者林凌翰却洞若观火,在《文化工业与文化认同——论金庸武侠小说呈现的殖民处境》一文将其隐藏的态度剖析得入骨三分。③ 抛开民族问题等"宏大叙事"不谈,单论日常道德准则:金庸小说中固然有许多高士君子,但各类邪魔外道无疑数量更多而且异常鲜活。早在1966年,梁羽生化名"佟硕之"客观评述自己与金庸二人创作得失的论文时,就对金庸以人性复杂为名耽写恶人不以为然,"人性虽然复杂,正邪的界限总还是有的,搞到正邪不分,那就有失武侠小说的宗旨了";④内地首屈一指的金学研究家陈墨发现"将金庸小说的主人公按照创作的先后次序进行排列"后,第一印象便是"主人公'侠气渐消,邪气渐长',离开侠的典范模式越来越远"。⑤ 要在香港这样的功利世界左右逢源,或许韦小宝式的圆转如意必不可少。要求一个文化富商具有圣人般纯粹高贵的道德信条,无异缘木求鱼。"忠孝节义"等等之所以能够在金庸小说中大行其是而且从一而终,很大程度上是因为它们是几乎所有中国人都

---

① 金庸小说鼓励人们向强权低头以求"和平"做奴隶的思想流毒极广,张艺谋的武侠电影《英雄》就是最著名的例子:为"天下"百姓能够得到"暂时作稳了奴隶"(鲁迅语)的机会,必须积极向强权统治低头,甚至不惜牺牲自己有为之身。名为"英雄",实为"走狗",这种陈腐的思想意识之所以能在封建王朝结束后沉渣泛起,完全拜金庸小说似是而非的"思想"所赐。

② 严家炎:《论金庸小说的现代精神》,《金庸小说论稿(修订版)》,北京:北京大学出版社2007年,第3—4页。

③ 金庸在北大演讲时以为"少数民族也是中华民族的一分子,北魏、元朝、清朝只是少数派执政,谈不上中华亡于异族,只是'轮流做庄'。"(查良镛:《金庸的中国历史观》,香港《明报月刊》1994年12月号)严家炎也说:"汉族与满族是中国的国内问题,这和中国同外国殖民者的关系完全是两回事,绝对扯不到一起"(见严家炎:《我看金庸小说——在中国传媒大学的演讲》,《金庸小说论稿》,北京:北京大学出版社2007年,第157页)。这种脱离具体历史语境的论调,可谓大失水准:在当时清兵是异族侵略者无疑;被汉族同化,成为中华民族一分子是几百年后的事情,岂可混为一谈?

④ 佟硕之(梁羽生):《金庸梁羽生合论》,三毛等:《诸子百家看金庸》(肆)香港:明窗出版社1997年,第181页。

⑤ 陈墨:《金庸小说中的人格模式及其演变》,《孤独之侠——金庸小说论》,上海:上海三联书店1999年,第188页。

能接受的基本道德信条,在华人世界广受欢迎而不存在丧失版税的争议风险。

"金庸迷中有各种政治观点的人物,既有思想激进的,也有思想保守的;既有"左"派、中间派,也有右派。甚至海峡两岸政治上对立得很厉害的人,国共两党人士,平时谈不拢,对金庸小说却很一致,都爱读。"①据有心人考证,邓小平与蒋经国都在"金迷"之列。金庸小说超乎政治分歧的这种"奇异的阅读现象"(严家炎语),俨然成为其"魅力"无可抵挡的有力证据。然而从古至今,雅俗共赏的小说佳作不知凡几,何以唯有金庸小说受到这许多政见相反的政坛人物如此青睐?原因很简单:"政治"本就是金庸小说"问题框架"中的重要一维,只是隐匿极深,一向少人论及罢了。之所以各派政治人物都能接受,并非立场如何超然,而是因为小说中铺张扬厉的只是官场倾轧的种种"权术"伎俩,却没有任何实际一贯的政治主张与操守,并不会产生现实的政治威胁,而且可以拿来做加深政治斗争修养的教科书。对此领悟最透、表现最深切的,不是正经八百的学者,反倒是嬉皮笑脸、玩世不恭的香港影星周星驰——电影文本《鹿鼎记》中,天地会、神龙教与清政府等各派政治人物无不是口是心非、寡廉鲜耻的政客败类,在"反清复明"等大义凛然的口号幌子下,隐匿的不过是他们对权势地位、美女金帛的贪婪欲望。1979年远景出版社的创始人沈登恩向台湾当局反复力陈金庸小说被禁之无辜、开禁之可行,终获成功。② 如此种种,说到底是因为金庸小说中的政治不过是利益至上、随时可以覆雨翻云的"商人政治"。这一点在金庸小说中人物的政治命运一览无遗:陈家洛、郭靖、袁承志、张无忌、萧峰、令狐冲、陈近南……任你是怎么武艺高强的盖世英雄,只要信念坚定品行高洁,卷入政治旋涡之后全部铩羽而归九死一生,唯朱元璋、韦小宝等卑鄙小人方能成就伟业。如此结尾几成定律模式,陈墨一言蔽之曰:"英雄好汉尽归隐,不才小宝称至尊。"③其实韦小宝虽然奸猾灵变非常人所能及,但因为还讲起码的义

① 严家炎:《金庸热:一种奇异的阅读现象》,《金庸小说论稿(修订版)》,北京:北京大学出版社2007年,第3—4页。

② 陈硕:《经典制造——金庸小说的文化政治》,桂林:广西师范大学出版社2004年,第82页。

③ 陈墨:《新武侠二十家》,北京:文化艺术出版社1992年,第59页。

气道德,仍被各派政治势力逼迫如风箱里的老鼠,最后不得不退隐田园以保性全真。不过,这并不妨碍金庸接受访谈时侃侃而谈,说什么"武侠小说中永远是好人得胜,坏人必败,是非观念非常清楚,使读者知道应该做好人。"①

第三节　精神实质:政治偏好与小说旨趣

这里或许有香港社会商业文化的影响。不过,金庸小说的注册商标并非"商业"色彩,而是"政治"偏好(或意识形态性)。前者最多算创作动力,后者才是旨归鹄的。金庸在《笑傲江湖》的后记中说:"这部小说通过书中人物,企图刻画中国三千年政治生活中若干普遍现象。"②其实何止《笑傲江湖》,"扩展来看,金庸在他的十四部小说中,刻画的是中国封建专制制度下的人生,其间政治生活中若干普遍现象,则属于政治文化范畴"③。

"阅读一位作者的多部著作,常可渐渐看出作者的习惯,也因而慢慢见到作者所一径存念之事。"④纵观金庸十余年(1955－1970)的漫长创作历程,题材重点由"文化"向"政治"缓慢过渡的趋势非常明显(金庸本人心心念念的"历史",基本等同于政治斗争史)。有些学者极力称颂金庸小说深厚的文化底蕴。⑤ 其实"文化"之于金庸小说,起初源于商业权衡的阴差阳错,后来也不过是精致的伪饰与点缀。如前所述,金庸最初创作小说纯粹是因为梁羽生以"书剑飘零"而名利双收的珠玉在前,故而《书剑恩仇录》等早期文本承袭了这种书卷气十足的人物设置与情节模式。《鹿鼎记》因为在价值取

---

① 卢玉莹:《访问金庸》,杜南发等:《诸子百家看金庸》(伍),香港:明窗出版社1997年,第8页。
② 金庸:《笑傲江湖·后记》(四),北京:生活·读书·新知三联书店1994年,第1403页。
③ 熊竹沅:《金庸小说的政治文化批判》,《贵州大学学报》(社会科学版)1999年第2期。
④ 舒国治:《读金庸偶得》,香港:明窗出版社1998年,第180页。
⑤ 如冯其庸《读金庸的小说》(杜南发等:《诸子百家看金庸(伍)》,香港:明窗出版社1997年),严家炎《金庸小说与传统文化》(《中国文化研究》,1998年第3期),孔庆东《金庸小说的文化品位》(《通俗文学评论》1997年第1期)等。

向上与金庸前期作品相去太过悬殊，以致当时有相当一部分读者怀疑作者另有其人。梁羽生坦陈："假如把金庸的武侠小说，将《倚天屠龙记》作分界，划分为两个阶段，我们可以相当清楚地看出前后两个阶段的不同。……金庸在前期的作品中，正邪有别，善恶分明，这说明他心目中自有一套是非的标准，……在近期的作品中，由于正邪不分，是非混淆，也就消失了感人的艺术力量了。"①即便金庸的至交好友董千里（笔名项庄），也曾委婉道之："我'追'金庸小说，大概自从《天龙八部》以后已不如何关心……也许正为他力求上进，又一心一意要突破前期的面目，因而窒息了和读者之间的共鸣度。"②

但如果没有后期之变，金庸小说就不算真正的完成，③前期小说之惑也不会如此显豁与易于理解，如："（金庸）虽也写侠，但侠只是他小说中之一斑，而非全貌。郭靖虽是金庸笔下'侠之大者'，倒也非金庸全然认同之人；金庸在字句间，对郭靖犹有揶揄之意。……凡是金庸小说中之以'武侠'为写作职志者，或书中以'武侠'为重大旨趣之篇章里，皆显出缠手缠足难以自畅之处。"④金庸小说前后之变，说到底根本不是创作上的锐意求新，而是一个渐次去伪存真、明心见性的过程，故而艺术形式静水无波，思想意识的层面却已偷天换日。从某种意义上讲，金庸（后期）小说的最大意味不在于艺术水准如何超凡绝尘，而是意蕴诡谲繁复难见庐山真貌。金庸小说在大陆进入学院视野后之所以争议频频，就是因为严肃学者敏锐地感到某些粗鄙恶俗的成分而本能拒斥。不过他们往往对通俗文艺不甚了然，打蛇未中七

---

① 佟硕之（梁羽生）：《金庸梁羽生合论》，三毛等：《诸子百家看金庸》（肆），香港：明窗出版社 1997 年，第 181、182 页。

② 董千里：《武戏文唱雅俗共赏》，三毛等：《诸子百家看金庸》（肆），香港：明窗出版社1997 年，第 211、212 页。

③ "《鹿鼎记》说的是变，而金庸早先几部书大体所言的是常。《鹿鼎记》变了又变，终还是回到更笃定之常。《鹿》书之出，则金庸的娓娓武侠著作有了收束。换言之，《鹿鼎记》书成，将金庸所有小说合璧而观，至此才显完整。倘若这时将金庸十多部小说中取第三或第七部出来看，必感意思未尽（虽然情节发展完毕）。好像仅是旅程中一站，停停还往下走，必得走到《鹿鼎记》，至少才是这趟旅程告一段落的停歇之处。"（舒国治：《读金庸偶得》，香港：明窗出版社 1998 年，第 131 页。）

④ 舒国治：《读金庸偶得》，香港：明窗出版社 1998 年，第 5 页。

寸而遭反噬,倍受抱残守缺之讥罢了。

严家炎称颂金庸小说为"以精英文化改造通俗文学"的巨大成功①,真是误读之甚无过此者。金庸小说的精神实质,恰恰是通俗文化中最粗鄙恶俗的功利思维对精英文化的轻蔑征服与为我所用,具体表现有三:

一、有知识而无文化

金庸小说中的文化油彩,主要来自对琴棋书画、诗词歌赋等文史知识的大量引用。而这些华美辞章在小说中几乎没有任何推动情节发展、人物塑造方面的叙事功能,只是一些可有可无的漂亮点缀。其实如前所述,梁羽生早在1966年就指出过金庸小说中"宋代才女唱元曲"等硬伤。② 戈革干脆说《射雕英雄传》中黄蓉与"耕读渔樵"的对答"皆从《文章游戏》等上不了台盘的俗书中看来,根本不是学问"。③ 如此"文抄公"式的炫才,居然被捧为文化大家,是因为"能把中国过去小说、文学材料,运用这样自如者,说句广东话,查先生是'有的弹'(没人比得上的意思)"④。然而单纯的知识堆砌,到底不等于对文化精髓的领悟。何谓"文化","文化"何为? 自然不易回答,但最起码应该具备对日常功利思维的超越维度。"文化是人类之所以成人类的基础,它使人类更加完美或日趋完美。"⑤金庸自诩对中国历史有独到"史识",还曾在浙江大学担任博导,但其小说与历史文章中没有任何形而上的历史哲学,其"史识"不过是对若干史实的经验性洞察,基本不出"利益之争""权术谋略"等形而下的范畴。金庸对待文化的态度,学界早有微词:1981年舒国治就说"金庸书中隐透出的'文化空无感'"⑥;卢敦基认为金庸小说

---

① 严家炎:《一场静悄悄的革命》,《金庸小说论稿(修订版)》,北京:北京大学出版社2007年,第173页。

② 佟硕之(梁羽生):《金庸梁羽生合论》,三毛等:《诸子百家看金庸》(肆),香港:明窗出版社1997年,第170页。

③ 戈革:《挑灯看剑话金庸》,北京:中华书局2008年,第125页。

④ 金耀基语,见刘晓梅:《文人论武》,杜南发等:《诸子百家看金庸》(伍),香港:明窗出版社1997年,第96页。

⑤ 〔法〕维克多·埃尔:《文化概念》,康新文等译,上海:上海人民出版社1988年,第9、10页。

⑥ 舒国治:《读金庸偶得》,香港:明窗出版社1998年,第191页。

有反文化、非文化的倾向；①刘卫国考察了金庸的思想流程，认为《飞狐外传》与《射雕英雄传》等作品"首先把侠义精神托孤给儒家"，继而《神雕侠侣》《笑傲江湖》"走向道家"，《天龙八部》体现了"佛法无边"，但对恶人依然"无能为力"；《鹿鼎记》则"为侠义精神唱出了最后的挽歌"。发现金庸对传统文化的态度"竟是彻底的失望"②……只是他们普遍归结为文化反思罢了。

其实"反思"与"反对"的界限，还是比较明朗的。金庸究竟怎样"反思"传统文化，结果如何？纵观金庸的整个创作历程，可以发现纯粹是世故功利思维对精英文化的嘲弄与颠覆。这一点由小说人物塑造方面"此消彼长"的规律可以看出："消"的是文化含量与理想信仰，"长"的是世故圆滑与人情练达。陈墨曾在《金庸小说与中国文化的反思》一文中点评说，"金庸小说的主人公不仅文化程度越来越低，而且越来越不通世故"③。前半句是明显的事实——"从第一部书中的陈家洛，到第二部书中的袁承志，到第三部书中的胡斐、第四部书中的郭靖、第五部书中的杨过，在文化程度上明显地一个不如一个，而后来的狄云、石破天等主人公干脆就是文盲"④。后半句显然值得商榷。首先，在这几位人物身上看得出金庸小说人物世故渐深的趋势。抛开陈家洛这大家公子不提，其他几位在人情世故方面几乎都有过人之处。袁承志善于在顾全各派势力颜面的前提下达到自己的目的，武林盟主之位不为无因；胡斐初出江湖时锋芒毕露，但稍后便能调整变通；郭靖大智若愚，足以使狡黠机变的黄蓉对他死心塌地、阴毒手辣的欧阳锋连续败北，哪里是"傻小子"三字所能概括；杨过年少时已能将全真教众人玩弄于股掌之间，中年后风格大变深得人心，"神雕侠"在江湖上一呼百诺，绝非单凭武艺高强所能；狄云、石破天的不谙世事不过是少有的例外。其次，过于以偏概全，没有涉及《笑傲江湖》《鹿鼎记》等以心术算计为故事架构的大多数后期作品：令狐冲是魏晋名士之类表面狂放内实守旧的世故君子，韦小宝更是尔虞我诈的天才好手……金庸小说人物这种"此消彼长"的趋势背后，隐藏着一个代

---

① 卢教基：《金庸新武侠小说的文化与反文化》，《浙江学刊》1991年第1期。
② 刘卫国：《金庸武侠小说的文化经脉》，《当代文坛报》1994年第5期。
③ 陈墨：《金庸小说与中国文化的反思》，《通俗文学评论》1994年第3期。
④ 陈墨：《金庸小说与中国文化的反思》，《通俗文学评论》1994年第3期。

表文化的知识分子被不断"边缘化"的大问题——"金庸笔下的知识分子(已远远超出'儒生'的概念)多半是可悲而又可怜,甚而可鄙而又可耻的人物。"①小说的真正主角逐渐被替换成世故名利乃至政治倾轧——在中国社会中,政治是所有世故手段争夺的核心利益——越是后期作品,行侠仗义的侠客退化为叙述者、线索人物的趋势越严重,越是大面积地成为政客尔虞我诈时的利用对象和牺牲品,最明显的当然是金庸最后的封笔之作《鹿鼎记》。

金庸早期小说中沿袭而来的"书剑飘零"的超凡脱俗,渐变为后期小说粗鄙功利的"骰子混世"。"高贵者最愚蠢,卑贱者最聪明",这种曾经盛极一时的反智论,在现代资本横行的香港同样不乏知音。近乎文盲的韦小宝屡经大难而终能化险为夷,出将入相,建不世之奇功,将各路英雄豪杰、名人高士玩弄于股掌之间,最后更被顾炎武等大儒视为光复汉室的不二人选……诸如此类的情节叙述,绝非愤世者心血来潮时的游戏笔墨,而是混世者经验主义式的社会洞察。此种洞察本身是否犀利深刻并不重要,重要的是作者抒写时的表现方式与情感倾向。"一种思想的最后意识形态本质与其说取决于思考对象的直接内容,还不如说取决于提出问题的方式。"②在金庸小说流水一般欢畅的语言狂欢中,看不出丝毫愤世嫉俗的痕迹,却时时处处可以感到一种发自内心的认同与沉迷。如此书写,谓之"反思",实难取信于人。

二、有思想而无信仰

金庸小说中的"思想"也存在类似问题。中国传统武侠小说极少涉及思想层面,金庸则擅以小说人物图解中国古代传统思想,是以赢得了许多学者的赞许。陈墨曾将其小说人物演变模式归纳为:儒家之侠(如陈家洛、袁承志、郭靖)——道家之侠(如杨过、张无忌)——佛家之侠(如石破天、段誉、萧峰)——无侠/非侠(如狄云、李文秀)——浪子(令狐冲)——反侠/小人(如

---

① 陈墨:《金庸小说与中国文化的反思》,《通俗文学评论》1994 年第 3 期。
② [法]路易·阿尔都塞:《保卫马克思》,顾良译,北京:商务印书馆 2006 年,第 56 页。

韦小宝)。① 乍看的确炫人耳目，然而疑问随之而来：在这逐一胪列于前的五色斑斓之中，被称为"文化大师"的金庸真正信仰的是哪一家？

细究之下，我们就会发现：从陈家洛、杨过、萧峰到令狐冲，作者一成不变的写作套路都是先把这类人物的个人魅力展示无遗，然后让他们在声望武艺达到辉煌顶峰之际，悉数在政治角逐场上狼狈不堪地败下阵来。儒家陈家洛怀柔、郭靖至刚，结果一个轻信乾隆赔上了骨肉亲情与生死恋人后远走回疆，一个以客卿身份守卫襄阳，粉身碎骨难挡宋亡大势；道家杨过任性偏执、张无忌无为而治，到头来殊途同归，都是在万念俱灰之余陪夫人退隐江湖；佛家的萧峰要忠义两全，就只能应了佛家那句"我不下地狱谁下地狱"谶语；无侠的狄云、李文秀和浪子令狐冲本就是无心政治的局外人，在凶险的政治旋涡中能够全身而退已是万幸……在逐鹿中原这块政治试金石上，这些代表儒道释等各家思想的主人公，无一例外，命运多舛，而且显得幼稚无能、可怜可悲。反倒是毫无信仰的"反侠/小人"韦小宝熠熠生辉，以无往而不胜的姿态征服了所有英雄名士、王室贵胄，结束了这次文化杂货铺般的思想宴席。这便是金庸思想的曲折流露：每位英雄最后的退隐或流亡都意味着对其政治思想的否定、扬弃，因为无论何种信仰都或多或少地束缚了人们的手脚，所以中国文化人多半迂阔不和、难成大事；唯有韦小宝这类毫无信仰，纯以本能趋利避害，为达到目的而不择手段，随时调整自己的处世原则、立场的流氓混混，才是中国社会的"真命天子"。哪怕他是以追求地位享受为唯一生存目的，但只要抱定"成人达己"的宗旨，也能做出比有信仰的文化人更大的政治贡献。

面对众多质疑，金庸回答说："一个作者不应当总是重复自己的风格与形式，要尽可能的尝试一些新的创造。"② 仿佛小说创作如大厨炒菜，而儒释道墨等等不过是些随意拨弄、煎炒烹炸的青菜豆腐。然而任何人都有自己作为思想基础结构的"问题框架"，它规约着这一思想可能展开的逻辑空

---

① 陈墨：《金庸小说主人公的人格模式及其演变》，《孤独之侠——金庸小说论》，上海：上海三联书店 1999 年，第 187 页。

② 金庸：《〈鹿鼎记〉后记》，北京：生活·读书·新知三联书店 1994 年，第 1989 页。

间。① 作家前后期的"问题框架"可以有大小之分,但未必有正反之别。即便"求新求变"喊得震天响的古龙,也只是追求叙事形式的花样翻新,绝没极端到费尽心力把自己前期小说中的英雄侠客彻底否定的程度。更不要说一贯坚持"与其有'武'无'侠',毋宁有'侠'无'武'"的梁羽生。② 除非前期作品只是些没有精神投入的笔墨游戏,否则这种情况是不会发生的。

"武侠小说"之名,源于这一小说类型极度张扬以"武"行"侠"、伸张正义的侠义精神(或思想)。"武"之重要,是因为它是下层民众得以保持独立人格的关键性力量;"侠"之由来,是强调民间强者以之庇护弱者、反抗不公的正义性和合法性。武侠小说对"武"的描写之所以日益夸张离奇,与民众反抗贪赃枉法的官府的情绪日益强烈有相当的关系。不过武侠小说最主要强调的是个体英雄的反抗,而不是《水浒传》那种集体武力暴动。因此常见情节模式是某某英雄侠客行走"江湖",单凭一身天马行空的武艺快意恩仇、行侠仗义,只遵从个人性情而无视生老病死与现世法律等现实约束。正如倪匡所言:"武侠小说有一个特点,是相当个体的。读者看武侠小说,要求个体的心灵满足,个人英雄主义的色彩越浓,个体的形象越是突出,就越能接受。"③换句话说,武侠小说属于"私性"幻想领域,与"公共性"的政治目标无关。而金庸小说对传统武侠小说的最大"突破",恰恰在于对"私性"的扬弃,以及对"公共性"的过分追求。首先是偷换概念,以最堂皇的借口反侠。金庸在《神雕侠侣》中借郭靖之口,说什么"行侠仗义、济人困厄固然乃是本分,但这只是侠之小者。……'为国为民,侠之大者'"④。明褒实贬,以政治家的职责要求个性侠客。以致项庄颇有微词:"所谓'侠之大者',也不一定要落实于国家利益或民族大义之上。……洪七公、杨过、胡斐、令狐冲等人行侠而不干政,何尝不是侠之大者?""世上最'大'的是人,'为人民服务'的积分愈多,这个侠也就愈大,如此解释也许比较合理。"⑤明确点出金庸小说中

① 俞吾金:《意识形态论》,上海:上海人民出版社 1991 年,第 290—291 页。

② 佟硕之(梁羽生):《金庸梁羽生合论》,三毛等:《诸子百家看金庸》(肆),香港:明窗出版社 1997 年,第 180 页。

③ 倪匡:《我看金庸》,香港:明窗出版社 1997 年,第 28 页。

④ 金庸:《神雕侠侣》(二),广州:广州出版社 2002 年,第 678 页。

⑤ 项庄:《金庸评弹》,香港:明窗出版社 1995 年第三版,第 89—90 页。

的政治(贡献)标准。如果这个标准可以成立,那么抗击俄国成功的韦小宝比驻守襄阳失败的郭靖更有资格称"侠之大者",而康熙即使毫无武艺,照样是最大的"侠"。其次是釜底抽薪,不动声色地将英雄侠客的活动场景从快意恩仇的个性"江湖"移到顾忌重重的政治"社会",以显示其回天乏力、无奈无能。即便倍受金庸肯定的"为国为民"的"侠之大者",在他小说中的结局又有何光彩可言? 陈家洛退隐回疆,袁承志流亡海外,萧峰自杀以谢契丹,郭靖、黄蓉粉身碎骨,张无忌黯然远遁……项庄说他们"不知怎的陷于'数奇',都成了一事无成的悲剧英雄"①。其实原因甚明:"金庸的江湖"已非个性英雄用武之地,这些在传统武侠小说中所向无敌的英雄好汉,被"抛"入全然陌生的权术角斗场,能够独善其身安然退隐已是万幸,遑论其他。《笑傲江湖》中风清扬对令狐冲略加指点,便使其剑术大进纵横江湖,自己却隐居起来郁郁终生——"世上最厉害的招数,不在武功之中,而是阴谋诡计,机关陷阱。倘若落入了别人巧妙安排的陷阱,凭你多高明的武功招数,那也全然用不着了。"②

武侠小说并非不能对个性侠义进行反思,问题在于以什么思想、如何反思。金庸小说从前期到后期,对"武"与"侠"渐进式的双重否定、以政治思维否定个性侠义的趋势虽然缓慢,但连贯起来看还是比较明显的:最早的《书剑恩仇录》《碧血剑》等作品中的英雄侠客,甘当"革命马前卒",除性情鲜明外,在精神独立性上实际并未超出《三侠五义》等评书中的侠客,重新沦为政客争权夺利的走卒棋子,在精神层面上实际是从梁羽生开创的"新派武侠小说"独立人格传统的大踏步后退。在稍后的《倚天屠龙记》《笑傲江湖》中,金庸开始把岳不群、左冷禅、冲虚道长、方正大师,甚至令狐冲等江湖豪客当作各式政治人物来写。最后的《鹿鼎记》更是异想天开,反过来写政治人物在江湖上如何所向披靡:韦小宝已经非"武"反"侠",纯然是美女金帛之下民族大义浑不在意的流氓政客,金庸不封笔还能怎么写呢?

这便是郑树森、陈墨、韩云波等人都谈过金庸"反武侠"的问题,只是以

---

① 项庄:《金庸评弹》,香港:明窗出版社 1995 年第三版,第 90 页。
② 金庸:《笑傲江湖》(一),北京:生活・读书・新知三联书店 1994 年,第 371 页。

往学者始终囿于小说类型结构的形式讨论,局限性太大。① 其实言为心声,有时形式就是内容。之所以是金庸,而非艺术才情、创新意识毫不逊色的梁羽生、古龙打破武侠小说的传统模式,很大程度上就是因为金庸创作小说时意识形态作祟,全无信仰约束。

三、有底线而无操守

当然,无信仰不等于为非作歹。侯建点评《神雕侠侣》时认为,"杨过危步于道德与邪恶的高索上,摇摇摆摆,却能不失不堕,这一点可是金庸的特技"②,不经意间道出了金庸塑造人物时存在的"道德骑墙"问题,与梁羽生对金庸小说人物"正邪不分"的观察相同。③

这算是金庸小说的创作突破——中国传统武侠小说近于西方的英雄传奇或骑士小说,作家热衷于将小说中的侠客英雄塑造为"理想"的人格典范;金庸却以对"现实"社会黑暗面的开掘另辟蹊径。他在早期小说中也曾塑造过不少正面侠客形象,虽然名士、英雄、浪子等各类侠客都有梁羽生等名家珠玉在前,但金庸不惜以浪漫主义手法大肆夸张渲染:陈家洛儒雅形同懦弱,郭靖性情宽厚近假,萧峰纯是大义凛然的概念化符号,杨过由疏放而拘泥前后判若两人……这些英雄虽然脸谱痕迹过重,却也慷慨悲歌称一时之盛,着实得了不少印象分。可以说金庸"武林盟主"的声誉基础,在很大程度上是由他们奠定的。此时的金庸谨慎异常,充分考虑到读者的正义感与心理承受力,从未让主要人物触及道德底线,张无忌、令狐冲、杨过等人物何等偏激叛逆,不过"逢到紧要关头,他的行为一定与道德相合"④。

不过《明报》蒸蒸日上,无须再靠金庸小说打开销路之后,金庸小说人物

---

① 参见以下论文:吕进、韩云波《金庸"反武侠"与武侠小说的文类命运》,《文艺研究》2002年第2期;韩云波《"反武侠"与百年武侠小说的文学史思考》,《山西师范大学学报(哲学社会科学版)》2004年第1期;韩云波、何开丽《再论金庸"反武侠":终结还是开端》,《江汉论坛》2006年第12期。

② 侯建:《武侠小说论》,《中国小说比较研究》,台北:东大图书公司1983年,第185页。

③ 佟硕之(梁羽生):《金庸梁羽生合论》,收于《诸子百家看金庸》(肆),香港:明窗出版社1997年,第181页。

④ 侯建:《武侠小说论》,《中国小说比较研究》,台北:东大图书公司1983年,第185页。

的道德底线就越来越低，转而"现实主义"了。他匠心独具的艺术创造——韦小宝这类彻底"反侠"的流氓混混，就是在完全不必考虑商业因素之后隆重登场的。韦小宝当然有其道德底线，这一点至关重要，否则不会有这么多人喜欢他。倪匡放胆直言，"如果要在韦小宝和郭靖之中，任择一人做朋友，……本人一定拣韦小宝，那是因为韦小宝虽然有各种各样的缺点，但是也有优点，他最大的优点是：懂得如何对付周围的人"①。金庸自己谈韦小宝的特点时，则明确说是"善于（不择手段地）适应环境和注重义气"②。其实说的是一回事：注重义气说到底仍不过是为了更好地适应生存环境——韦小宝之所以把不出卖朋友视为道德底线，并非多么看重感情，而是因为一旦出卖朋友，必为众人所弃以致丧失日后的生存基础。

《鹿鼎记》成，而金庸甘心封笔，就是因为其中已经凝聚了他数十年来所有的社会洞察与最真实的处世智慧，几乎已经无法超越。这种洞察与智慧说白了无非是一种淡化道德原则、极端讲求实利算计的处世变通之法。这与为达目的不择手段、"没有永恒的朋友，只有永恒的利益"等政客逻辑如出一辙，因此金庸在原本重在"江湖"的武侠小说中，向反复摹写"庙堂"甚至"后宫"的题材转移，不是偶然的。金庸后期《倚天屠龙记》《笑傲江湖》《天龙八部》等作品，纯是政治利益之争的故事框架，只不过披了一件武林争雄的外衣罢了。其中的情节重点，便是各派势力为谋求利益最大化不断分散离合的心力角逐。单拿最为典型的《鹿鼎记》来说：同是江湖中人，天地会、沐王府等政治组织为实现"反清复明"的共同的政治理想交好，闲人韦小宝身不由己地卷入之后，为求生路被迫与他们建立信任机制、利益同盟。后来虽然同生死共患难，但从未认同他们的政治主张。韦小宝后来说服桑结喇嘛、葛尔丹王子与自己化敌为友，纯粹是以政治利益相诱。推而广之，几乎韦小宝的所有生存秘诀与功业基础，都建立在对利益的明察审视与巧妙运用之上。利之所在，人之所趋。韦小宝的思维方式是一切以利益为中心，底线虽有，无非是尽量不损害亲人师友。只能说是"尽量"，是因为韦小宝既无理想

---

① 倪匡：《我看金庸》，香港：明窗出版社1997年，第136页。

② 金庸：《韦小宝这小家伙！》，倪匡：《三看金庸小说》，台北：远流出版社1982年，第197页。

信仰,自然没有绝对的道德操守;是否牺牲他人,要看得利大小。韦小宝最初得知茅十八是官府悬赏捉拿的江洋大盗,但感念于他待己之至诚,口称"就算有一万两,十万两银子的赏金,老子也决不会去通风报信"。心中却想:"倘若真有一万两,十万两银子的赏格,出卖朋友的事要不要做?"①《鹿鼎记》中这类细节频频出现,活画出一副市井小人的心态嘴脸。

小说取名"鹿鼎记",并在开篇借吕留良之口细述"逐鹿""问鼎"之意,自是暗示小说主题是政治争斗而非江湖侠事。金庸称这部小说"已经不太像武侠小说,毋宁说是历史小说"。② 其实更准确的说法应该是历史题材的"政治(权术)小说"或"黑幕小说"。换句话说,金庸最得意的后期小说,无论精神气质与类型特征都已不再属于"武侠"这一范畴(因此本文从题目到正文都不采用"金庸武侠小说"这一说法)。这在金庸是有意为之,他屡次打着"历史"真实与"人性"复杂的幌子为小说中的政治权术辩解,声称要写严肃的"历史小说";却每每不经意间流露出自己对"历史"与"人性"的真实理解:"这部小说(指《笑傲江湖》)通过书中人物,企图刻画中国三千年政治生活中若干普遍现象。影射的小说并无多大意义,政治情况很快就会改变,只有刻画人性才有较长的价值。"③在他看来,中国有史以来三千年的政治与人性都不过是围绕权势利益之争的蝇营狗苟,讲道德无非是因为受到的诱惑不对路、利益不够大,哪有什么真正的操守可言?

这种洞察智慧的鄙俗粗陋自不待言。纵有道理,也不过是中国社会历史上久治不愈的一块癣。金庸小说却将它无限放大,俨然成了中国社会历史的本体特征。马尔库塞在其名著《单向度的人——发达工业社会意识形态研究》一书中认为,资本主义意识形态已经渗透到思想、文化、社会生活等各个领域,并将艺术整合到资本社会结构之中,鼓励人们向思维同质化、生活享受化发展,从而压制其内心的反抗、批判与超越等维度。金庸小说在思想独立成熟的读者看来自然一笑了之,但若被青涩少年或无良中年奉为认识中国社会历史的入门读本,马尔库塞的担心恐非多余。

---

① 金庸:《鹿鼎记(一)》,广州:广州出版社 2002 年,第 49 页。
② 金庸:《鹿鼎记·后记》,北京:生活·读书·新知三联书店 1994 年,第 1989 页。
③ 金庸:《笑傲江湖·后记》,北京:生活·读书·新知三联书店 1994 年,第 1403 页。

《堂吉诃德》灭骑士小说，是崇高深刻战胜粗浅世俗；《鹿鼎记》灭武侠小说，却是功利粗鄙干掉了侠义慷慨。金庸自然可以拿所谓的"人性"真实作挡箭牌，然而正如古龙所言："人性并不总是愤怒、仇恨、悲哀、恐惧，其中包括了爱与友情、慷慨与侠义、幽默与同情。——我们为什么要特别着重其中丑恶的一面？"①退一万步来说，人性丑恶的一面也相当斑驳陆离，金庸为什么特别注重人性为权术利益扭曲的那一面？说到底还是其意识形态色彩过于浓重的"问题框架"作祟的缘故。

陈墨将《鹿鼎记》列入"20世纪中国文学中最优秀的长篇小说"之林，称韦小宝为"中国文化的精灵与怪胎"。②金庸本人也自豪地把"韦公"与不朽的"阿Q"相提并论，"写作这部书时，我经常想起鲁迅的《阿Q正传》……韦小宝这个人物容纳了历史感很强的中国人性格"③。其实严格说来，韦小宝并非纯正的中国血统，而是诞生于香港的中西文化"混血儿"——政治在中国历来是最大利益之所在，韦小宝却无意恋栈于高官显爵，完全放弃了政治上的要求，而只图娇妻美妾黄金白银。这纯然是在西方现代工商业文明与特色政治的双重洗礼下形成的"新型意识形态"大行其是的结果——被彻底驯化洗脑了的普通香港市民的心态。陈硕就曾直截了当将《鹿鼎记》与韦小宝称为"香港精神"的体现。④

单举《鹿鼎记》管中窥豹或许不足为信，那么其他作品如何？前期小说《碧血剑》中，口口声声为黎民百姓着想的袁承志与华山一派的所有高手，大而言之，受骗上当被用作改朝换代的工具；小而言之，看到志同道合的义兄

---

① 古龙：《欢乐英雄·说说武侠小说（代序）》，珠海：珠海出版社2005年第三版，第1页。

② 见陈墨：《中国文化的精灵与怪胎——韦小宝论》，《孤独之侠——金庸小说论》，上海：上海三联书店1999年。

③ 张大春：《金庸谈艺录》，杜南发等：《诸子百家看金庸》（伍），香港：明窗出版社1997年，第140页。

④ "有一种研究却是香港独有的，便是如何运用书中的处世哲学在现实社会求生存，……功利式的'经世致用'治学。这种研究独有于香港并不是偶然的，背后反映了香港独有的政治文化环境。研究的代表作是刘天赐的《小宝神功》（1984）及冯两努的《创业与〈鹿鼎记〉》（1992）。"（陈硕：《经典制造——金庸研究的文化政治》，桂林：广西师范大学出版社2004年，第56页）

义嫂李岩红娘子含冤而死仍无任何作为,对暴君面目已露的李自成没有任何抗争,只是移民海外自求多福(与香港何其相似),于公于私都无法令人满意。后期的《倚天屠龙记》写张无忌率明教上下历经千辛万苦,好不容易才赶走了异族统治者,却仅仅因为中了朱元璋的诡计,觉得义兄徐达、常遇春出卖自己就心灰意冷,置天下甘苦于脑后而悄然远遁。古代士大夫在独裁统治之下选择无奈顺从还情有可原,因为他们毕竟是手无缚鸡之力的文人;金庸笔下这些神功无敌的盖世英豪,尤其曾在徐达面前慷慨陈词的张无忌("有人一旦手掌大权,竟然作威作福,以暴易暴,世间百姓受其荼毒,那么终有一位英雄手执倚天长剑,来取暴君首级"①),何以在强权政治面前一味忍让逃避,而甘心漂泊海外或闺房画眉?"金迷"们或以"历史真实"为辞力辩,然而"武艺小说——无论有或没有真实背景——并不在'写实'上设法博取读者对它的兴趣及重视"②。而且,所谓信史便绝对真实吗?一切历史都是当代史(克罗齐语),即便严格意义上的历史小说也是作者历史观的真实流露。脑筋灵光如金庸者,一再书写有力者在强权政治面前的明哲保身、妥协纵容故事,难道完全出于书生气十足的历史考据癖吗?"他是个天生便有权术的人。在他的王国内,没什么人能逃得出他的五指山。"③从这个角度判断,金庸小说之所以具备上述隐蔽性极深的意识形态性,根源不在香港高度商业化的社会环境,而是心灵的自我束缚。

意识形态经由什么推动运行?葛兰西说是"知识分子"。他将意识形态与从列宁和卢卡奇那里继承下来的领导权(hegemony)概念联系起来,认为统治阶级在很大程度上无须依靠暴力维持其统治④,而是利用其知识分子将它的世界观广泛传播,最终成为整个社会的"常识"和大众的"情感结构"。

---

① 金庸:《倚天屠龙记》(四),北京:生活·读书·新知三联书店1999年,第1375页。

② 舒国治:《读金庸偶得》,香港:明窗出版社1998年,第207页。

③ 林燕妮:《香港第一才子查良镛》,葛涛编:《金庸评说五十年》,北京:文化艺术出版社2007年,第59页。

④ "历史上进步阶级的知识分子在特定的条件下具有这样一种吸引力,致使他们归根到底要以制服其他社会集团的知识分子而告终;从而他们借助于心态(虚弱等等)的联系和往往是关于社会角色(技术—法律、社团等等)的联系,在所有知识分子中间建立了一个团结一致的体系。"(葛兰西《狱中札记》,转引自[英]大卫·麦克里兰:《意识形态(第二版)》,孔兆政等译,长春:吉林人民出版社2005年,第40页)

其创作初衷如何,金庸及其小说客观上都是香港"新型意识形态"构建过程中的积极参与者。"《鹿鼎记》连载之时,香港社会还比较简单,人心也较单纯,传统道德观念还是很重,所以对韦小宝这个不合传统英雄的主角心生抗拒。"① 当年金庸曾在后记中抱歉似的写道:"武侠小说的读者习惯于将自己代入书中的英雄,然而韦小宝是不能代入的。在这方面,剥夺了某些读者的乐趣,我感到抱歉。"② 然而几十年后的今天,"韦公"已被奉为顶级成功人士,不要说香港,即便曾以安贫乐道为荣的内地民众也对他艳羡不已。发行量上"亿"的金庸小说(尤其《鹿鼎记》),几十年来作为香港最为成功的大众通俗文化产品,对这种社会风气转变的推波助澜之功,怎么估计也不为过。

---

① 陈硕:《经典制造——金庸研究的文化政治》,桂林:广西师范大学出版社 2004 年,第 57 页。

② 金庸:《鹿鼎记·后记》,北京:生活·读书·新知三联书店 1994 年,第 1989 页。

第八章　理性沉思：海外华文写作的文化体悟

　　20世纪中国社会天灾人祸不断,中国知识分子不得不背井离乡、漂泊海外者不知凡几。新中国成立之初,虽有大批移民慕名回归。不过早期中国游子多数已近暮年,偕子女家人侨居国外日久,就此落地生根定居海外的亦不在少数。他们普遍在西方文化的生活世界浸淫十余年甚至几十年,长期耳濡目染、毫无政治偏见,对中西文化的差异比较,远较一般观光客来得全面深入。这些移民作家最感兴趣的话题,如中西文化罅隙间的人生境遇、价值观冲突后的无奈煎熬等等,恰恰也是国内知识分子密切关注海外华文写作的重要原因之一。"文革"过后,国门重新敞开,赴外文化交流的渠道机会日益增多。中国知识分子在历尽政治劫难的大起大落,又领略了经济腾飞之利后,重新面对西方文化时,心态远较民国先驱、革命前辈来得客观自信。他们承认中国在很多方面仍与西方有较大差距,但已不像胡适当年那样笼统宽泛地强调"全盘西化",而是把眼光放到了日常生活中的种种文化细节。

　　本章重在分析中国知识分子对中国文化的海外命运的体悟思索。具体从海外华人作家、内地著名学者两方面的著述入手。前者以於梨华的小说为个案展开。於梨华原籍浙江镇海,1931年生于上海,1949年随家人迁居台湾,后来长期旅居美国,对两地文化看法颇为客观。她主要致力于时代与人性之间的探讨,时时流露出华人在中西文化差异交织下的困惑迷失。后者以葛红兵的《海外日记》为例。葛红兵是国内颇有声望的学者、作家,在东亚欧美各国游学交流多年,对中外文化的观察颇为独到,与於梨华的看法可谓相映成趣。於梨华注重表达的是长期旅居海外的切身体会,葛红兵集中叙述的是理性审视的心得领悟;前者长于细腻深入,后者胜在敏锐而直接。

第一节 时代人性:华裔作家的生存抒写

20 世纪五六十年代以来,随着西方文化的涌入和盲目崇美心理的滋长,台湾知识分子中掀起了一股赴美留学热。可美国不是"黄金国",一旦置身于别样的民族和异质的文化,理想与现实产生强烈反差,"梦醒了无路可走"的痛苦与失落折磨着每一个人。作家们于沉思与回忆中提起一支支忧郁的笔,以"流浪的中国人"为主题的留学生文学就此诞生了。

夏志清说:"旅美作家中,最有毅力,潜心求自己艺术的进步,想为当今文坛留下几篇值得给后世朗诵的作品的,我知道的有两位:於梨华和白先勇。"[1]於梨华,人称"留学生文学的鼻祖""无根一代的代言人"。其实留学生文学并非自於梨华始,"在於梨华之前已有一些留学生文学作品出现,但毕竟在当时文坛并不显眼,没能引起太大反响,而且数量有限。而於梨华却在几十年一直从事这一题材的创作,写出了一批具有较大社会反响的作品,和白先勇等一批作家,从不同的侧面,描述了留美学人的生活、思想、心态等,使'留学生文学'成为当代华人创作中的一个引人关注的热点,也正是在他们的辛勤耕耘下,华人文学中才有了'留学生文学'这一独特的称呼"[2]。而且,"在全面描绘中国知识分子旅美生涯方面,没有台湾作家比得上於梨华"[3]。"留学生文学的鼻祖"由此成了於梨华在人们心目中的形象,虽然并不足以概括她创作的全部。

盛名之下,其实也是烦恼多多。於梨华"留学生文学的鼻祖"的声名太响,以致很少有人知道她的小说细分有三类之多。第一,"艰难+情感"。作

---

① [美]夏志清:《〈又见棕榈,又见棕榈〉序》,见於梨华:《又见棕榈,又见棕榈》,福州:福建人民出版社 1980 年,第 2 页。

② 许晶:《绿叶对根的眷恋——於梨华与留学生文学》,《中州学刊》1999 年第 6 期。

③ 白先勇:《流浪的中国人——台湾小说的放逐主题》,《白先勇自选集》,广州:花城出版社 1996 年,第 235、236 页。

家留美经历、情绪的投影，往往深婉动人，也为她所偏爱：《友谊》写友情与爱情之间的两难选择，真挚感人；《小琳达》"醉翁之意"不在外国小女孩刻意刁难的可恶，留学生寄人篱下的悲苦，而是"异乡人的寂寞和我自己的悲哀""同是天涯沦落人"的感喟。第二，"新儒林外史"。如《会场现形记》，揭露美国华人学界相互倾轧的内幕，显示了於梨华鲜为人知的讽刺才能。第三，"无根—寻根—归根"。此类作品成就最高，包括《又见棕榈，又见棕榈》《傅家的儿女们》《三人行》等，大都饱含浓厚的民族情感和文化认同。《傅家的儿女们》更达到了"家庭（婚恋）小说"的最高境界——家族史。"家族史"是只在"人性""时代"两种倾向水乳交融之际出现的杰作，往往以一个或几个家族（家庭）成员辗转迁徙的人生轨迹为中介，再现某一时期的社会气象。我国古代小说《金瓶梅》《红楼梦》中始现端倪，现代小说《家》《财主底儿女们》《四世同堂》也是这类具史诗品格的作品。《金瓶梅》《红楼梦》虽写家族由盛转衰的历程，但更注重世态人情的全景式展现，是共时性的；《家》《财主底儿女们》虽是历时性写作，却不同程度地成了"时代精神的传声筒"，真正的主人公是"时代"非"人"。《四世同堂》不仅描写时代风云，而且注重时代旋涡中各阶层人们的心态，不愧是老舍最成熟的作品。《傅家的儿女们》没那么宏大的气象，那么宽阔的视野，但在把握"时代中的人心"方面并不逊色。《又见棕榈，又见棕榈》以牟天磊的个人行止、思想为构架，近于"流浪汉小说"；《考验》过多日常生活的琐碎描写，没达到"家族史"的主题高度，姑且称之为"混合型"。

以往"留学生，留学人，自留人"的说法，既不能概括於氏创作全貌，又不足以解释其深层创作动机。其实，於氏创作基本上是"家族婚恋"的深入与拓展。家庭是人类最基本、最普遍的组织方式，婚恋是人们最微妙、最复杂的社会关系。从对家庭婚恋的态度，可以看出人们灵魂深处的真。至少在家族观念根深蒂固的中国是如此。这是我国古典小说热衷世态人情描写的根本原因，也是於梨华作为女性作家的自然选择。《梦回青河》"取材于於梨华童年和少年时代在浙东故乡的一段生活，以一对姑表兄妹的三角恋爱为经，以一个三代同堂的大家庭中复杂的感情纠葛作纬，纵横交错地反映一个大家庭成员的悲欢离合及其各自的人生际遇。这部小说通过一个大家庭趋于破碎的描写，生动地映托出在当时现实环境中的生命窒息、人性堕落与道德沦丧，进而反映出旧中国社会的动荡。"①这个题材的发展方向有二：一个是越写越"窄"，越写越深刻，最后去挖掘人性最隐秘的层面，趋于"人性小说"；一个是越写越"宽"，越写越复杂，进而去探究社会时代对人们心理的影响，成为"时代小说"。於氏则两种倾向都有不俗表现。首先，把自己的"时代小说"定位于"留学生活小说"，找到了个人感受与时代风尚的最佳结合点，取得了极大的成功。从称号来看，"无根一代的代言人"是指她道出了一代青年的心声，"留学生文学的鼻祖"则体现了她不可抹杀的文学史地位。其次，致力于"人性"与"时代"的完美结合。"混合型""家族史"都是如此。短篇集《寻》在整体构思、行文格调上，与王蒙题为"在伊犁"的系列短篇颇为相似：都是在相对固定的场景，围绕线索人物，以灵动、诙谐之笔刻画特定人群的精神面貌和生活方式。王蒙回忆"文革"时"流放"新疆的难忘人、事；於梨华则以中国礼品店女老板江彩霞为线索展现海外华人众生相。创作伊始即致力于"家庭婚恋"题材的探讨，情感上对"小我"的眷恋，理智上对"大我"的追求，使其创作多姿多彩：二者疏离成为"混合型"的展现，二者统一成就了"家族史"的抒写。这便是於氏小说演变的大概。

　　於梨华是个"不太纯粹女作家"。一方面，有女性写作"经验型"和"女性视角、关怀女性"的"通病"。"经验型"指主要靠个人情绪、生活实感创作。小说主人公几乎随她一同长大："《黄玲的第一个恋人》中的初恋少女，在《小琳达》中已是刚到美国的留学生，在洛杉矶有钱人家里照顾一个小女孩，在《三束信》里，这位小姐已和她的大学女同学交换在美国被迫而结婚的这一段时间的经验：在《变》那部长篇和《雪地上的星星》中的好几个短篇，我们竟读到了婚变的故事"，"可看到作者从一个不知天高地厚的少女转成忧郁性加浓，已生了孩子的少妇的成熟过程。"②但於梨华绝非"自叙传"式地书写，对人物性格、生活细节的提纯与生发，使读者不致像误读郁达夫那样揣度她的生活。於梨华惯于在女性立场上，以女性视角来审视社会、抒写人生。她为数不少的第一人称小说几乎全是女性口吻；许多作品，尤其在前期作品

---

①　刘登翰等主编：《台湾文学史（下卷）》，福州：海峡文艺出版社1993年，第253页。

②　［美］夏志清：《〈又见棕榈，又见棕榈〉序》，见於梨华：《又见棕榈，又见棕榈》，福州：福建人民出版社1980年，第3页。

中,男性要么是女性的陪衬,如《柳家庄上》的公公、丈夫,《移情》的赵正刚;要么是社会、历史背景的具体化,代表着对女性的摧残和迫害,像《屏风后的女人》的汉奸乡长虞世荣、《一个天使的沉沦》的色魔姑爹。

另一方面,"她下笔常带一股豪气,和一种身在海外、心在故国的充沛的民族感,在女作家之中,她是少数能免于脂粉气和闺怨腔的一位"①。於梨华作品中蕴涵着挥之不去的沧桑感和博大精深的民族情怀。沧桑感首先来自曲折、坎坷的人生经历。於梨华自幼颠沛流离,成年后漂泊异国,自尊心屡受严重打击,美国又是各色人等生存竞争的"大角斗场"……《黄昏·廊里的女人》中两个老妇人,一对30年的密友,对坐于黄昏的廊下、人生的黄昏:"卅年前的旧事,如一圈远逝的烟,溶在陈旧的日子里,找不出它的影子。惟有吐烟的人,仍记得它是如何飘去的。"回首前尘的题材选择,忧郁舒缓的抒情格调,像极了张爱玲的《十八春》。沧桑感还来自对世态人情的深刻洞察。和张爱玲一样,"於梨华的文章对于人性的描写很透彻,对人生也有很尖锐的洞察。但总让人觉得她比较偏向人生黑暗的一面的,她的很多作品看后会让人心情很沉重"②。於梨华是"现代派"的"洋才女",但自陈一直在读中国古典作品,而且喜欢钱钟书和白先勇。白先勇这只"王谢堂前燕"的忧郁感伤,近于《诗经》中的"黍离"之悲。张爱玲、白先勇都是中国古典文学优美感伤的抒情格调与西方现代技法的水乳交融的成功典范,於梨华同样如此。不同的是前两位容易让人想起鲁迅读中国古书时的感觉:总觉得就沉静下去,与现实人生离开;而於梨华喜欢在被陈年旧事苦苦纠缠不能自拔的老人身边安排一个年轻的亲人,《暮》中有女儿,《蝶恋花》中是儿子,既衬出老人深沉的痛苦,又让人觉得人生苦短,相逢一笑泯恩仇,好好面对现在才是正理。老人心态与青年朝气相反相衬,沧桑感忽浓忽淡,若隐若现,既加深了作品内涵,又让人觉得人生虽是悲剧但决非没有希望。《又见棕榈,又见棕榈》中佳利由衷地感慨:"我最爱这样的季节,春天太轻佻,使人理智不清,夏

---

① 余光中:《於梨华〈会场现形记〉序》,见中国当代文学学会编印:《台湾文学研究资料》,中国当代文学学会《台湾文学研究资料》编印组1987年,第86页。

② 夏祖丽:《她们的世界》,转引自《情尽·〈"野女孩"与"严肃先生"〉》,北京:中国文联出版公司1989年,第6页。

天又太热燥,使人不能安宁,冬天太冷,又闭塞,使人消沉萎缩,而秋天是含蓄的,叫人深思,你不同意吗? 天气在秋天最爽朗,但还没有寒冷,风很凉,把人脑里的杂念都吹走了,虽然萧瑟一点,使人带那么一点秋天的苍劲,但我觉得,也许一个人要感到一点苍凉,才能体味出人生。"这种翻过筋斗又没陷于颓废的强者心境,也许是於梨华最偏爱的类型了。

　　於氏对留学生活的描摹抒写之中,较多情感驱使和文化认同,洋溢着博大精深的民族情怀,"无根—寻根—归根"的心路历程清晰可见。《又见棕榈,又见棕榈》满浸无根之痛。牟天磊赴美前夕对母校门口那几棵高大挺拔的棕榈树"许下宏愿",要像它们的主干一样,挺直无畏而出人头地。去国十年,老尽少年心的牟天磊发现:父母业已苍老,情人已适他人,小妹饱经沧桑,挚友安于平淡琐碎的世俗生活,恩师有事业心却不幸猝死,整个台湾一派崇美(国)尚利之气,自己回到"生于斯,长于斯,歌哭于斯"的故乡依然形同过客,在功利虚荣的父母亲友中更加寂寞。"Gertrude Stein 对海明威说你们都是失落的一代,我们这一代呢? 应该是没有根的一代了吧?"牟天磊如是说。"这说法正是在该小说中新创的,一语道破了年轻一代的处境……'没有根的一代'一词,就成了流放异域的年轻知识分子的代名词,他们都像牟天磊一样,旅居陌生的土地,却又因抛弃台湾而内疚不已。"[①]不肯认同西方的价值体系、精神特质,又无法回归中国传统的精神家园,他们是文化心理上的"迷途羔羊"。《傅家的儿女们》前半部写傅家兄妹同机回台为父暖寿。昏昏沉沉、半睡半醒之际,一个个回忆起自己慑于父命,抛下妻子情人和原有的快乐生活出国留学的辛酸、辗转流离于异国他乡的苦涩,无不深深后悔。后半部写小妹如玉和男友李泰拓、小弟如华坚持自己的选择,不肯重蹈覆辙。他们是全书的亮色,称之为"觉醒的一代"是对的;视之为全书主旨则无异于"腰斩",抹杀了如曼如杰们存在的意义。恰恰这被众人视为陪衬的前半部,才是全书的重点。这本书"写六十年代最颓废也是最现实的一代,如曼如杰代表颓废,如俊如豪代表现实,如玉、如华代表从兄姐身上得到

---

　　①　白先勇:《流浪的中国人——台湾小说的放逐主题》,《白先勇自选集》,广州:花城出版社 1996 年,第 236 页。

教训的觉醒。"①如曼如杰们也有"无根"之痛,但并非仅仅如此。牟天磊的痛苦很大程度上是因为他是"局外人",不甘屈从美国式的标准和悲喜,疏离故乡。如曼如杰们不同,如曼与劳伦斯有刻骨铭心的爱,若非父亲以断绝关系相威胁,会是幸福的一对;如杰如俊吃亏在他们中国式的温良不适应美国的竞争环境;如豪最适应,可他在美国毫无根基,又为中国传统道德所不喜,暂时受窘也属必然。他们在美国拼命挣扎,摸爬滚打了这么多年,才明白改得了国籍,改不了肤色和血脉,自己只能追求符合中国传统文化心理的幸福。人往往到了国外才明白为什么爱国。傅氏兄妹的认识未必如此明晰,但确实懂得了作为中国人该如何生活。如玉、如华无疑是全书的亮色:知道自己的愿望、方向,又有足够的毅力和勇气去追求和坚持;更可贵的是自觉的民族意识。面对父亲"台湾非久留之地"的警告,如华坦然说:"我是中国人,为什么我不能留在这里?"如玉的新加坡男友李泰拓更准备学成后"到大陆看看"。这是於梨华回大陆探亲后,爱国主义感情的流露。

这跟作家性情有关。於梨华相当重感情,从散文《亲情、友情、旧情》和朋友们对她的描述可以看出;她又很有责任心,"我认为一个作家应该指出社会上的种种不健康的现象……这是写作人的责任"②。於梨华出席新加坡"国际华文文艺营"答记者问时说:"我觉得我们有责任促进东方和西方人民的了解,为他们深入介绍彼此不同的文化……这样便起到中西文化交流的桥梁作用。"③理智和情感在其创作中具体表现为"大我"与"小我"的冲突和融合。《傅家的儿女们》主旨是"寻根"——寻中华儿女的精神寄托。《三人行》进一步把原来"精神家园、情感倾向"意义上的"根"明确为海外华人抛弃优厚待遇,回大陆支援建设的故事,立意颇佳,可惜范围相对缩小,得失兼而有之。但於梨华的整体创作心态还是比较成熟的:以平易、冷静之笔,从容自若地叙述多舛人生,力图展现普遍而深刻的人性,心灵深处的隐秘国土,不像一般女作家,给所有人物都起个美丽的名字;毫无民族和性别偏见,

---

① 於梨华:《前言,也是后语》,《傅家的儿女们》,石家庄:河北教育出版社 1996 年,第 5 页。

② 於梨华:《亲情、友情、旧情》,《开卷》1980 年 8 月号。

③ 於梨华出席新加坡"国际华文文艺营"答记者问。

美国人或冷漠或大气,中国人或善良或丑陋,男性或残暴或宽厚,女性或坚贞或阴毒,无不毕现;表面志怪,专写"留学生题材",实写人生常态,只是身处异国,以为"一个作家,最重要的是尽最大的能力,把他最熟悉的事物及感受最深的事,好好写出来"罢了;不满足于人性黑暗面的简单罗列,即使悲剧意味浓郁的作品,也有不少类似"轻喜剧"的生活细节,散发着淡淡的幽默、快乐,令人解颐。《一个天使的沉沦》是堕落少女的狱中回忆,与老舍《月牙儿》相近,但老舍用诗意的浓缩之笔来写,省去了大量生活细节,人物心灵之纯美与所处现实之污浊形成鲜明对比,控诉社会罪恶;於梨华则以细腻写实的口吻娓娓道来,不惮其烦地写出少女堕落的全过程。本来的幸福快乐和应有的人生转机被色狼一再破坏,终至不可收拾,道出了精神上不受重视的美丽少女周围潜伏的危机。写"小三子"快乐悲哀交替、人生浮沉如画,是最上乘的写实手法。

於梨华远在美国,她所挚爱的祖国同胞大部分还未能了解她默默的努力与执着,未能听到她作为中华儿女在异国的呼喊,这是一大憾事。好在她的作品正越来越多地进入我们的视野,我们相信,不久的将来,一切都会改观。

第二节　文化空间:内地作家的海外感怀

自20世纪90年代以来,葛红兵成为国内的新锐学者兼作家,多年来在其学术研究、小说创作中,频频以其洞见睿智、大胆敢言惹起学界文坛争议。《葛红兵海外日记》是其几年来负笈海外,在紧张繁忙的教学、科研之余留下的性情文字,其中自然有身为著名学者、文学博士应有的一贯的专业思考,但日记毕竟不同于论文,作者起初并无发表意图,所以里面除作者在新加坡南洋理工大学几次演讲、活动的大纲之外,大部分都是海外生活的文化见闻、所思所想。

然而,与余秋雨那种"文化大散文"不同,葛红兵虽然也写到了埃菲尔铁塔、圣心大教堂这样的文化古迹,甚至更早的 ST PIERR MONTMARTRE 教堂这样的活化石,却不是为了怀旧。他关注的重点不是文化"实物",而是其中蕴涵的"务虚"的那部分精神遗产。事实上"海外日记"中以更大篇幅写到的也最令人感动的,是海外普通人的生活常态与生存态度。

《葛红兵海外日记》具体细分为"在南洋""在巴黎""在英国"三辑。其实,以"亚洲"和"欧洲"两部分来看,更容易理解。欧洲不必细表,自近代以来就是中国文人学者们心向往之的文化理想国。葛红兵把自己的英法之行写成了一个别有风味的朝圣之旅:不写法国人伟大的革命传统,而写他们对英国前首相丘吉尔和自己的国王拿破仑迥异的态度,不写巴黎、剑桥美丽旖旎的风光,而写法国人如何把度假与工作并重,如何注重家庭幸福,如何在物质生活上知足常乐从而拥有一派悠闲的自得心境;不写剑桥大学如何古香古色,而写它没有壁垒森严的围墙而与剑桥镇水乳交融、相得益彰,不写它如何书香四溢,而写剑桥人如何主动对陌生人伸出热心友善的帮助之手;不写英国生活多么优越,而写普通英国人如何重义然诺、遵纪守法……

"亚洲"部分自然更有看头,"南洋"对中国来说无论在当今的地缘政治还是近代西方殖民史上都有相似之处,它们今天的人情世态和发展水平如何自然对中国有借鉴意义。葛红兵当然这么想,所以他几乎时时刻刻"身在南洋,心念中国":看到马六甲人把当年葡萄牙殖民者的战舰的复制舰停在港口以志纪念,把那些留存下来的葡萄牙、荷兰乃至英式建筑视作自己的骄傲,当作马六甲精神的象征,就开始反思,觉得中国作为一个号称"礼仪之邦"的大国,对人类历史包括殖民史是否应该有更宽容、更超越的理解?看到新加坡、马六甲工人普遍的专业精神与谦恭敬业,汽车给行人让路的"奇景",联想到国内邮政、公交等所谓公益部门的"老爷"做派,就忍不住叹息,"什么时候,我们中华民族也能把这种谦卑和敬业找回来?"

新加坡政府廉洁高效、环境秩序井然有序,据作者引用的资料讲是"亚洲白领最愿意居住的城市",可"在经济水准上,新加坡的生活质量并不比上海这样的中国城市更高,甚至文化生活的丰富程度,上海要比新加坡高"。为什么?——"新加坡的生活质量主要表现在公共场所的卫生、整洁以及人们在公共场所行为的谦让、和睦上。"最难得的是,新加坡的高效是建立在高度人性化基础之上的。葛红兵举了一个很有趣的例子,南洋理工大学的校长徐冠林,在南大毕业生协会理事会有一番恐怕令国内同行大跌眼镜的话:"我希望南大校园不只是世界上最美丽的校园,也是世界上最浪漫的校园。

我发现现在的学生,吃了晚饭,很少结伴兜南大湖。是不是我们的校园少树,没有树荫,浪漫的气氛不够? 我们是不是应该营造一个更适合学生'打铁'(谈恋爱)的环境?"

新加坡无疑是作者所钟爱的,而他在那里留下的文字估计也是"日记"中最有争议的部分:起初写新加坡工人如何诚恳,新加坡文化如何谦恭和敬业,新加坡如何爱护动物,一个中国留学生因为把一只乌龟养在家里当宠物而被邻居告发、警察起诉……后面又写新加坡政府不仅允许妓女合法执业还要公开批准建赌场,这一切都没太大问题,因为那是"资本主义","制度腐朽"是必然的。但是葛红兵还以自己特有的大胆、坦率写到日本在亚洲的实际影响力,认为简单的抵制日货、一味的仇恨敌视无助于中国的未来,建议以高贵成熟的态度去面对曾经的侵略者。这当然有点理想主义,不要说刚披上"民主"这张羊皮的日本,即便是自命"民主斗士"的美国在所谓国家利益的旗帜下也从来没含糊过。但许多"热血青年"没有任何认真理性的讨论,而一味以"卖国"的罪名谩骂,甚至表现得比他们最瞧不起的"小日本"还要心胸狭窄。

其实葛红兵恰恰是非常爱国的。无法想象一个"卖国贼"置身新加坡这样美丽安详的地方还会这样关心国内事务,在欧洲漫游之际还会思考"一个国家怎样才能称得上文化大国"这样严肃的问题。之所以屡遭误解,是因为他是个多少有点天真的理想主义者,他关注的不是一国一族一时的安危,而是整个人类的命运、整个文化的走向。从这样的高度看下来,民族主义很多时候不过是头脑发热的意气之争。这大概也是他为什么这样崇敬基督教精神,一再强调"爱的启示"的原因。

然而令人悲哀的是,在群情汹汹的当下,针锋相对的双方谁能听得进这样书生意气的声音呢? 所以葛红兵又是悲观的,在"日记"中他不止一次寂寞地写道,"其实,对这个世界我是绝望的。但是,现在,我已经和它妥协,我知道上帝让我们来,不是为了这个世界本身","我知道上帝让我们来,是因为我们次要,不是因为我们重要。如果可以,我更愿意回到我的故乡,写那些在春天的风里郁郁苍苍地生长着的苜蓿草,写三月刚刚开了花的南瓜秧,我宁可相信,大地和天空比人重要得多"……

参考文献

1. 柏拉图.理想国[M].郭斌和,张竹明,译.北京:商务印书馆,1986.

2. 乔治·勃兰兑斯.尼采[M].安延明,译.北京:工人出版社,1985.

3. 荣格.人、艺术和文学中的精神[M].孔长安,丁强,译.北京:华夏出版社,1989.

4. 米兰·昆德拉.被背叛的遗嘱[M].余中先,译.上海:上海译文出版社,2003.

5. 奥斯卡·王尔德.道连·葛雷的画像[M].黄源深,译.北京:人民文学出版社,2000.

6. 齐泽克.图绘意识形态[M].方杰,译.南京:南京大学出版社,2006.

7. 罗兰·巴特.罗兰·巴特随笔选[M].怀宇,译.天津:百花文艺出版社,1995.

8. 加布里埃尔·塔尔德.模仿律[M].何道宽,译.北京:人民大学出版社,2008.

9. 路易·阿尔都塞.保卫马克思[M].顾良,译.北京:商务印书馆,2006.

10. 路易·阿尔都塞.读《资本论》[M].李其庆,等译.北京:中央编译出版社,2001.

11. 维克多·埃尔.文化概念[M].康新文,等译.上海:上海人民出版社,1988.

12. 科林伍德.历史的观念[M].何兆武,张文杰,译,北京:中国社会科学出版社,1989.

13. 霍布斯鲍姆.极端的年代[M].郑明萱,译.南京:江苏人民出版社,1999.

14. 莱斯利·史蒂文森.人性七论[M].赵汇,译.北京:国际文化出版公司,1988.

15. 伊恩·P.瓦特.小说的兴起——笛福、理查逊、菲尔丁研究[M].高原,董红钧,译.北京:生活·读书·新知三联书店,1992.

16. 鲍桑葵.美学史[M].张今,译.桂林:广西师范大学出版社,2001.

17. 大卫·麦克里兰.意识形态(第二版)[M].孔兆政,等译.长春:吉林人民出版社,2005.

18. M.H.艾布拉姆斯.欧美文学术语词典[M].朱金鹏,朱荔,译.北京:北京大学出版社,1990.

19. 萨义德.知识分子论[M].单德兴,译.北京:生活·读书·新知三联书店,2002.

20. 霍夫曼.弗洛伊德主义与文学思想[M].王宁,等译.北京:生活·读书·新知三联书店,1987.

21. 卡尔文·斯·霍尔等.弗洛伊德心理学与西方文学[M].包华富等,编译.长沙:湖南文艺出版社,1986.

22. 维克托·什克洛夫斯基等.俄国形式主义文论选[C].方珊,等译.北京:生活·读书·新知三联书店,1989.

23. 陀思妥耶夫斯基.卡拉马佐夫兄弟[M].耿济之,译.北京:人民文学出版社,1981.

24. 舍斯托夫.在约伯的天平上:灵魂中漫游[M].董友,等译.北京:生活·读书·新知三联书店,1989.

25. 尼·别尔嘉耶夫.俄罗斯思想:十九世纪至二十世纪初俄罗斯思想的重要问题[M].雷永生,邱守娟,译.北京:生活·读书·新知三联书店,1995.

26. 罗赞诺夫.陀思妥耶夫斯基的"大法官"[M].张百春,译.北京:华夏出版社,2002.

27. 尼采.善恶之彼岸[M].程志民,译.北京:华夏出版社,2001.

28．埃里希·弗罗姆.人性的追求[M].王健康,译.上海:上海文化出版社,1986.

29．爱克曼辑录.歌德谈话录[M].朱光潜,译.北京:人民文学出版社,1978.

30．加达默尔.哲学解释学[M].夏镇平,宋建平,译.上海:上海译文出版社,1998.

31．沃尔夫冈·伊瑟尔.阅读活动——审美反应理论[M].金元浦,周宁,译.北京:中国社会科学出版社,1991.

32．弗里德里希·尼采.尼采诗集[M].周国平,译.北京:中国文联出版公司,1986.

33．黑格尔.美学(第一卷)[M].朱光潜,译.北京:商务印书馆1979年第二版。

34．卡尔·曼海姆.意识形态与乌托邦[M].黎鸣,李书崇,译.北京:商务印书馆,2000.

35．赫尔曼·黑塞.德米安:彷徨少年时.林倩苇译.北京:中国法制出版社,2015.

36．鲁迅.鲁迅全集[M].北京:人民文学出版社,2005.

37．鲁迅校录.唐宋传奇集[M].济南:齐鲁书社,1997.

38．顾廷龙,戴逸.李鸿章全集[M].合肥:安徽教育出版社,2008.

39．干宝.搜神记[M].北京:中华书局,1979.

40．班固.汉书[M].北京:中华书局,1962.

41．钱钟书.宋诗选注[M].北京:人民文学出版社,1958年

42．周生春.吴越春秋辑校汇考[M].上海:上海古籍出版社,1997.

43．夏志清.中国现代小说史[M].香港:中文大学出版社,2001.

44．李欧梵.现代性的追求[M].北京:生活·读书·新知三联书店,2000.

45．王德威.想象中国的方法:历史·小说·叙事[M].北京:生活·读书·新知三联书店,1998.

46．王德威.抒情传统与中国现代性:在北大的八堂课[M].北京:生活·读书·新知三联书店,2010.

47. 王铁仙.中国现代文学精神[M].北京:人民出版社,2008.

48. 葛红兵.人为与人言[M].上海:上海三联书店,2003.

49. 王晓明.潜流与漩涡——论二十世纪中国小说家的创作心理障碍[M].北京:中国社会科学出版社,1991.

50. 曹惠民.台港澳文学教程[M].上海:汉语大词典出版社,2000.

51. 方珊.形式主义文论[M].济南:山东教育出版社,1994.

52. 王宁.文学与精神分析学[M].北京:人民文学出版社,2002.

53. 吴立昌.精神分析与中西文学[M].上海:学林出版社,1987.

54. 余凤高."心理分析"与中国现代小说[M].北京:中国社会科学出版社,1987.

55. 张怀久.追寻心灵的秘密[M].上海:学林出版社,2002.

56. 张隆溪.比较文学译文集[C].北京:北京大学出版社,1982.

57. 冯川.忧郁的先知:陀思妥耶夫斯基[M].成都:四川人民出版社,2000.

58. 钱理群,等.中国现代文学三十年[M].北京:北京大学出版社,1998.

59. 叶灵凤.灵凤小说集[M].上海:现代书局,1931.

60. 施蛰存.沙上的脚迹[M].沈阳:辽宁教育出版社,1995.

61. 中国社会科学文学研究所,当代文学研究室.台湾作家小说选集(四)[M].北京:中国社会科学出版社,1984.

62. 聂华苓.台湾中短篇小说选[M].广州:花城出版社,1984.

63. 李长之.鲁迅批判[M].北京:北新书局,1936.

64. 郁达夫.郁达夫文论集[M].杭州:浙江文艺出版社,1985.

65. 孟广来,韩立新.《故事新编》研究资料[C].济南:山东文艺出版社,1984.

66. 鲁迅博物馆,鲁迅研究室,鲁迅研究月刊选编.鲁迅回忆录[C].北京:北京出版社,1998.

67. 杨义.鲁迅作品综论[M].北京:人民出版社,1998.

68. 袁良骏.丁玲研究资料[C].天津:天津人民出版社,1982.

69. 茅盾.我走过的道路(上)[M].北京:人民文学出版社,1984.

70. 茅盾.茅盾全集[M].北京:人民文学出版社,1984.

71. 茅盾.茅盾代表作[M].北京:华夏出版社,2008.

72. 王运熙.中国文论选·现代卷(上)[C].南京:江苏文艺出版社,1996.

73. 倪乐雄.战争与文化传统[M].上海:上海书店,2000.

74. 张岱年,方克立.中国文化概论[M].北京:北京师范大学出版社,2003.

75. 贾植芳等.巴金作品评论集[C].北京:中国文联出版公司,1985.

76. 范伯群,曾华鹏.中国现代文学史资料汇编[C].银川:宁夏人民出版社,1983.

77. 陈思和.中国当代文学史教程[M].上海:复旦大学出版社,1999.

78. 陈思和.中国当代文学关键词十讲[M].上海:复旦大学出版社,2002.

79. 陈思和.中国现当代文学作品十五讲[M].北京:北京大学出版社,2003.

80. 张京媛.当代女性主义文学批评[C].北京:北京大学出版社,1992.

81. 王小波.王小波文集[M].北京:中国青年出版社,1999.

82. 马国川.我与八十年代[C].北京:生活·读书·新知三联书店,2011.

83. 南帆.理解与感悟[M].杭州:浙江文艺出版社,1986.

84. 南帆.当代文学与文化批评书系·南帆卷[M].北京:北京师范大学出版社,2010.

85. 南帆.小说艺术模式的革命[M].上海:生活·读书·新知三联书店上海分店,1987.

86. 南帆.后革命的转移[M].北京:北京大学出版社,2005.

87. 南帆.优美与危险[M].郑州:河南大学出版社,2009.

88. 南帆,刘小新,练暑生.文学理论[M].北京:北京大学出版社,2008.

89. 南帆.文学批评手册:观念与实践[M].北京:北京师范大学出版社,2011.

90. 南帆.二十世纪中国文学批评 99 个词[M].杭州:浙江文艺出版社,2003.

91. 胡颂平.胡适之先生晚年谈话录[M].北京:中国友谊出版公司,1993.

92. 易中天.品三国(上)[M].上海:上海文艺出版社,2006.

93. 陈平原.学者的人间情怀[M].北京:生活·读书·新知三联书店,2007.

94. 俞吾金.意识形态论[M].上海:上海人民出版社,1991.

95. 赵稀方.小说香港[M].北京:生活·读书·新知三联书店,2003.

96. 张宝琴,等.四十年来中国文学[C].台北:联合文学 1995.

97. 三毛,等.诸子百家看金庸(肆)[C]香港:明窗出版社,1997.

98. 杜南发,等.诸子百家看金庸(伍)[C].香港:明窗出版社,1997.

99. 舒国治.读金庸偶得[M].香港:明窗出版社,1998.

100. 倪匡.我看金庸[M].香港:明窗出版社,1997.

101. 倪匡.三看金庸小说[M].台北:远流出版社,1982.

102. 项庄.金庸评弹[M].香港:明窗出版社,1995 年第三版。

103. 戈革.挑灯看剑话金庸[M].北京:中华书局,2008.

104. 侯建.中国小说比较研究[M].台北:东大图书公司,1983.

105. 严家炎.金庸小说论稿(修订版)[M].北京:北京大学出版社,2007.

106. 陈墨.孤独之侠——金庸小说论[M].上海:上海三联书店,1999.

107. 陈墨.新武侠二十家[M].北京:文化艺术出版社,1992.

108. 葛涛.金庸评说五十年[C].北京:文化艺术出版社,2007.

109. 陈硕.经典制造:金庸小说的文化政治[M].桂林:广西师范大学出版社,2004.

110. 古龙.欢乐英雄[M].珠海:珠海出版社,2005.

111. 寒山碧.星萤集[M].香港:东西文化事业有限公司,2005.

112. 刘登翰,等.台湾文学史[M].福州:海峡文艺出版社,1991.

113. 白先勇.白先勇自选集[M].广州:花城出版社,1996.

后　记

关于 20 世纪中国小说的心理与文化巡礼已近尾声,该说的话却还很多,许多问题还远远没有讲透。不过后学晚辈学力未逮,有些问题亦非单从文化或心理的角度所能把握,只好留待来年了。岁月流逝里,文中提及的很多小说都曾与我寂寞相守。我却频频批评它们先天不足、后天又有缺陷,这种负心让人感情上矛盾重重。然而,一则学术乃天下之公器,即便面对自幼熟稔亲近的中国小说,亦不应讳莫如深。何况隐瞒回避绝不利于中国小说的进步。二来这些文字关联着我若干年来的精神丝缕,最早的甚至可以追溯到大学时期的志趣意气。辗转南北十余载,忧时伤身寻常事。如今翻检旧作、删繁就简,虽然心态处境迥异于前,却依旧眷恋以往的狷介犀利,难以割舍。同心之言,其臭如兰。谨以此书,求教于热爱中国小说的诸位师友同好。

最后抄录大学时的旧文一则,借此祭奠青春、警醒现在。

镜　语

"有时,我觉得自己是一面镜子,自冥冥中睁开双眼,便'淡然'地注视着尘世中的一切喧嚣,努力地保持着自己的一份纯净与清醒。总想找到真正属于自己的位置,——即使仅仅是半壁残垣,也要在上面露出最亮丽的微笑。"

"唉,你太固执了,须知有些事是无法强求的,为什么不作一块玻璃呢?宁静恬淡,无牵无挂。"

　　"不，你不了解我。我没有那种世外高人的襟怀：不争名夺利，也从不抱怨；在纷扰的尘世中存在，却始终固守着自己的清高与淡泊……那是市中的大隐，太上忘情的高士。而我，心中有太多的沉淀：鄙视庸俗，向往崇高，思索着坎坷的人生，忧心于沧桑的世事。你可知我清冷的目光之后，隐藏着流动的精灵——水银的化身？我心底的热血，不曾凝固，并将永远沸腾！"

　　"……那么，学学水晶吧，静静地在地下酣眠，一旦被发现，便令人迷醉，让人赞美。"

　　"水晶？她的晶莹剔透确实令人佩服，无论在什么样的照射下，都能用变幻无穷的色彩让审视者满意。可我不愿有那种玲珑。'投我以桃，报之以桃'是我的处世原则，如此而已，如此而已。"

　　"人不能奢望太多。钢铁怎么样？他们甚至毫无反应，只是默默承受，不也挺好吗？"

　　"是的，他们担起了大半个世界。我敬重他们的坚韧与顽强，不论在哪里，无论怎样被扭曲，他们都无声无息地存在着……可我做不到。我不能失去尊严，任凭自己看不起的乡愿役使。'招之即来，挥之即去'——那不是我的路！

　　"钻石还不错，有锋利的棱角，有坚固的内涵。可它却始终躺在贵妇人、娇小姐的香颈前、手腕上，在温柔乡中失去了斗志，既忘记了昨日的苦难，又背弃了自己的誓言。我痛心疾首，却只能说一句'恭喜恭喜，祝贺祝贺……'这样的生活即便长命百岁，在煤炭们轰轰烈烈的半分钟面前也是黯然失色，不值一提。"

　　"哼！恕我直言，你确实不过是面镜子，别人哪怕一丝半毫的缺憾都看在眼里，却从不留心自己的过失。谁也瞧不起，自己却不过如此。刻薄点说，媚俗的苟且但容易得志，避世者孤寂可内心宁静。而你，既不肯媚俗，又不甘避世；既无力抗拒世俗，又不肯随波逐流……这种漂浮无着的彷徨能带给你什么呢？不尽的叹息将使你匆匆老去，重重的矛盾会成为你终身痛苦；既失去了眼前的享受，又得不到不朽的名声。到头来，只能是碌碌无为，为世人耻笑！好好想想吧，年轻人，感情用事是行不通的。"

　　"谢谢您的金玉良言，它们无疑是安身立命的真理。可您误会了，我并不想在一味的自怨自艾或怨天尤人中虚度光阴，尽管有这样的时日；我的苦闷和彷徨,是因为找不到自己的路。而叹息和怅惘也绝对不会阻碍我前进的雄心与稳健的步伐。"

"那么,你找到了吗?"

"现在还没有,但我相信肯定会找到的,我将永远坚持。这俗世的尘埃一层层地笼罩下来,甚至要湮没我仅有的光辉。可理想在支撑着我,朋友们在帮助我,我挺得住。有时,一支名曲,一本好书,大自然一瞬间的微笑,一个人伟岸或者妩媚的身影都会令我深深感动,抹去全部的尘埃,抚平所有的伤痕……我便重新找回了自我,但这已经不是以前的我。这是崭新的自我呀!我又一次得到了新生,变得更加丰富、充实。"

"镜子!一面镜子究竟能承受多少呢?"

"诚哉斯言。也许到头来,我还是会被埋没,甚至被塞进黑漆漆的匣中。那么,我将默默等待,缓缓地积蓄力量,待到重见天日的那一天,以最灿烂的微笑向世界宣告自己依然存在;也许,我会被打得粉碎,可每一块碎片,仍将保持着纯净与清醒;也许有人还想拿我的无奈作消遣,那么我将痛饮他的鲜血,不管肮脏与否!"

"哦……"

徐秀明

2018 年 10 月

图书在版编目(CIP)数据

20 世纪中国小说的心理与文化探寻 / 徐秀明著. —
杭州:浙江大学出版社,2018.11
ISBN 978-7-308-18274-4

Ⅰ.①2… Ⅱ.①徐… Ⅲ.①小说研究－中国－20 世
纪 Ⅳ.①I207.42

中国版本图书馆 CIP 数据核字(2018)第 112997 号

20 世纪中国小说的心理与文化探寻

徐秀明　著

责任编辑	唐妙琴
责任校对	周　群
封面设计	周　灵
出版发行	浙江大学出版社
	（杭州市天目山路 148 号　邮政编码 310007）
	（网址:http://www.zjupress.com）
排　　版	浙江时代出版服务有限公司
印　　刷	绍兴市越生彩印有限公司
开　　本	710mm×1000mm　1/16
印　　张	13.25
字　　数	204 千
版 印 次	2018 年 11 月第 1 版　2018 年 11 月第 1 次印刷
书　　号	ISBN 978-7-308-18274-4
定　　价	56.00 元